浙江文化研究工程成果文庫

浙江文獻集成

浙江文叢

劉安節劉安上合集

〔宋〕劉安節 劉安上 著

陳光熙 點校

浙江古籍出版社

圖書在版編目(CIP)數據

劉安節劉安上合集 / (宋) 劉安節, (宋) 劉安上著;陳光熙點校. —杭州 : 浙江古籍出版社, 2022.11
(浙江文叢)
ISBN 978-7-5540-1886-6

Ⅰ.①劉… Ⅱ.①劉… ②劉… ③陈… Ⅲ.①中国文学-古典文学-作品综合集-北宋 Ⅳ.①I214.412

中國版本圖書館 CIP 數據核字(2020)第 247522 號

浙江文叢

劉安節劉安上合集

(宋)劉安節 (宋)劉安上 著 陳光熙 點校

出版發行 浙江古籍出版社
(杭州市體育場路 347 號 郵編:310006)
網 址 http://zjgj.zjcbcm.com
責任編輯 劉 蔚
文字編輯 周 密
封面設計 吴思璐
責任校對 吴穎胤
責任印務 樓浩凱
照 排 浙江時代出版服務有限公司
印 刷 浙江新華數碼印務有限公司
開 本 710mm×1000mm 1/16
印 張 22.25
字 數 228 千
版 次 2022 年 11 月第 1 版
印 次 2022 年 11 月第 1 次印刷
書 號 ISBN 978-7-5540-1886-6
定 價 168.00 圓(精裝)

ISBN 978-7-5540-1886-6

浙江省文化研究工程指導委員會

浙江文化研究工程成果文庫總序

習近平

有人將文化比作一條來自老祖宗而又流向未來的河，這是説文化的傳統，通過縱向傳承和横向傳遞，生生不息地影響和引領着人們的生存與發展；有人説文化是人類的思想、智慧、信仰、情感和生活的載體、方式和方法，這是將文化作爲人們代代相傳的生活方式的整體。我們説，文化爲群體生活提供規範、方式與環境，文化通過傳承爲社會進步發揮基礎作用，文化會促進或制約經濟乃至整個社會的發展。文化的力量，已經深深熔鑄在民族的生命力、創造力和凝聚力之中。

在人類文化演化的進程中，各種文化都在其内部生成衆多的元素、層次與類型，由此決定了文化的多樣性與複雜性。

中國文化的博大精深，來源於其内部生成的多姿多彩；中國文化的歷久彌新，取決於其變遷過程中各種元素、層次、類型在内容和結構上通過碰撞、解構、融合而産生的革故鼎新的强大動力。

中國土地廣袤、疆域遼闊，不同區域間因自然環境、經濟環境、社會環境等諸多方面的差異，建構了不同的區域文化。區域文化如同百川歸海，共同匯聚成中國文化的大傳統，這種大傳統如同春風化雨，滲透於各種區域文化之中。在這個過程中，區域文化如同清溪山泉潺潺不息，在中國文化的共同價值取向下，以自己的獨特個性支撑著、引領着本地經濟社會的發展。

從區域文化入手，對一地文化的歷史與現狀展開全面、系統、扎實、有序的研究，一方面可以藉此梳理和弘揚當地的歷史傳統和文化資源，繁榮和豐富當代的先進文化建設活動，規劃和指導未來的文化發展藍圖，增强文化軟實力，爲全面建設小康社會、加快推進社會主義現代化提供思想保證、精神動力、智力支持和輿論力量；另一方面，這也是深入瞭解中國文化、研究中國文化、發展中國文化、創新中國文化的重要途徑之一。如今，區域文化研究日益受到各地重視，成爲我國文化研究走向深入的一個重要標誌。我們今天實施浙江文化研究工程，其目的和意義也在於此。

千百年來，浙江人民積澱和傳承了一個底蘊深厚的文化傳統。這種文化傳統的獨特性，正在於它令人驚歎的富於創造力的智慧和力量。

浙江文化中富於創造力的基因，早早地出現在其歷史的源頭。在浙江新石器時代最爲著名的跨湖橋、河姆渡、馬家浜和良渚的考古文化中，浙江先民們都以不同凡響的作爲，在中華民族的文明之源留下了創造和進步的印記。

浙江人民在與時俱進的歷史軌跡上一路走來，秉承富於創造力的文化傳統，這深深地融匯在一代代浙江人民的血液中，體現在浙江人民的行爲上，也在浙江歷史上衆多傑出人物身上得到充分展示。從大禹的因勢利導、敬業治水，到勾踐的卧薪嘗膽、勵精圖治；從錢氏的保境安民、納土歸宋，到胡則的爲官一任、造福一方；從岳飛、于謙的精忠報國、清白一生，到方孝孺、張蒼水的剛正不阿、以身殉國；從沈括的博學多識、精研深究，到竺可楨的科學救國、求是一生；無論是陳亮、葉適的經世致用，還是黄宗羲的工商皆本；無論是王充、王陽明的批判、自覺，還是龔自珍、蔡元培的開明、開放，等等，都展示了浙江深厚的文化底藴，凝聚了浙江人民求真務實的創造精神。

代代相傳的文化創造的作爲和精神，從觀念、態度、行爲方式和價值取向上，孕育、形成和發展了淵源有自的浙江地域文化傳統和與時俱進的浙江文化精神，她滋育着浙江的生命力、催生着浙江的凝聚力、激發着浙江的創造力、培植着浙江的競争力，激勵着浙江人民永不自滿、永不停息，在各個不同的歷史時期不斷地超越自我、創業奮進。

悠久深厚、意韻豐富的浙江文化傳統，是歷史賜予我們的寶貴財富，也是我們開拓未來的豐富資源和不竭動力。黨的十六大以來推進浙江新發展的實踐，使我們越來越深刻地認識到，與國家實施改革開放大政方針相伴隨的浙江經濟社會持續快速健康發展的深層原因，就在於浙江深厚的文化底藴和文化傳統與當今時代精神的有機結合，就在於發展先進生産力與發展先進文化的有機結合。今後一個時期浙江能否在全面建設小康社會、加快社會主義現代化建設進程中繼續走在前列，很大程度上取決於我們對文化力量的深刻認識、對發展先進文化的高度自覺和對加快建設文化大省的工作力度。我們應該看到，文化的力量最終可以轉化爲物質的力量，文化的軟實力最終可以轉化爲經濟的硬實力。文化要素是綜合競争力的核心要素，文化資源是經濟社會發展的重要資源，文化素質是領導者和勞動者的首要素質。因此，研究浙江文化的歷史與現狀，增强文化軟實力，爲浙江的現代化建設服務，是浙江人民的共同事業，也是浙江各級黨委、政府的重要使命和責任。

二〇〇五年七月召開的中共浙江省委十一届八次全會，作出《關於加快建設文化大省的决定》，提出要從增强先進文化凝聚力、解放和發展生産力、增强社會公共服務能力入手，大力實施文明素質工程、文化精品工程、文化研究工程、文化保護工程、文化産業促進工程、文化陣地工程、文化傳播工程、文化人才工程等『八項工程』，實施科教興國和人才强國戰略，加快建設教育、科技、衛生、體育等『四個强省』。作爲文化建設『八項工程』之一的文化研究工程，其任務就是系統研究浙江文化的歷史成就和當代發展，深入挖掘浙江文化底藴、研究浙江現象、總結浙江經驗、指導浙江未來的發展。

浙江文化研究工程將重點研究『今、古、人、文』四個方面，即圍繞浙江當代發展問題研究、浙江歷史文化專題研究、浙江名人研究、浙江歷史文獻整理四大板塊，開展系統研究，出版系列叢書。在研究内容上，深入挖掘浙江文化底藴，系統梳理和分析浙江歷史文化的内部結構、變化規律和地域特色，堅持和發展浙江精神；研究浙江文化與其他地域文化的異同，釐清浙江文化在中國文化中的地位和相互影響的關係；圍繞浙江生動的當代實踐，深入解讀浙江現象，總結浙江經驗，指導浙江發展。在研究力量上，通過課題組織、出版資助、重點研究基地建設、加强省内外大院名校合作、整合各地各部門力量等途徑，形成上下聯動、學界互動的整體合力。在成果運用上，注重研究成果的學術價值和應用價值，充分發揮其認識世界、傳承文明、創新理論、諮政育人、服務社會的重要作用。

我們希望通過實施浙江文化研究工程，努力用浙江歷史教育浙江人民、用浙江文化薫陶浙江人民、用浙江精神鼓舞浙江人民、用浙江經驗引領浙江人民，進一步激發浙江人民的無窮智慧和偉大創造能力，推動浙江實現又快又好發展。

今天，我們踏着來自歷史的河流，受着一方百姓的期許，理應負起使命，至誠奉獻，讓我們的文化綿延不絕，讓我們的創造生生不息。

二〇〇六年五月三十日於杭州

浙江文化研究工程成果文庫序言

袁家軍

浙江是中華文明的發祥地之一，歷史悠久、人文薈萃，素稱『文物之邦』『人文淵藪』，從河姆渡的陶灶炊煙到良渚的文明星火，從吴越争霸的千古傳奇到宋韻文化的風雅氣度，從革命紅船的揚帆起航到新中國成立初期的篳路藍縷，從改革開放的敢爲人先到新時代的變革創新，都留下了彌足珍貴的歷史文化財富。縱覽浙江發展的歷史，文化是軟實力、也是硬實力，是支撑力、也是變革力，爲浙江幹在實處、走在前列、勇立潮頭提供了獨特的精神激勵和智力支持。

二〇〇三年，習近平同志在浙江工作時作出『八八戰略』重大決策部署，明確提出要進一步發揮浙江的人文優勢，積極推進科教興省、人才强省，加快建設文化大省。二〇〇五年七月，習近平同志主持召開省委十一屆八次全會，親自擘畫加快建設文化大省的宏偉藍圖。在習近平同志的親自謀劃、親自布局下，浙江形成了文化建設『3 +8 +4』的總體框架思路，即全面把握增强先進文化的凝聚力、解放和發展文化生産力、提高社會公共服務力等『三個着力點』，啓動實施文明素質工程、文化精品工程、文化研究工程、文化保護工程、文化産業促進工程、文化陣地工程、文化傳播工程、文化人才工程等『八項工程』，加快建設教育、科技、衛生、體育等『四個强省』，構建起浙江文化建設的『四梁八柱』。這些年來，我們按照習近平同志當年作出的戰略部署，堅持一張藍圖繪到底、一任接著一任幹，不斷推進以文鑄魂、以文育德、以文圖强、以文傳道、以文興業、以文惠民、以文塑韻，走出了一條具有中國特色、時代特徵、浙江特點的文化發展之路。

文化研究工程是浙江文化建設最具標誌性的成果之一。隨着第一期和第二期文化研究工程的成功實施，産生了一批重點研究項目和重大研究成果，培育了一批具有浙江特色和全國影響的優勢學科，打造了一批高水平的學術團隊和在全國有影響力的學術名師、學科骨幹。二〇一五年結束的第一批浙江文化研究工程共立研究項目八百十一項，出版學術著作千餘部。二〇一七年三月啓動的第二期浙江文化研究工程，已開展了五十二個系列研究，立重大課題六十五項、重點課題二百八十四項，出版學術著作一千多部。特别是形成了《宋畫全集》等中國歷代繪畫大系、《共和國命運的抉擇與思考——毛澤東在浙江的七百八十五個日日夜夜》等領袖與浙江研究系列、《紅船逐浪：浙江『站起來』的革命歷程與精神傳承》等『浙江100年』研究系列、《浙江通史》《南宋史研究叢書》等浙江歷史專題史研究系列、《良渚文化研究叢書》等浙江史前文化研究系列、《儒學正脈——王守仁傳》等浙江歷史名人研究系列、《吕祖謙全集》等浙江文獻集成系列。可以説，浙江文化研究工程，賡續了浙江悠久深厚的文化血脈，挖掘了浙江深層次的文化基因，提升了浙江的文化軟實力，彰顯了浙江在海内外的學術影響力，爲浙江當代發展提供了堅實的理論支撑和智力支持，爲堅定文化自信提供了浙江素材。

當前，浙江已經踏上了實現第二個百年奮鬥目標的新征程，正在奮力打造『重要窗口』，争創社會主義現代化先行省，高質量發展建設共同富裕示範區。文化工作在浙江高質量發展建設共同富裕示範區中具有決定性作用，是關鍵變量；展現共同富裕美好社會的圖景，文化是最富魅力、最吸引人、最具辨識度的標識。我們要發揮文化鑄魂塑形賦能功能，爲高質量發展建設共同富裕示範區注入强大文化力量，特別是要堅持把深化文化研究工程作爲打造新時代文化高地的重要抓手，努力使其成爲研究闡釋習近平新時代中國特色社會主義思想的重要陣地、傳承創新浙江優秀傳統文化革命文化社會主義先進文化的重要平臺、構建中國特色哲學社會科學的重要載體、推廣展示浙江文化獨特魅力的重要窗口。

新時代浙江文化研究工程將延續『今、古、人、文』主題，重點突出當代發展研究、歷史文化研究、『新時代浙學』建構，努力把浙江的歷史與未來貫通起來，使浙學品牌更加彰顯、浙江文化形象更加鮮明、中國特色哲學社會科學的浙江元素更加豐富。新時代浙江文化研究工程將堅守『紅色根脈』，更加注重深入挖掘浙江紅色資源，持續深化『習近平新時代中國特色社會主義思想在浙江的探索與實踐』課題研究，努力讓浙江成爲踐行創新理論的標杆之地、傳播中華文明的思想之窗；擦亮以宋韻文化爲代表的浙江歷史文化金名片，從思想、制度、經濟、社會、百姓生活、文學藝術、建築、宗教等方面全方位立體化系統性研究闡述宋韻文化，努力讓千年宋韻更好地在新時代『流動』起來、『傳承』下去；科學解讀浙江歷史文化的豐富内涵和時代價值，更加注重學術成果的創造性轉化，探索拓展浙學成果推廣與普及的機制、形式、載體、平臺，努力讓浙學成果成爲有世界影響的東方思想標識；充分動員省内外高水平專家學者參與工程研究，堅持以項目引育高端社科人才，努力打造一支走在全國前列的哲學社會科學領軍人才隊伍；系統推進文化研究數智創新，努力提升社科研究的科學化水平，提供更多高質量文化成果供給。

偉大的時代，需要偉大作品、偉大精神、偉大力量。期待新時代浙江文化研究工程有更多的優秀成果問世，以浙江文化之窗更好地展現中華文化的生命力、影響力、凝聚力、創造力，爲忠實踐行『八八戰略』、奮力打造『重要窗口』，争創社會主義現代化先行省，高質量發展建設共同富裕示範區，提供强大思想保證、輿論支持、精神動力和文化條件。

前言

温州開發較晚，唐、五代以前無聞人。宋初，『皇祐三先生』王開祖、林石、丁昌期始在温州講學，文化漸趨繁榮。元豐、元祐間，周行己、許景衡、劉安節、劉安上、戴述、趙霄、張輝、沈躬行、蔣元中先後北遊太學，『皆經行修明，爲四方學者敬服』，後人稱爲『元豐九先生』。九先生中先入太學的曾接受王安石的新學；周、二劉、許、戴、沈六人都曾親赴洛陽受業於程頤，爲洛學傳人；張載高足吕大臨元祐二年爲太學博士，他『自守横渠學甚固』，許景衡嘗從吕氏問學，二劉與許同在太學，當也是吕氏門人，深受關學影響。於是中原文化得以在温州廣爲傳播，推動了温州學術的發展，爲此後南宋永嘉學派的形成奠定了理論基礎。

據周夢江先生考證，『元豐九先生』與『皇祐三先生』中的林石、丁昌期有直接接觸：林石是周行己、劉安節、劉安上、許景衡的『丈人行』，沈躬行是林石的學生，劉安節曾從學於丁昌期，丁的長子惇夫是劉安上的妹夫，許景衡與丁昌期父子有往來，丁昌期的母親是周行己的姑婆。南宋永嘉學派的代表人物鄭伯熊、薛季宣、陳傅良等人與九先生都有直接與間接的關係：劉安上晚年遷居郡城，接觸許多温州學者；周行己有吴表臣等温州學生，又有鄭伯熊兄弟等私淑弟子；許景衡的學生有林季仲兄弟四人及女婿蕭振，薛季宣曾任蕭振幕僚；沈躬行有傳人沈大廉兄弟；張輝的傳人張孝愷是陳傅良的岳父。因此，『元豐九先生』在永嘉學者中的承先啟後作用是十分明顯的，研究永嘉學派不能不關注九先生。

九先生中沈躬行、蔣元中早逝，未出仕；戴述官臨江軍教授，趙霄爲太學正，張輝爲國子學録。以上五位先生均無文集傳世，今天我們還能看到的九先生著作只有周行己《浮沚集》、劉安節《左史集》、劉安上《給事集》與許景衡《横塘集》。

劉安節（一〇六八—一一一六）字元承，永嘉荆溪（今浙江省永嘉縣楓林鎮）人。幼稟異資，嗜學深思，爲士友所推。與安上同遊太學，并從伊川程頤問學。元符三年擢進士，調諸暨主簿。國子祭酒率屬表留太學不報，除萊州教授，未行改河東提舉學事司管勾文字，在任很長時間。改宣德郎，因薦，召對稱善，擢監察御史，數月後攝殿中御史。不久除起居郎，第二年除太常少卿。爲言者誣陷謫守饒州，賑饑除弊，深得民心。移知宣州，抗洪救災，安置流民，無一失所。政和六年春大疫，命醫分治，五月自己染疾，竟卒於任，年四十九。著有《劉左史集》，今存四卷。道光《安徽通志·職官志·名宦五》引《南畿志》論劉安節説：『爲政有程式，不事刑威，人不敢犯。猾胥每相戒曰：「神可欺，公不可欺。」州大水，民苦疾疫，安節載醫藥拯撫，以勞卒於官。』評價頗高。

劉安上（一〇六九—一一二八）字元禮，永嘉荆溪人，劉安節從弟。少端重嗜學，以文行稱。與從兄安節同遊太學，并爲上舍生，稱『二劉』。是程頤弟子，盡得《大學》《中庸》旨歸。

登紹聖四年進士第丙科，釋褐調錢塘尉。薦升縉雲縣令，除登州教授，遷太學博士。大觀元年除提舉浙西學事，陛對稱旨，留爲監察御史。十一月遷殿中侍御史，明年遷侍御史。三年八月遷諫議大夫，丁母憂去。政和元年以中書舍人召，逾年除給事中，九月除徽猷閣待制、知壽州。四年罷，提舉亳州明道宫，復以磨勘轉朝散郎，封文安縣開國男。五年除知婺州，七年磨勘轉朝請郎，進封開國子。重和元年移知邢州，宣和元年六月得請提舉武夷山冲佑觀，九月丁祖母憂，三年服闋除知壽春府，四年轉朝奉大夫，進封開國伯。是年以上供支移數劣被劾，復以春發軍糧虧欠削秩。六年除知舒州，逾年請祠，提舉南京鴻慶宫。靖康元年覃恩再轉朝請郎，尋復朝奉大夫、朝散大夫，以疾乞致仕，轉朝請大夫。建炎二年正月卒，年六十，詔贈通議大夫。著有《給事集》，今存五卷。安上勤政愛民，自奉簡薄，不畏强暴，不僅老百姓稱『真仙尉』，到官時扶老攜幼夾道歡迎，離開後稱頌不絶，連最高統治者都贊許其奏事詳審，『藴藉有大臣體』，曾『面諭以曩日詢訪及簡記識擢之意』。

劉安節、劉安上的著作流傳至今，散佚不少。《宋元學案·許周諸儒學案》認爲劉安節『所著《劉左史集》四卷，非足本也』，薛嘉言撰劉安上《行狀》説他『有詩五百首，制誥、雜文三十卷』，薛是劉晚輩、親戚，又是同鄉，『知公爲詳』，應當不會有錯。但是陳振孫《直齋書録解題》載《劉給事集》已只有五卷，可見宋代已是殘本。因此，我在點校文集完畢後曾試圖搜集二先生佚文，無奈學力不逮，耗時甚多而收穫至微，僅發現劉安上一首詩有一個字異文而出半條校記。

本書所用底本爲文淵閣《四庫全書》本，校本爲瑞安孫氏刊《永嘉叢書》本。四庫本二劉文集來自朱彝尊鈔本，源於潁州劉體仁與福建林佶藏本。《永嘉叢書》本二劉文集所據有家藏文瀾閣傳鈔本、盧抱經藏舊鈔本《給諫集》、周季貺録得吴枚庵校本《左史集》。

《劉左史集》中《漁樵問對》有人認爲是邵雍所作，有人認爲是程頤所作，既然『以此書歸安節而儒者未嘗駁其非』，孫詒讓也説『其源流、真贋蓋不可考』，故予以保留。又從《二程遺書》録出劉安節手編的《伊川先生語四》載入《補遺》，可以概見劉安節與程頤的學術師承關係。

本書二〇〇六年八月上海社會科學院出版社出過横排簡體字本。承蒙浙江古籍出版社不棄，將此書收入『浙江文叢』，邀我重加理董，爲我提供了糾正原整理本錯誤的機會。

本人才疏學淺，對博大精深的先哲遺著無法深入探討，只能濫充校字之役，點校既竟，深知錯誤在所難免，恭請讀者不吝指正，片言之賜，拱璧視之。

陳光熙

二〇一九年八月三十日

目録

劉左史集

宋　劉安節　撰

目録

劉左史集原序

元祐、紹聖間，程先生講道伊洛，東南之士多從之游。而爲永嘉倡者，太學博士周公，起居郎、給事中二劉公也。

嗟夫，人不可不知學，學不可不知道。世之口先王行市人者，其誰曰不知學哉？學而不至道，文章字句之間，聲音笑貌之末，外浮而内不實，言出而行不逮，非學也，假學以文姦，飾學以欺人者也。是其自媒寵利與俱齊汨耳，禍福得喪之衝，安有所存者邪？

夷考三公之出處，時右新學，違而之他，甘心擯黜，曾是師伊川爲苟賤乎？阻鄒志完於譸張旁出之時，挫蔡京於熖勢方張之日，不移不詘，何恃能爾，講學之功大矣。不然，以位達，以文名，前後相望也。而學者於三公，則祠遺像而矜式，頌空言而則慕，亦反其本而已矣。留元剛序。

卷一

奏議

論謹擇皇子官屬

臣聞天下之本有三：法度、皇子、人材是也，而法度、人材又以皇子爲之本。皇帝陛下詳延俊良列於庶位，恢張綱目，細大畢舉，實社稷無疆之業。乃者皇子就傅，選置官屬爲之輔導，獨出宸鑒之所識擢，可謂急所本矣。

臣聞賈誼言曰：『天下之本繫之太子，太子之善在於早諭教與選左右。』夫翊善、侍講、記室之職實掌教諭，前日慎柬既已精矣，而左右者亦不可不慎。蓋諭教之官趨見有時，左右之臣朝夕於側，所以服習積慣者爲賴已多，必得其人，乃克有補。

方今近侍之臣其賢與否固已不逃陛下之熟察矣，臣願慎擇莊恪純厚而博學者以充左右之選。左右罔非正人，則所聞皆正言，所見皆正行，元良正而天下定矣。苟羣枉雜進，則治忽以分，可不畏哉！可不慎哉！

論尚同之獘

臣伏覩獻歲紀元之號曰『政和』，蓋自神考稽古立政，實創厥始，繼繼承承，至於今日，斟酌損益，克底於中，此政和之實也。

然臣聞之：和與同異。可否相濟曰和，可可否否曰同。曩者朝廷立法之初，意甚美也，而議論之臣曾不爲國家深惜，惟務希合以濟其私，往往順承太過，浸失本意，此尚同之獘也。幸陛下神聖獨斷，親灑宸翰以敕有司，參酌前後之宜悉從中制，一代之興遂成完文，庶政惟和適在今日。夫同者，憂其説之不合一己之私也；和者，惟義所在，天下之公也。願陛下明敕羣吏各公乃心，務輸忠實，毋或徇私以爲雷同；有所建立，不憚可否，參於至當，以合乎孔子所謂『不同』之義，則政和之效出前古矣。

《詩》曰：『不競不絿，不剛不柔，敷政優優，百禄是遒。』此言湯政之和而獲天福也。惟陛下留神，天下幸甚！

表

大觀改元賀正旦

開歲發春，帝方出震，體元御極，王乃憲天。肆羣后之在朝，開明堂而坐治；隆名從古，縟典備今。中賀。

恭惟皇帝陛下睿智有臨，謙冲不伐。維紹休於烈考，以欽命於昊穹。正月始和，茂對乾元之首；大觀在上，一新涣號之孚。爰舉盛儀，用昭鴻烈。奔旅庭之萬國，儼執玉之千官；坐烜威容，密符祥祐。

臣適將使命，出按學官。去國逾時，望不違於一咫；奉觴無地，頌徒極於萬年！

賀天寧節

電繞斗樞，上昭乾緯；虹流華渚，俯賁坤維。凡居二氣之中，咸仰千齡之會；歡然萬口，端若一辭。中賀。

恭惟皇帝陛下嗣守丕圖，誕膺明命。無疆之曆，如日初〔二〕升；有羨之年，與天同久。五百餘歲，適丁一遇之期；億萬斯年，翕受四方之賀。

臣幸逢休旦，叨被誤恩。乘使者車，雖無裨於晉部；祝聖人壽，竊有慕於華封。

校勘記

〔一〕『初』，叢書本作『之』。

賀收復洮河積石

廟謀獨運，坐懾羌戎；沙幕一空，願爲臣妾。捷奏交播，歡聲四馳。中賀。竊以高宗之伐鬼方，商師必克；宣王之征獫狁，周道復興。然動兵久至於三年，而闢國僅聞於百里。功著二代，言垂六經。矧我肇復臨洮，遠連積石。極司空伯禹導河之所自，抵博望張騫尋源之所窮。坐收斥地遠境之功，迄無亡矢遺鏃之費。戎軒所至，簞食相迎。不逾浹旬之間，奄有千里之遠。敻然上古，藐爾擬倫。恭惟皇帝陛下睿智有臨，神武不殺。排浮議紛紜之衆，運沉機眇忽之先。願言有苗之征，無遠弗届；追頌淮西之烈，惟斷乃成。臣荷國誤恩，奉時休運。靖玉關之柝，預聞郵置之傳；上金殿之觴，獨遠簪紳之列。

賀九鼎成

鑄九牧之金，成一代之寶；聖謀〔二〕有作，國勢益隆。中賀。

竊惟神器之廢興，顧與天時爲消長。周遷洛邑，爰開卜世之祥；漢得汾陰，亦重紀年之號。或襲於前而非作，或得其一而靡全。尚能對天閟休，作國重鎮；著在信史，播爲美談。矧去千古億載之間，而成九鼎萬鈞之重。煥矣龍文之争耀，炳然金鉉之相鮮。貯之神宮，名曰大寶。蓋歷世所不克爲者，非聖人孰能爲〔二〕歟？

恭惟皇帝陛下以寬冲接下之德大養羣賢，以聰明周物之智取新百度。蓋欲銘功於不朽，又將保祚於無窮。質鬼神而無疑，配天地而不恥〔三〕。孝思斯格，固無飛雉之來升；神物所存，想有黄雲之在上。

臣獲聞縟禮，屬使一方。瞻望漢庭，雖莫預吾丘之對；稽參夏鼎，猶能預大禹之功！

校勘記

〔一〕『謀』，叢書本作『謨』。

〔二〕『爲』，叢書本作『於此』。

〔三〕『恥』，叢書本作『悖』。

饒州謝到任

樗櫟散材，一無可用；乾坤大度，何所不容？顧雖煩言排擊之餘，猶玷千里師帥之寄。

戴恩深厚，撫己兢慚。中謝。

伏念臣蕞爾迂疏，偶然遭際。龍墀賜對，初無可采之言；烏府備員，誤膺不次之選。脱身冗散，厠迹清華；所宜激昂，少報知遇。而乃攝承言路，未及建明；定省親庭，遽焉辭去。以至記言左史，蕝禮奉常。朝廷進退之恩，莫非曲折；臣子辭受之義，獨昧幾先。是皆臣罪之當誅，敢咎人言之可畏？投閑置散，誰曰非宜？宣化承流，始望不及！過蒙優假，祗荷恩私。

此蓋伏遇皇帝陛下用舜之中，則堯之大。謂臣親蒙睿擢，宜有樸忠；憐臣久侍清光，特留矜念。少逭邦刑之峻，稍從郡職之勞。有社有民，敢憚江湖之遠；惟忠惟孝，有如天日之臨。恩可報於萬分，身顧輕於九死！

謝賜曆日

舜璣仰察，前知七政之齊；堯曆下頒，特謹四時之序。正朔所建，華夷〔一〕相同。中謝。

恭惟皇帝陛下之德之純，惟天不已；一動一静，與時偕行。乃曆象乎日月星辰，以布治乎邦國都鄙；謂乘軺之雖遠，與承詔之〔二〕在兹。倬彼雲章，來從帝所。臣敢不疚心多士，勉力百爲。期推擴〔三〕於上恩，庶少裨於洪造。

校勘記

〔一〕『華夷』，叢書本作『中外』。
〔二〕『之』，叢書本作『以』。
〔三〕『擴』，叢書本作『廣』。

期集謝賜錢

命拜玉墀，載瞻睟表；慶流泉府，更沐深恩。祇奉寵靈，伏增震悸。中謝。

伏念臣等服疇賤士，佔畢腐儒；幸逢清世之右文，常欲赤心而許國。雖沉沉九重之邃，無籍可尋；而區區一介之微，每懷靡及。比緣計進，獲以名聞。入造嚴宸，天威咫尺；退承休渥，命服光華。顧惟疏逖之身，荷此便蕃之寵。未能一日少輸犬馬之勤，更畀千〔一〕金愈重丘山之戴〔二〕。諸生咸集，多士有光。

此蓋伏遇皇帝陛下淵默深宮，龍飛寶位；博羣才而兼取，厚百福以先施。柱石以成，不費枅櫨之用；駑驅〔三〕將駕，復推芻秣之恩。臣敢不云云。永念戴君之賜，何日而忘？誓殫報國之忠，自今以始！

校勘記

〔一〕『千』，叢書本作『兼』。

〔二〕『戴』，叢書本作『施』。

〔三〕『驅』，叢書本作『駘』。

疏狀

天寧節功德疏

千載應期，適聖神之嘉會；萬年稱祝，實臣子之至恭。輒攄微誠，仰干慈祐。皇帝陛下，伏願〔一〕珎符錫羨，寶祚延洪。嗣曆無疆，新又新而不息；降年有永，朔復朔而惟休。大敷皇極於黎元，以享太平之盛福！

校勘記

〔一〕『皇帝陛下，伏願』，叢書本作『伏願皇帝陛下』。

天寧節進銀狀

右前件物充晉國之土〔一〕貢，出魯泮之幣餘。伏以虹電流輝，於赫聖神之運；梯航納賮，交修臣子之恭。矧遘昌辰，叨膺明命；董儒宮之多士，將使節於一方。雖山呼者三，莫預上觴而稱壽；然庭實旅百，且有内金之示和。輒馳虞廩之餘，少效楚芹之獻。誠非物稱，愧與懼并！

校勘記

〔一〕『土』，叢書本作『上』。

又

右前件物虞廩之餘，《禹貢》所載。竊以握符御極，適啟運於聖神；奉幣獻琛，爰輸誠於臣子。莫不旁連海嶠，駢集梯航。矧惟一介之臣，親遘千齡之會。蒙恩已厚，論報維何！上萬年之觴，獨遠鵷鴻之列；致五官之貢，敢忘螻蟻之誠？顧莫稱於情文，第彌深於祝頌！

又

右前件物邦國之常，臣職所謹。伏以五百餘歲，適丁一遇之期；億萬斯年，翕受四方之賀。梯山棧谷，輦賮航琛。莫非王土之毛，曾何臣力之有！顧以一介遭遇國恩，嘉與諸生講明學政。上觴稱壽，悵莫綴於朝班；内金示和，願遠充於庭實。情非物稱，愧與畏并！

明堂進銀狀

右前件物繄晉國之土毛，充侯服之祀貢。竊以惟聖爲能饗帝，允屬熙朝；而至孝莫大配天，肇修縟禮。濟濟奔走之在廟，峨峨左右之奉璋。莫非王臣，各揚爾職。而臣猥以一介遭遇國恩，嘉與諸生講明學政。使臣有命，莫陪執豆之恭；王祭不共，宜獲包茅之譴。輒輸不腆之賦，以叙無能之詞。顧弗〔一〕稱於情文，第彌深於兢懼！

校勘記

〔一〕『弗』，叢書本作『勿』。

啟

代賀林樞密

伏審榮被宸恩，擢參機政。十行錫命，奉紫禁之新書；再拜揚休，識青氈之舊物。華夷交慶，朝野共瞻。

恭惟某人學造古初，知周事表。言行不渝於素履，謀謨多見於膚功。賓賢興能，六卿之遺典；制禮作樂，三代之宏規。凡曰制度云爲之經，必資討論修飾之力。以至入持〔二〕從橐，出擁使軺。尹衆大之區，曾蔑一人之獄；典銓衡之選，各當羣吏之能。非遇盤根，安知利器？如游餘刃，不見全牛；可謂周才，蔚有成績。久著聞於輿頌，實簡在於上心。進登樞機，入奉帷幄。朝廷之勢，已增重於萬鈞；樽俎之間，自折衝於千里。某夙蒙庥芘，今荷陶熔。材館非遥，限官箴之有守；龍門在望，悵班賀之無從。臨風徒劇於再三，濡筆詎殫於萬一。

校勘記

〔一〕『持』，叢書本作『侍』。

代賀朱右丞

伏審拜中天之綸綍，提右轄之紀綱。朝野具瞻，華夷交慶。恭惟某人養剛大之氣，挺瑰瑋之才。射策龍墀，光生韋布；抗章烏府，聲動簪紳。金百煉而更剛，松四時而不改。禮樂載講，爰稽〔二〕遠猷；學校中興，悉資碩畫。力共持於國是，心自結於主知。果副簡求，益隆睠委。朝廷既正，安若太山而四維；社稷無疆，壯哉明堂之一柱。某蒙恩滋久，去德猶新。緬想教言，隱然在耳；適縻官守，邈爾承顔。望風常極於再三，濡筆詎殫於萬一。

校勘記

〔一〕『稽』，叢書本作『藉』。

代賀梁右丞

伏審拜命中宸，提綱右轄。增重本朝之勢，益隆寰海之瞻。

恭惟某人識量淵深，才猷穎拔。丹誠許國，蚤自結於主知；洪業在民，顧久傾於輿望。頃自地官之重，仍專天府之繁。皆時所難，不日而理。倉箱有所，亟登九歲之儲；狴犴之間，曾蔑一人之獄。方頌皋陶之底績，果聞虞帝之念功。進總憲綱，參持政本。大賢在位，勢已固於金城；和氣致祥，時遂調於玉燭。

某蒙恩滋久，聞命維何。大厦以成，喜宎〔一〕深爲燕雀；慶雲所芘，惠豈間於荆榛！願以頑冥之資，終歸陶冶之賜；永言欣幸，倍百等夷！

校勘記

〔一〕『宎』，叢書本作『更』。

代賀徐右丞

伏審拜命中宸，提綱右轄。增重本朝之勢，益隆寰海之瞻。

恭惟某人博學究乎古今，勁氣貫乎金石。方冕旒之垂聽，職臺諫以盡規。遭時中更，秉志不異；雞風雨以雖晦，松冬夏而自青。抗章辯明，引義慷慨。蔑然强禦之畏，休有忠讜之風。在廷諸儒無出右者，雖古烈士何以加諸？用能定國是於紛紜之中，結主知於啟沃之際。夕郎批敕，力可回天；版部理財，政聞富國。雖皆不次之舉，未究非常之才。及此綸言，擢之柄任。朝廷既正，安若太山而四維；社稷以寧，壯哉名堂之一柱。

某蒙恩滋久，聞命維何。幸膺爐錘之餘，矧是門闌之舊。撫躬何有，欣自附於青雲；企踵爲勞，歎未披於宿霧。永言慶懌，倍百等倫！

代賀薛内翰

伏審親屈使軺，肅將王命。越從璧水之峻，進直金鑾之崇；儒道有光，士林相慶。

恭惟某人儒宫柱石，學海舟航。方雍泮之肇新，躐簪紳而登用。入陪經幄，出正師模。三物教民，庶比隆於周室；四科取士，未專美於孔門。幾及成功，俄更前意。雞風雨以雖晦，松冬夏而自青。言必據經，事皆師古。力掃久陰之宿霧，還我青天[一]；遂廻既倒之狂瀾，復吾[二]故道。天風申命，雲漢成章。顧學政更新，無非極一時之選；惟儒宗難繼，是以終三年之淹。士論未平，上心方契[三]。花甎晨入，日影未移；蓮燭夜歸，漏聲頻轉。豈止掩芳於三俊，直將比美於六經。

某梓里諸生，芹宫一介。戲陳俎豆，嘗爲同隊之魚；景迫桑榆，獨作空羣之馬。仰飛黄之騰踏，笑斥鷃之翱翔。管席甚疏，尚幸故人之不棄；膺門在望，未知何日之可登。倘容附驥之蠅，一振處雞之鶴。誓將碎首，報以終身！

校勘記

〔一〕『青天』，叢書本作『大明』。
〔二〕『吾』，叢書本作『古』。
〔三〕『契』，叢書本作『眷』。

代賀朱都運

伏審光奉皇恩，榮司漕計。近在西郊之外，蔚爲諸路之先。宸睠甚優，師言惟允。恭惟某人美由世濟，忠以孝移。艱難備歷於百爲，險易嘗持於一節。驅馳奉事，久矣賢勞；懇惻抗章，遽以疾請。方聖主進爲之日，豈賢人退處之時？果爾綸言，起之琳館。矧夫方千里之内畫爲王畿，尚以三十年之通制此國用。外建四輔，旁資萬營。迄無不足之憂，休有已試之效。雖曰奉身而退，豈舍王哉？維是度才以居，無易公者。都門一出，郧吏相迎。滿目山川，依然前日之舊；夾道父老，恍若故鄉之歸。習俗便安，吏民惟〔一〕悦。

某傾依芘覆，每荷吹噓；屬守官箴，致妨賓謁。惟佇聆於召節，當亟展於慶函。尚託餘輝，少安綿力。載惟忻幸，曷究敷宣！

校勘記

〔一〕『惟』，叢書本作『懽』。

代賀盧營田

伏審光奉宸綸，寵更使繡。瞻行軒之在邇，與屬部以交欣。恭惟某人德器靚深，久騰士論；才猷明敏，蚤結主知。方皇家廟算之才，復周室鄉兵之漸。出持使節，往按邊封。自陝以西，已餘驍勇；惟晉之舊，更籍規爲。大修充國之屯田，廣募魏氏之武卒。兹惟上策，允屬全才。方圖慶幅之修，先辱占書之貺。永言感刻，曷究叙陳！

代賀孫營田

伏審被命中宸，按兵劇部；周才獲試，公義攸歸。恭惟某人茂著風猷，雅宏器業。詞章藻麗，久播儒林；政術設施，方隆宸眷。爰自對敭之美，寵將出使之權。矧晉舊墟，曰古强國。蓋好武出於天性，自昔而然；而教兵藏之民間，於斯爲盛。且耕且戰，足食足兵。何待三年，可使有勇；坐令四國〔一〕，罔不畏威。即拜優恩，以彰成績。

顧惟不敏，實仰高風。欽頌之誠，叙言曷究！

校勘記

〔一〕『四國』，叢書本作『二虜』。

代王漕賀馮提舉〔一〕

伏審光膺詔綍，榮擁使軺。蔚爲多士之依歸，允副一時之遴選。國家遵時定制，稽古建官。賓興賢能，周鄉師之分職；循行郡國，漢博士之觀風。無非慎簡於宗儒，於以肅將於使指。

恭惟某人士林擢秀，學海資深。絳帳横經，已變貴遊之習；繡衣持節，更恢化育之功。矧夫大河以東，全晉之地。文學宗子夏之富，經術推仲淹之窮。今古相望，顧流風之未泯；庠序之〔二〕教，方盛世之所先。佇觀輶軒之行，一闡泮宮之化。異人間出，髦士攸宜。

顧寔謭材，叨同大部。偶攝官而承乏，徒盡瘁以在公。况綜衆務之非專，焉有舊政之可告？仰高滋久，瞻德未遑；傾頌之私，敷宣罔究！

校勘記

〔一〕『舉』，叢書本作『學』。
〔二〕『之』，叢書本作『設』。

代吴提學謝〔一〕執政吴以越職言事罷學事

剡章失當，自抵刑書；議罰從寬，止還銓部。罪深責淺，恩重命輕。伏念某樗櫟散材，久知無用；斗筲小器，終愧易盈。頃新三舍之文，誤膺一介之使。雖更異志〔二〕，不負初心。蓽路〔三〕籃輿，寧有辭於跋履；雲章奎畫，每相戒以遵承。而識慮不通，矜持太過。謂榷酤之職，有添助之酒錢；攝邑於時，實管鈎於學事。既違明詔，輒擾細民；知而弗言，罪恐不免。殊不思法嚴分守，事有司存。過計私憂，乃至爲虵而畫足；侵官離局，幾同越俎以代庖。況有常刑，著之甲令；荐頒睿旨，申警〔四〕官聯。言在耳以未忘，罪擢髮而莫數。伏蒙某人深通下志，明燭事微。察其所言，蓋止沿於循習；憐其所犯，在奉法於丁寧。姑爾薄懲，以爲大戒。退慚昏昧，上玷使令。於學校興盛而罹失伍之誅，方朝廷清明而預黜幽之罰。杜門引咎，有愧友朋；引鑑照形，可憎面目。某惟當追循往眚，祇服厚恩。未迫桑榆，儻前愆之可贖；誓鞭駑馬，庶後效之是圖！

校勘記

〔一〕『謝』，底本作『見』，誤，從叢書本改。

〔二〕『志』，叢書本作『議』。

〔三〕『路』，叢書本作『輅』。

〔四〕『警』，叢書本作『儆』。

代吴提舉〔一〕再領學司謝監司

伏奉詔條，申嚴學政。承誤恩之下逮〔二〕，傃舊部以來歸。倒指半年，僅如前日；舉頭全晉，恍若故鄉。顧疲懦之無堪，識吹噓之有自。

茲蓋伏遇某人衷誠許國，內恕及人。樂與一方之秀民，馴臻〔三〕三代之美俗。留情泮水，蓋常言必稱之；加意子衿，謂是政所先者。按行所至，獎借寔多。肆令澄汰之餘，復董賓興之盛。眷河之左，俗號少文；建學以來，士稍知化。必將遠期之歲月，始能仰副於朝廷。豈茲微才，可覬成效？

所幸同舟而濟，適獲所依；願分鄰室之光，以資不逮。望風良切，瞻德未皇；傾頌之私，敷宣罔既！

校勘記

〔一〕『舉』，叢書本作『學』。
〔二〕『逮』，叢書本作『運』。
〔三〕『臻』，叢書本作『致』。

謝免省

比年課藝，幸據上游；今日程文，復叨優等。爰充名於桂籍，行待問於楓廷。得非所宜，愧不能稱。

竊以先王育材於學，本以取人；君子修善於身，固將從政。惟所用出於所教，故能言必也能行。《詩》《書》所稱，豈有異致；公卿之選，悉由此途。凡其一時出長入治之庶官，莫非六卿〔一〕時書歲攷之多士。待以積久，取之盡公。斯民所以直道而行，在昔稱爲至治之極。降及後世，溺於末流。以六藝爲繁文，謂上庠非急務。太常受業，徒評平日之空言；列郡應書，盡出臨時之私意。上之所求，幾於無用；下之所學，亦非可行。不知掾緩之爲安，烏有畫餅之可食？曠矣千載，循乎一途。此衰世之軌所以相尋，而聖人之道未知〔二〕能復。

恭惟國家承百年之積弊，恢七世之大猷。泛觀古今，洞見根本。謂兩漢而下所以失，由觀人以一日之長；而三代之治所由興，蓋入學有中年之攷。乃闢黌舍，以來俊英。增弟子之千員，頒新書之萬卷。春誦夏弦，而經以師授；月書季考，而士由舍升。既考之於尋常，復試之於倉卒。且環橋者億萬，不已多乎？及揚觶之再三，僅有存者。故自元豐之肇造，迄乎紹聖之纘承；雖有求者累年於兹，而所得者數人而已。宜獲異材之間出，以彰新法之大成。

如某智不適時，學方爲己。徒以雙親孝養，未忘干禄之心；三舍序升，式重興賢之禮。俯首百試，旅身七年。幾成上考之功，猶屬中變之法。頃造公選，再程斐文。言實工於前時，名亦玷於異等。知其非幸，許以從新。方虞再鼓而衰，甘爲殿後；不謂適矢復沓，優入彀中。退慙毁瓦之無功，進喜望雲之有日。迹其所自，敢不知歸？

兹蓋伏遇某人云云。傾膺明命，兩〔三〕董學官。幸升夫子之堂，獲就諸生之列。參乎未達，方求一道之歸；偃也何如，或許片言之是。待以殊等，出於衆人。雖華途浸進於台司，而雅意不忘於璧水。龍門益峻，猶許再登；駑馬方疲，幸叨一顧。繫〔四〕餘光之下庇，使朽質以生榮。故於選掄，誤被收録。力探聖賢之閫域，誓窮師友之淵源。

校勘記

〔一〕『卿』，叢書本作『鄉』。

〔二〕『知』，叢書本作『之』。

〔三〕『兩』，叢書本作『而』。

〔四〕『繫』，叢書本作『緊』。

謝王漕舉改官

孺文論舊，方有賴於二天；北海薦賢，謬見推於一鶚。顧藝能之無取，辱聲聞之過情。豈其所宜？只足爲愧。竊以保舉之法古稱至公，請託之私今爲後患。以言故不若親之近，以論才不若勢之嚴。捨此二端，未知一可。倘非大賢之特達，自拔流俗之卑污。肯爲清朝，舉一寒士！

如某者，服疇冷族，佔畢腐儒。傾緣三舍之諸生，擢預外臺之屬吏。芙蓉泛水，幸厠英流〔一〕；松栢成林，獨慙弱植。坐見飛黃之騰踏，分甘斥鷃之翱翔。自知非才，每以無怨。矧泮宮之長育，具宸筆之丁寧。官各攸司，顧簡書之可畏；言非有補，用掾屬以何爲？提空師以焉歸，俵舊巢而是託。左車餘虜，曷足與謀；管仲困時，固多不利。所宜剡章而薄責，乃復借譽以片言。豈有淺能，可希寸進！

此蓋伏遇某人秉心近厚，立行有常。范叔甚貧，嘗有一日之雅；而晏嬰雖久，不忘平生之言。曲憐留滯之餘，加畀吹噓之末。其爲賜也，不已多乎！某敢不祗服官箴，益修士檢；至所未至，聞所未聞。非曰能之，倘遂古人之志。可無愧矣，不虛國士之知！

校勘記

〔一〕『流』，叢書本作『遊』。

謝司業改官

膺門餘地，雖幸登龍；融帳多賢，敢希薦鶚？省躬有愧，荷德無窮。竊惟中古以來，未有今日之盛。即郊置學，環水爲池。淵然道德之流，邃矣《詩》《書》之府。維時宗〔一〕匠，作我主盟；凡厥抱材，咸希推轂。矧庀司於魯泮，悉隸籍於虞庠。顧乏偉人，以光清舉。

如某者，門闌棄物，湖海散材。偶緣三舍之諸生，擢預外臺之屬吏。追隨使命，幾疲汾晉之山川；瘖寐師承，徒夢辟雍之鐘鼓。每惟疏逖，久此棄捐；命職自天，人孰爲地？不謂大賢之特達，曲憐小邑〔二〕之遐遺。藉以片言，俾之寸進。

兹蓋伏遇某人善惟引類，美務成人。謂其少學藝文，誤中程於上客；雅知規矩，嘗侍席於先生。曲矜留滯之餘，加畀吹噓之末；其爲賜也，不已多乎？某敢不益進初心，力修舊學；遠探聖賢之旨趣，上承師友之淵源！非曰能之，倘遂古人之志；可無愧矣，不虛君子之知！

校勘記

〔一〕『宗』，叢書本作『工』。

〔二〕『邑』，叢書本作『己』。

謝葉博士

烏府備員，方慚非據；螭坳庀職，敢幸見收。諒難愜於師言，已追還於成命。過蒙矜恤，預賜褒揚；義不敢當，愧無以處。儻憑餘庇之及，獲安舊職之常。荷德實多，敘言奚究。

歲云暮矣，物不終窮；賢者履之，福將自至。佇膺異數，式慰鄙懷！

卷二

墓誌

宋國寶墓志銘

永嘉宋君國寶既歿之明年，卜以九月甲申葬於郡西寶塘原。前期，弟某狀君行，以書抵辟雍録張輝子充曰：『某不悌，不能恭厥兄，天降之罰以不畀於我家。今葬有日，儻不得賢者銘以圖〔一〕不朽，是重某不悌之罪也。況兄於今監察御史劉君厚，而執事，劉所敬也，若因執事以請，必得銘。』一日，子充詣余，致其言，且曰：『若國寶，銘無愧矣。』余既知君，又重違子充之請，遂序而銘之。

君諱之珍，國寶其字也。先生九歲喪其父，家貧，能自謀學，不爲異業奪。比長，益砥礪爲節行，非其義，不以一毫挫於人；謹身約用以取給，有餘輒頒其兄弟之貧者。平居不妄言笑，不以色假人，人若不可得而親。至所與交，必傾倒爲之盡情，骨清氣肅〔二〕，望之可知其人也。年三十六〔三〕始以進士選爲台州司理參軍。有告坑户，疑其匿官白金者，不實，法應杖。吏受賕，欲寘之流。君曰：『在法，告不稱疑，雖不治可也，而反坐之耶？』固争之，壓之勢，竟不爲變。獄無小必躬閲，不專諉胥吏，所平反者甚衆。歲餘丁母憂，徒跣扶柩旋葬某鄉，備極哀瘁，廬於墓者三年。服除，調應天府穀孰〔四〕縣尉。所部民兵獲强盗，或請以躬捕爲名可增秩，君曰：『以欺冒賞，不忍爲也。』弗〔五〕聽。初，君嘗上書言事，坐是齟齬不進，故再尉會稽。越俗率以春月競渡，其費用一切皆官爲取之民，歲病其擾，而在位者苟覬娱嬉，方務極奢侈。府丞意喻諸邑，邑例以尉督〔六〕辦，至君獨詣府，條其不可者三。一府閧然，皆爲君難之，君不顧，其事訖不行。大觀三年詔削黨籍，君曰：『吾罪滌矣，庶幾伸其志者。』明年夏至京師，以五月丙辰卒於逆旅，享年五十二。

君性勁，持義不苟，所當爲，必挺然以身先，至於不可，介如也，不以貴賤、貧富、大小、衆寡二其操。其居家也動以法，自律如在官府；其在官府也事無細不察，如居家焉。雖勤瘁不以爲病，未嘗求知於人，人亦鮮能知君者，卒無愧恨意，曰：『義如是如是，足矣，又何求？』自初任至歿幾至二十年，而官止於此，故其事業不甚著見於世，識者哀之。

曾祖諱某，祖諱某，父諱某。君娶陳氏，生男四人：曰敦仁、敦義、敦禮、敦信，皆修進士業；女三人，皆嫁士人，季未行。其葬也實從母夫人兆，其年改元政和。

銘曰：介而通，察而恕，儉而能施，勤而不怨。在位常患不得若人而用之，而若人者又卒不偶以死，其命也耶〔七〕？

校勘記

〔一〕『圖』，叢書本作『垂』。
〔二〕『肅』，叢書本作『爽』。
〔三〕『六』，叢書本作『二』。
〔四〕『孰』，叢書本作『熟』。
〔五〕『弗』，叢書本作『勿』。
〔六〕『督』，底本作『皆』，誤，據叢書本改。
〔七〕『耶』，叢書本作『夫』。

祭　文

祭婿立之

嗚呼！余與汝家，世爲婚姻，故復以女，託汝終身。如何五年，有子二人：一初學語，一方在衽，汝遂往矣，彼將誰親？嗚呼哀哉！予復何言？瀝酒告誠，涕淚潺湲。

代薛承奉祭立之

女子之生，於人是倚：嫁也倚夫，夫没倚子。嗟而母兮，初喪爾父，家事多難，將子是付。

子復往矣，母將疇依？二弟尚幼，嗚呼母悲。

嗟我曩時，婚嫁初畢，謂已無累，笑傲終日。如何至今，百累猶存！皤然之翁，而哭諸孫。嗚呼老矣，爲累滋多，未化之身，爲之奈何？

代貫道祭姪立之

天禍我家，降生百殃。歲在癸酉，我兄蚤亡。期月之間，再罹父喪。今汝又徃，使我重傷！

憶昨與汝，侍翁之側。誨言從容，汝有倦色。翁曰往哉，汝其歸息。年未及壯，已入老境，且能久乎？有嗣爲幸。時余與汝，雖聞此言，親親之心，亦冀不然。孰謂今日，天不汝假，追念疇昔〔一〕，我淚如瀉。

嗚呼哀哉！人孰不死？汝爲不遐，人亦有天〔二〕，汝爲可嗟。汝母斑白，汝兒咿哇，汝弟汝妹，曰未室家。逝去之夕，對我欲語，氣出如綫，幾不能吐。余曰吁哉，其屬我親，予豈敢忘？猶有鬼神。頷以應我，去無及矣；骨肉在旁，環其泣矣。

嗚呼哀哉！汝其無可奈何兮，予亦無奈汝何兮！

校勘記

〔一〕『疇昔』，叢書本作『昔時』。

〔二〕『天』，叢書本作『夭』。

立之移喪路祭

聞諸古人，喪先遠日。豈便於生？惟死是恤。子之云亡，日近三七。肉未及寒，輿置他室。抑又聞之，子之於親。惟命是行，豈其死也，而異於生？吾親爲〔一〕寧，亦子之情。往以安之，勿怖勿驚！

校勘記

〔一〕『爲』，叢書本作『苟』。

祭丁逢辰

嗟我逢辰，名家以儒。不詭〔一〕方士，不師浮屠。獨抱六經，以恢聖謨。曰異此者，則非我徒。翕然高門，不戒而孚。子如其父，妻如其夫。言不苟發，行不苟趨。咸謂長者，信哉匪〔二〕誣。

越歲戊辰，闢多士途。羣舉經行，以公應書。事乃中沮，賢網之疏。臨川太息，失吞舟魚。公曰命也，歸與歸與！笑指東郊，先子舊廬。詩書可樂，琴瑟可娱。盍往葺焉，予將隱居。命二三子，無棄是圖。以講以問，則余與俱。季也早達，調官海隅。彩服從侍，式歡有餘。天不相人，冢子云殂。慈懷孔傷，積憂成瘉。竟以不救，吁亡矣夫。

嗚呼哀哉，日逝月徂。窀穸告期，永隔幽墟。曾是婚姻，君之葭莩。今此長往，心焉何如？侑祭以文，君其知乎？

校勘記

〔一〕『詭』，叢書本作『説』。

〔二〕『匪』，叢書本作『不』。

祭吴助教

天之降才，非徒生之。人之負材，終有一施。昔者范蠡，霸王之師。進饒於功，退饒於貲。惟公之初，家事未治。日與其季，出謀所爲。不有倦〔二〕者，孰營余私。汝盍往學，余爲汝貲。舟車所通，水泛陸馳。閱歲幾何，各獲所期：季以學顯，公以幹推。俱爵於朝，同功異宜。亦既知足，幡然改思。卜居東嘉，養氣自怡。剛直有禮，信而不疑。歲推其餘，以畀宗支。

鄉黨族屬，服其義慈。咸謂五福，有全不虧。

嗟公平生，未嘗丐醫。一旦遘疾，乃久弗〔二〕支。逝去之辰，神魂欲離。猶能晏然，與諸孤辭。嗚呼壽矣，夫復何悲？

惟是鄰里，游從有時。載燕載笑，既相諧熙。願託婚姻，以永不衰。通好未幾，公疾已危。遽云逝矣，迅弗可追！再拜柩前，奠此一卮。想公精神，死猶有知！

校勘記

〔一〕『倦』，叢書本作『居』。

〔二〕『弗』，叢書本作『勿』。

祭王正翁

嗟嗟正翁，而遽然耶，其一去而終不復返也耶？

昔公之赴官臨川也，予往江心孤嶼餞之曰：『公仕矣，且去鄉里，其亦有私事未集者乎？予不敏，願置力焉。』公曰：『吾仕矣，又何求？然吾他日歸，顧未有廬可居者，公愛我，盍爲我營之？』予曰：『唯唯。』

公既就道，余惟命匠治宮室〔一〕。室且成，公亦代有日，予固蚤夜望公之歸以寧其居也，而乃殁於中道也耶？其託我以居，居成而不得寢處之也，嗚呼哀哉！

是月也，公之子將以公之柩葬於西岑之原。故悼公之不復見也，敬侍母親往以薄奠，祭公於新居之正寢。惟公有知，其聽斯文以審我哀！

校勘記

〔一〕叢書本『室』下有『是勤』二字。

祭方積中

昔公妙齡，秉筆學文。朝謂白屋，暮而青雲。如何十年，挾册求仕。抱璞以泣，蔑然知己。我初見公，謂才可求。公亦自信，學以日修。逌其不遇，謂命之使。公亦自疑，學其已矣。吁嗟人生，各有所營。退必獲利，進必獲名。公之營身，豈云不力？云胡二者，而亡一得！我意天理，否久則通。曷有如公，竟坐此窮？天不可知，才不可恃。公之長才，命止斯爾！日没復出，公歸不還。登公之堂，莫承公顏！我酒既清，我肴既潔。哀以送之，終天之訣！

爲林思廉祭林介夫

大道之行，維國求賢。往往其君，擁篲以先。後世多私，維賢求國。俯首有司，以幸一得。偉哉先生，則異於是。曰予之學，初不爲利。胡爲去親，千里決科？丐禄升斗，其獲幾何？出耕東皋〔一〕，入奉北堂。夫豈無他，而行一鄉。孟子居〔二〕齊，國人矜式。王通河汾，訟者自息。施於有政，是亦正人。奚其有爲，先辱其身。維此麟經，將聖之志。諸儒盾矛，莫究厥義。微發大旨，析其異同。一時諸公，舍己請從。

嗟余晚學，實愚不肖。曾謂先生，肯賜之教。誨我諭我，謂我宗盟。勉我以學，忘其不能。維是頑庸，莫堪鞭策。先生之教，夫敢〔三〕不力！

尚期終身，佩服不遺。如何中年，天奪之師？嗚呼哀哉！自今以往，凡我小子，孰勸孰獎？考日惟良，葬車東馳。訣祭一觴，誰知我悲！

校勘記

〔一〕『皋』，叢書本作『阡』。

〔二〕『居』，叢書本作『去』。

〔三〕『敢』，叢書本作『豈』。

祭陳八夫人

昔我伯姊，首歸諸陳。不竟其壽，卒從夫人。夫人之初，適於夏氏。有子而妻，寔我兄子。陳爲吾姊，夏爲吾姻。眷好之再，敦夫人親。

嗚呼哀哉！昔我佳節，拜夫人壽，今也則亡，來哭其柩。我酒既酌，我肴既陳。聊以祭之，嗚呼夫人！

又

嗚呼夫人，而命然乎？前年之春，寔喪厥夫，靈柩在堂，未先大葬，如何夫人，亦繼而喪？嗚呼哀哉！室家堂堂。惟君子經之營之，實夫人爾承之。嗚呼，今其往矣，將誰使承之？惟夫人有知，其福爾子孫，以慰我親姻之思！

青　詞

爲子孫保安設醮

天聽雖高，不疾而遠；日監在下，有感必通。頃緣賤息之負痾，嘗瀝丹誠而叙懇。賴神之賜，厥疾有瘳。是涓嘉辰，共陳法會。玉虛金闕，仰投蕞爾之誠；風馬雲車，想見翻然而下。有酒維旨，有椒維馨。雖籩豆甚微，物無以稱者；然精誠所至，神其吐之乎？

經義

達瑞節同度量成牢禮同數器修法則

立法而授之侯者，王也；奉法而施之民者，侯也。先王之於諸侯，列之爵，分之土，豈私厚之哉？代王行法於是乎在。然而人之情也，遠則易恣；法之行也，久則或弊。以易恣之人，奉或弊之法，苟不有人以稽正之，則禮法亂於僭擬，法度壞於因循，異政殊俗，莫之統一，而先王所恃以維持天下者將不幾於廢弛乎！是故《周官》之制，每於十一歲之久，必使行人之官，以巡天下之邦國，達瑞節，同度量，成牢禮，同數器，修法則者，凡以考正諸侯之治故也。

蓋瑞以合驗，節以示信，而用之交四鄰者也；度以度長短，量以量多寡，而用之以平百物也；牢禮者，若行人禮九牢之類，用之以禮賓者也；數器者，若典命各視其命之數，用之以爲儀者也。法則凡制而用之者也，則則凡揆而制之者也。夫邦國之地封疆百里，比之王畿雖曰壤地褊小，然所以交四鄰、平百物，外之禮賓、內之飭己，與夫制而用之、揆而制之，一皆有賴於數者之法。一法不舉，弊之源也，則欲撫於邦國者，可不考而正之哉！何則？瑞節所以爲交〔一〕也。瑞非其瑞，則朝會有辭；節非其節，則門關有禁。而邦交有不達之國矣。今也六瑞之用辨其圭璧，六節之物異其金竹，所以達之也。度量以爲平也，布帛長短同而度不相若，五穀多寡同而量不相若，則童子有適市之欺矣。今也五度之則正其分寸，五量之容辨其龠合，所以同之也。牢禮之具所以禮賓也，諸侯九牢則疑於公而不成其爲侯矣，子男七牢則疑於伯而不成其爲子男矣。今也牢以命而爲之禮，使之無虧焉，所以成之也。數器之節所以辨等也，侯伯以七爲節，而僭於九，則異於侯伯之禮矣；子男以五爲節，而僭於七，則異於子男之禮矣。今也器以命而爲之數，使之無異焉，所以同之也。道與時變，法隨俗易。昔之所成，今見其虧，昔之所得，今見其失。虧者補之，失者救之，此法則之損益有不可已者，所以修之也。瑞節也，度量也，牢禮也，數器也，此法之大常，所不可得而變易也，故達之，成之，同之；法則也，此法之小變，所可得而損益也，故修之。大常者使之同而不可逾，所以存〔二〕法之善；小變者與之修而無獘，所以救法之失。一常一變，而邦國之法盡在是矣。孔子曰『謹權量，審法度』，『四方之政行焉』，此之謂也。

雖然，先王之撫邦國，豈一日之積哉！存省及於五歲，則察而治之者既至於三矣；書命及於九歲，則諭而協之者又至再矣。猶以爲未也，於是有十一歲之考，考之悉矣，於是有十二歲之巡守。察之不若諭之爲益，諭之不若考之爲詳，考之不若巡守之爲大，故自修法則而上行人之事也。至於巡守，則王往治焉，此先後詳略之序也。然王之巡守非可遽治也，是必行人考之於先，然後王乃巡之於後。考之於先，不爲慢令；巡之於後，不爲罔人。是故變禮樂而不從者可得而流之也，革制度而爲叛者可得而討之也。討、流之罪重矣，而先王行之不憚者，亦有行人蚤正其事而已矣。是以王者之治至簡而詳，至約而博，有功諸侯莫不各謹爾度以承天休，無或亂常以干先王之誅。《書》曰：『惟周王撫萬邦，巡侯甸，四征不庭，綏厥兆民。』此其至治之效也。

雖然，同律度量衡，修五禮五玉，此舜巡狩之日也，而《周官》之制乃使行人考於前期之一歲。何哉？蓋帝者之政富於德儀，物少而用度省，則巡之五歲爲已數矣；王者之政富於業儀，物多而用度費，則巡之十二爲已疏矣。數者易治，疏者難察，則行人蚤正其事以爲之先，尤周政之不可忽也，至於來歲，則王又考之矣。《書》曰『考制度於四岳』，此之謂也。方是時也，巡守至於十二歲之久而未聞以疏爲患者，蓋達法則、同數器、一度量、論禮禁[三]，而行[四]人、合方氏掌交之官歲時往來既諭之矣，至十一歲，則行人又考之；及將巡守，則職方氏又戒之；以其法備、其官衆故也。

逮夫法壞於後世，而行人之屬亦廢而不修，於是諸侯之政亂矣。衛請繁纓，數器亂矣。兩國爲之交質，何有於瑞節？諸侯皆去其籍，何有於法則？是數法者，皆先王所以維持天下之具，而乃廢弛如此，宜乎憫亂於後世而欲行政於四方者，猶以權量法度爲心焉。嗚呼，使之得行其道，則仲尼之烈，是亦周公而已，豈不惜哉！

校勘記

〔一〕『交』，叢書本作『信』。
〔二〕『存』，叢書本作『成』。
〔三〕『禁』，叢書本作『樂』。
〔四〕『行』，叢書本作『正』。

以周知天下之故

以天下望一人，則受責爲甚重；以一人臨天下，則用力爲甚微。夫以甚微之力，而任至重之天下，如必身親而後爲之，則列土至廣，列侯至衆，吾之足力有不給矣；萬民利害，庶政得失，吾之目力有不周矣。足不給，目不周，莫爲之恤耶？則得此而遺彼，舉一而廢一，爲人上〔一〕者幾何不負天下之望哉！是故周之盛時，設爲小行人之職，以巡邦國之諸侯，治其事故而因以察邦國之政，民之利害、事之得失、天時之變、人治之常，一皆載之書，以告於王焉。是以執要之君子〔二〕不必足迹接乎諸侯之境者，以有此官爲之巡行故也；不必目力察乎千里之外者，以有此書爲之稽考故也。

得其人以載其書，則天下之事有不足知者矣，故其職曰『以周知天下之故』。夫故者，有所因而使然者也。天下之理，物無常是，亦無常非，是非代更，與時無止。先王之治〔三〕，豈以有涯之力而窮無止之時？萬民之事利而無害，諸侯之政得而無失，四時之行順而無忤，而皆出於常然者，先王於此亦無所用知矣。王頒常法以授之諸侯，侯奉常法以施之民可也。奈何民無常利，政無常得，時無常順，而乖戾之變有出於所遭之故者，不有以知之，則天下之不治有不基於此乎？是以先王之於邦國也，必因行人使於四方以至其察焉。弔喪恤貧，補災贊善，行人之爲使也；萬民利害，庶治逆順，凶荒悖亂，康樂和親，行人之爲書也。奉使者行人之職，而書其政治者特因之而已。故先之五物皆曰令者，所以遣其出也；後之五物皆曰反命於王者，所以紀其歸也。其出也於以同休戚，王之仁也；其歸也於此察政治，王之智也。行人一出而王之仁智兩得焉，豈不曰法之善哉！

雖然，行人所書特天下之故而已，周知其利害者，職方氏之書也，周知其治者，司會之書也。職方者，九州之圖、一定之常典而已；司會者，四國之治、三年之成功而已。天下〔四〕事固有昔是今非而不出於一定，日改月化而不待於三年者，行人之書安可略耶？噫！先王既以其身當天下之任矣，天下之利害，吾身之休戚也。有人於此，疾疢之不知，視聽之不聞，而人以四體爲不仁矣，况以天下之利害而爲人上者曾不聞知而加恤焉，其得謂之仁乎？孔子曰『致五至』『行三無』『四方有敗，必先知之』，此言其道也；《小行人》曰『凡此五物者，每國辨異之』，『以周知天下之故』，此言其法也。道者先王所以治心，法者有司所以紀事。先王之時所以能使天下爲一家、中國爲一人者，豈特其道足以自致哉？行人之書抑有助焉。後世堂上之治遠於百里，堂下之治遠於千里，彼其一堂之間且不及知，况欲知天下乎？

校勘記

〔一〕『上』，叢書本作『君』。
〔二〕『子』，叢書本作『有』。
〔三〕『治』，叢書本作『制』。
〔四〕叢書本『下』下有『之』字。

師氏以媺詔王

任己者不足，資人者有餘；好大者不足，積媺者有餘，天下之理也。君子於此有貴於學者，豈以人固有餘於己，媺固有餘於大哉！己者人之類也，資諸人斯足以成己矣；大者媺之積也，積於媺斯足以成大矣。故雖以王者之尊，道隆德備而必資於師氏之官以媺詔〔一〕之者，豈不以資人而積媺者有在是乎？

媺者充實之謂也，充實而未至於光輝之大，則雖媺也，猶謂之微而已。蓋善之初生，其端甚微：若火之始燃，一撲之可滅也；若泉之始達，一障之可塞也。有能充之，則燎原之烈、成淵之量自此以成。人之爲善，何以異此？自充實之美進而至於光輝之大，則吾王爲大矣；自光輝之大進而至於化，則吾王爲聖矣；自化之之聖進而至於不可知之神，則吾王爲神矣。夫進王於神道雖非師氏之所能，而詔王以孅爲之開端者實師氏之功也。

孟子曰：『左右前後皆薛居州也，王誰與爲不善？』苟非其人，則讒諂日進，忠信日退，一日暴之，十日寒之，有不保其萌者矣。一齊人傅諸，衆楚人咻之，有不能正其言者矣，尚何足以成盛德者乎？是故先王之時，既擇師氏之官以詔王矣，又使之王舉則從者，爲是故也。

雖然，師一也，有曰『太師』者，三公之職也，有曰『師氏』者，中大夫之職也，而鄭氏乃以師氏即王之三公，失之矣。先王設官以道之至者爲公，德之中者爲大夫，公與王所論者道，大夫所詔者孅，其職之小大固不同矣。故稱公以師則曰『太』，稱大夫以師則曰『氏』者，義可見也。然而師氏卑矣，不嫌於稱師者，蓋善之所在無貴賤，吾知師其道而已，庸詎知其人之爲貴賤耶？觀先王名官之意而尊德重善有若此者，則其詔王以孅，蓋無有一言之不聽者矣。爲師氏者而有隱衷焉，其先王之罪人乎？

校勘記

〔一〕『詔』，叢書本作『語』。

時見曰會

先王正名賓禮豈苟然哉？因時以制禮，因禮以定名，如斯而已矣。蓋禮有出於四時之常者，朝覲宗遇是也；禮有出於一時之故者，時見之禮是也。禮之常者，在天有時，在國有經，不待鎮圭之命而四方諸侯各以時至，故名斯禮者亦各因其時義以道其勤而已。至於無常之禮，特出於一時之故，而非素期焉者也。當是時也，非天子有以命之，則諸侯莫知所赴。然則名是禮者如之何？亦曰惟我所以集而合之者以命焉可也。《大宗伯》曰『時見曰會』，其意如此。何則？朝覲宗遇，四時之常禮也：春者一歲之始，猶日之有『朝』焉；夏者萬物相見，猶人之有『宗』焉；以春爲朝，則秋爲夕，而暮氣衰矣，於此而見，可謂勤矣，故秋爲『覲』；以夏爲相見，則冬爲相辨，而各歸根矣，於此而見，是邂逅也，故冬曰『遇』。此四禮者皆有常期，則正名其禮豈他求哉？因時而已。

若夫王國有可議之政，侯方有不寧之變，於是將合諸侯而命事焉。苟俟四時之朝而後圖之，則失事之幾矣。於是爲壇於國門之外，而集四方之諸侯以施政教、以行禁令、以命征伐、以修詛盟，是皆出於一時之事，而非諸侯之常禮者也。會非常禮，唯上之命然後集而爲一，則命名之義不可以他求也，其唯會之云乎？《書》曰『會其有極』，《傳》曰『會之有尤〔二〕』。會之爲義，言會諸侯而歸於一也。此必有以會之，然後彼來會焉，亦猶歲計之會，凡以會衆要而爲之總而已矣。

昔者孔子作《春秋》也，内爲志則曰『及』，外爲志則曰『會』。時見者，雖諸侯之禮，寔天子之志焉，書『會』之義，其亦本諸此乎？雖然，會者，君之禮也，一人之事也，故歲計之會惟王省之，時見之會惟王用之。考之於經，蓋未有諸侯而言會者，而春秋之時稱會者一何多耶？故聖人列之於經，不没其實以著其罪。觀晉侯召天王於河陽，則聖人之譏深矣：『昔者惟王有會，今則諸侯而會矣；昔也惟王召臣，今則以臣召君矣。』故欲觀周之盛衰非他求也，於會見之矣。方其中興也，宣王會諸侯於東都；及其寑〔二〕衰也，會不行於天子而行於諸侯；又其極也，會不行於諸侯而行於夷狄。嗚呼！周至於此不復振矣，此聖人所以傷之也。後之記禮者狃於所聞，方且以諸侯相見於郊〔三〕地亦謂之『會』，是烏〔四〕知先王之禮耶？

校勘記

〔一〕『尢』，叢書本作『元』。

〔二〕『寑』，叢書本作『浸』。

〔三〕『郊』，叢書本作『隙』。

〔四〕『烏』，叢書本作『焉』。

王大旅上帝何以謂之旅

先王之制祭祀，夫豈一端而已哉？無事而祭者，禮之常者也；有故而祭者，禮之變者也。禮之常者，五帝固有方矣，百神固有職矣，欲以祭之，則即其常位可也。若夫禮之變者，特出於一時之故，而非若無事之時爲裕也。舉尊而不及卑，舉大而不及小，則非所以祈福於百神，於是即上帝之位而會百神以祭之。夫會而祭之，則衆矣，此其祭所以謂之『旅』也。

蓋『旅』之爲義，猶『卒旅』之爲『旅』也。昔者先王寄軍師之法於鄉遂之中：五家爲比，則合五人爲之伍焉；五比爲閭，則合五伍爲之兩焉；四閭爲族，則合四兩爲之卒焉；五族爲黨，則合五卒爲之旅焉。自卒而下，其人寡矣，自旅而上，其人衆矣，則旅也者，可名爲衆也。自其無事而言之，則五旅之人散而爲民，有至於一人之寡；自其有事而言之，而五卒之人聚而爲旅，有至於五百人之衆矣。夫先王之制，祭祀固有異用而同義者矣。今夫一歲之常祀，無事而祭者也：祭青帝於東郊，祭赤帝於南郊，祭白帝於西郊，祭黑帝於北郊，祭日於東，祭月於西，至於星辰風雨之神各於其位而祭之，亦何異於五族之民無事則散而爲一人之寡耶？及其有故而旅於上帝也，則神不可遍祭，力不可遍及，於是五精之帝、日星之神、風雨之師，凡屬乎天者舉會於上帝而祭之，亦何異於五卒之人有事則聚而爲五百人之衆耶？惟其百神之旅於上帝非其常位也，則又與夫『旅』之爲『逆旅』者合矣；陳而成列也，則又與夫『旅』之爲『陳旅』者合矣。然則先王之正名祀禮，夫豈苟然而已哉？且以下士之旅言之，六官之長有至於三十有二人而謂之『旅』者，以其衆也；六官之屬雖至於十有六人不謂之『旅』者，以其寡也。幽而天神，明而下士，而取名於『軍旅』之意一皆以『衆』爲義焉，則夫『旅』之爲『衆』，抑又可考矣。

雖然，天神之祭固多端矣：致道以祭謂之『祀』，祀昊天上帝是也；備物以祭謂之『祭』，燔柴於泰壇祭天是也；盡情以祭謂之『享』，惟聖人爲能享帝是也；類其禮謂之『類』，類於上帝是也；造其所謂之『造』，類造上帝是也；營衛其神而祭謂之『禜』，日月星辰之神、霜雪風雨之不時，於是禜之是也。祀、祭、享，無事而祭也，三祭而異義；類、造、禜，有事而祭也，三祭而異名。禜之祭止於日月星辰而已，類、造之祭止於五帝而已，惟類於上帝，然後百神皆在焉。謂之『大旅』者，以其大於類、造之祭故也。《記》曰：『大饗之禮，不足以大旅，大旅具矣，不足以享帝。』則有故而旅又未若專志以享於上帝之爲大也。

嗚呼！先王父事天神，其道盡矣：無事而享，所以報也；有故而祭，所以祈也。報之所以爲仁，祈之所以爲義，祈而旅焉，則帝將百神而爲之助，又所以爲智也。舉祀典而三善從之，則先王之祀上帝，其義深矣。則夫宗伯之典其禮，典瑞之掌其器，掌次之設其邸，職金之供其版，焉得不各致其職以爲之輔耶？

善溝者水漱之

順則通，逆則塞，物之常性也。乃若水之爲性，其勢則趨於下而已矣：順其下而導之，則通而不窮；逆其下而壅之，則塞而不達。是以善治水者必先度地之勢而後致人之力以順導之，故其勢若建瓴爲〔一〕沛然莫禦，雖有阻〔二〕遏之者，亦將蕩然與之俱逝矣，曾何壅塞之患耶？匠人之職曰『善溝者水漱之』，此之謂也。

蓋水之流行於天地之間，猶人之有血氣也：運而不積，生以之遂；節而不宣，疾以之作。

故善衛生者必先運之，使疾不生於身。則夫善經野者其可不通之使害不生於地乎？是故高下者，水之勢也，我則因地之勢而導之使下；廣深者，人之功也，我則致人之力〔三〕而浚之使深。遂地高矣，則因其下地而爲溝焉；溝地高矣，則因其下地而爲洫焉；洫地高矣，則因其下地而爲澮焉；自澮至川則爲尤下矣，此之謂因水之勢遂爲淺矣。溝則廣深以四尺焉，溝四尺爲淺矣；洫則廣深以八尺焉，洫八尺爲淺矣；澮則廣深以二尋二仞焉，自澮至川則尤爲深矣，此之謂致人之功。水之勢致其下矣，人之功致其深矣，則水之自遂而之溝，自溝而之洫，自洫而之澮，自澮而之川，是皆決高以趨下，去淺而就深者也。故其流行之勢蕩然無滯，雖有浮土，不可壅也，雖有腐薪，不可遏也。歷歲已久，而溝之爲利猶日通而不窮，孰謂不善溝者能之乎？

嘗觀禹之治水也，始於冀，中於雍，卒於兖，率皆因水勢而導之下。故《書》曰『九川滌源』，言其通而不壅也。江、河、淮、漢，水之大者也，治九川如此，則浚畎澮距川亦若是而已矣。是以商周承於其後，雖其授田之法出於一時，而溝洫之法一本於禹。《詩》曰：『信彼南山，維禹甸之。』此之謂也。若夫稻人之爲溝也，特施於下地者爾，然其職亦曰『以溝蕩水』，『蕩』之爲義，漱而去之之謂也。大之爲江、漢，小之爲下地，爲溝之法出乎一理。則雖神如禹、聖如周公旦〔四〕，不能逆水之性而治之，况於後世者乎？

校勘記

〔一〕『爲』，叢書本作『焉』。
〔二〕『阻』，叢書本作『將』。
〔三〕『力』，叢書本作『功』。
〔四〕『旦』，叢書本作『且』。

以任地事而令貢賦凡税斂之事

先王之政，施報而已。不施於先，則野人莫治；不報於後，則君子莫養。經田野，施職事，君子所以治野人也；勤四體，輸百物，野人所以養君子也。夫物之生於土地之間，未有不資君子之法以盡〔一〕野人之力以成者。夫既相資而爲用矣，則吾頒地事以施於先，而責其供地貢以報於後，不亦可乎？以任地事而令貢賦，凡税斂之事，且有地斯有事，有事斯有貢。事者，地之治也，故治法不立，不可以任土。貢者，事之功也，故地事不舉，不可以令貢。

昔者明王之疆理天下也，知夫仁政之本必始於地法之立，是故經土地，辨井牧，晝爲井邑丘甸縣都之制，則民有分土可致其力矣。故繼之以任地事者，所以爲治野人之道也。任農以耕，任圃以植，任牧以育，任虞以山，任衡以澤。分爲土、牧、園、圃、山、澤之職，則民有餘財，於是乎可責以貢矣。故又繼之以令貢賦，所以爲養君子之道也。地事者，下之職，故任之；貢賦者，上之政，故令之。夫使民任其事而上令其貢，然能使樂從而不厭者，是豈出於脅迫哉？制之蓋有道矣：土宜之法教之使知，土均之法均之使平，任土之法制之使稱，地利之肥瘠、人力之多寡適當其平，則地事之任不患乎民之不勝矣。大司徒制其征均人，土均責，其貢或裁地里以適於均，或當邦賦以從其便，則貢賦之令不患乎民之不從矣。任之以事而勝，此民財所以裕也；令之以貢而從，此國用所以充也。裕民充國，非仁政何以哉！

雖然，既謂之『貢賦』，又曰『凡税斂之事』，何也？蓋上以政取謂之『賦』，斂財賄是也；下以職供謂之『貢』，若任農以耕事、貢九穀是也；税其物謂之『税』，若概而不税是也；掠取其物謂之『斂』，若春〔二〕斂皮、冬斂革是也。析而言之，其義固異；合而言之，其用則同。以《閭師》考之，農貢九穀、圃貢草木皆謂之『貢』矣，而其先曰『以時征其賦』，則知『貢』與『賦』之用同也。以《司書》考之，掌邦之九賦、九政、九事，此貢賦之謂也，而其終曰『凡税斂者受法焉』，則知『貢賦』與『税斂』之用同也。大抵理財之義不一而足，有曰『貢』曰『賦』者，所以辨所取所供之義，曰『税』曰『斂』者，所以辨所税所取之義也。貢賦之征大，故《司徒》《司書》皆以貢賦爲之主，税斂之物微，故《司徒》《司書》以貢賦有所未盡者，特言『凡税斂』以該之而已。

《周官》之時，貢、賦、税、斂雖有異名，而所取曾不過乎什一者，要其實而言之故也。逮其後世，諸侯侵叛，莫之知止，以區區之魯而税畝〔三〕、丘甲、田賦之法相繼而起，其慢經界，於斯甚矣。故聖人勤勤筆之於經者，其亦欲以正名而救當時之失云耳。

校勘記

〔一〕『盡』，叢書本作『立』。

〔二〕『春』，叢書本作『秋』。

〔三〕『畝』，叢書本作『斂』。

卷三

經義

天子執冒四寸以朝諸侯

域中有四大，而王居一焉。唯大故能有容，有容則爲物之所歸也。孔子曰：『唯天爲大，唯堯則之。』天下，大物也，非王德之大，其能容天下之所歸乎？

今夫匹夫匹婦私營其身，視一身之外隘然若無所容，此一身之所爲也，不可以有家。孤、卿、大夫、士私營其家，視一家之外隘然若無所容，此一家之爲也，不可以有國。公、侯、伯、子、男私營其國，視一國之外隘然若無所容，此一國之爲也，不可以有天下。蓋家大於身，故有一家之德者，匹夫匹婦以其身歸之。國大於家，故有一國之德者，孤、卿、大夫、士以其家歸之。天下大於國，故有天下之德者，公、侯、伯、子、男以其國歸之。其德愈大，則其歸愈衆。

玉人之事，天子執冒四寸，以朝諸侯，豈非天子有冒天下之德而能容天下之所歸乎？冒圭之制，刻之以鋭以驗圭也，刻之以圓以驗璧也。四方之諸侯，大者執圭，小者執璧，各以其時而見於天子，天子於是乎秉冒圭以臨之，所以示其有冒天下之法，故能受諸侯之來朝也。

昔者文王小國之君，修德行道，天下歸之。《書》曰：『我咸承文王功於不怠，丕冒海隅出日，罔不率俾。』是也。逮至幽王，暴虐無親，雖其兄弟之國猶且叛之，《菀柳》之詩所爲作也。文王雖小國之君，而有冒天下之德，幽王富有天下，而行匹夫之行，然則諸侯之從違斷可知矣。先王制圭之意，可不深念之哉！ 然而必以四寸者，小之至也，於是乎又昭之以謙也。《老子》曰：『聖人不自大，故能成其大。』

其宮室車旗衣服禮儀各視其命之數

《傳》曰：『名以出信，信以守器，器以藏禮。』名器，先王慎之不敢以假人者，以信之所出，禮之所寓焉者也。公、卿、大夫、士，此名也，有其實者然後得其名。宮室、車旗、衣服、禮儀，此器也，有其名者然後得其器。名器，雖人君且不得而私也，況於臣乎！

古之王者考實而定名，緣名而授器，立之紀律，載之典策，信以是出，禮以是藏。使天下之人不敢犯，如江河不敢越，如城隅絶覬覦之心，而滅凌犯之志者，命立而分定故也。《周官》設典命之職，掌諸侯之五儀、諸臣之五命，而曰『其宮室、車旗、衣服、禮儀各視其命之數』，凡以是而已。命者，君所令也。謂之命，則若天之命萬物，長短大小一成而不可易也。上言而令之，下稟而聽焉，人豈得而私之哉！ 諸侯之命以九，以七，以五，皆陽數也，人君故也。諸臣之命以八，以六，以四，皆陰數也，人臣故也。邦國之制既詳於諸侯，而諸臣之命尤不可廢。是以公之孤四命，視小國之君，且既謂之孤矣，其德能衣被人，則不可屬之卑者，視子、男之禮不爲僭也。公之卿三命，其大夫再命，其士一命。侯、伯之卿、大夫、士亦如之，或以三，或以再，或以一，則諸侯之德隆而位尊者也，故其臣之命稍增而不爲過，其宫室、車旗、衣服、禮儀亦煩而縟可知也。子、男之卿再命，大夫一命，士不命。或以再，或以一，或不命，則諸侯之德薄而位卑者也，故其臣之命數稍降而不爲辱，其宫室、車旗、衣服、禮儀亦殺而略可知也。

夫惟尊者煩而縟，卑者殺而略，故堂各有筵，室各有度，或高之爲貴，或小之爲美，而宫室有制也。乘棧車者不敢以乘墨車，乘夏縵者不敢乘夏篆，旗各有等，斿各有數，而車旗有辨也。元士之服不敢以毳冕，大夫之服不敢以朱襮，小人無赤芾之賜，君子有黼衣之章，而衣服有别也。尊卑異等，詳略異制，上得以兼下，下不得以兼上，而禮儀有數也。若然者，非各視其命之數其能若是之稱哉！

成周之時，正邦國之位則有大宗伯之九儀，辨宫室、車旗之用則有小宗伯之禁令，而典命者又載其命數而藏之有司，若有辨則視焉，此邦國諸臣所以無敢違命以犯上者也。逮夫王室微弱，諸侯恣横，先王禮籍之用，惡其害己而削之殆盡。當是時，上不知所令，下不知所承，山節藻棁有如臧孫，塞門反坫〔二〕有如管仲，宫室之制亂矣。美其車有如慶封，請繁纓有如于奚，車旗之制亡矣。設服離衛有如子圍，瓊弁玉纓有如子玉，衣服之制失矣。魯以肆夏享郤至，周以上卿享仲父；季氏，大夫也，而有泰山之祀；三家，陪臣也，而用《雍》徹之樂；而禮儀之制壞矣。其始也，諸臣僭諸侯，其末也，諸臣不僭諸侯而僭天子。夫以諸臣〔二〕之卑，而上僭天子之貴，則錯亂甚矣，尚何名器之足信乎？是以後之君子思爲政於天下，則曰：『周公之典在焉，蓋將有所考而正之也。』惜夫！

校勘記

〔一〕『玷』應爲『坫』。

〔二〕『臣』，叢書本作『侯』。

辨法者考焉辨事者考焉

結繩之政後世不復久矣，聖人有作《易》之書契，豈特以備遺亡而已，百官以治，實取諸此。是故設爲治法，所以與百官治人於明者也；設爲吉禮，所以與百官事神於幽者也。百官之治，才不必皆强，智不必皆達，而怠惰黯闇之政有不免焉。然則先王所以治人事神者不幾於廢弛乎？是故設之太史之職，而六典、八法、八則之法，祭祀之禮，一具其文以藏之，使夫違而有辨者可以有考，此『辨法者考焉，辨事者考焉』所以爲百官之治也。

莫非法也，六典治邦國，八法治官府，八則治都鄙，凡以治人爲務者，此太史所書之法也。

莫非事也，簠簋之設，内外之位，前後之序，凡所〔一〕以事神爲務者，此太史所書之事也。典、法，則之法太宰建之，小宰、司會逆之，此無非以法爲任焉〔二〕。及辨法焉，則以太史考之，蓋考其法，非掌其書者莫知其詳故也。祭祀之事宗伯建之，肆師、祭僕相之，此無非以事爲任者。及辨事焉，則以太史考之，以考其事，非掌其書者莫知其詳故也。蓋史之爲職，掌官書以贊治，而太史以大夫爲之，又其贊治之大者也。百官有辨，於此考之，烏乎而不可？

是故邦國有治辨乎我，考之六典之書可也；都鄙有治辨乎我，考之八則之書可也；官府有治辨乎我，考之八法之書可也。考之而其辭不信，則是奸僞以侮法者也，故於是乎刑之。祭祀有所辨之序，考之禮書之所次可也；祭祀有所辨之位，考之禮書之故常可也。考之而其辭不信，則是怠惰以從事者也，故於是乎誅之。刑之罪大，誅之罪小，法言刑，事言誅，亦各有所當也。觀司約所藏、盟約之載以待邦國人民之不信者，大有殺，小有墨，則先王所以待不信之罪亦隨其事之大小而已。故祭僕誅其不欽，小宰刑其不用法者，而與太史所言合者，其以此與？

嗚呼！刑政之不明嘗始於書籍之不存，故政亡而籍存，有王者起，猶得而正之矣。觀孟子所謂『諸侯惡害己而皆去其籍』，則臣下之所懼實有在於法事之所存也。然則太史所掌，烏得不謂之重事耶？

校勘記

〔一〕叢書本無『所』字。

〔二〕『焉』，叢書本作『者』。

以六律爲之音

學詩之道有本有用：志之所之謂之詩，此其本也；聲成文謂之音，此其用也。本失其中，則言不止乎禮義，其文能足論而不失乎？用失其和，則音不出乎度數，其聲能足樂而不流乎？是故先王之教人以詩，雖其本之道德、出於性情者固已甚美，而聲音之末亦〔一〕不敢苟焉者，非以是爲美聽也。蓋將以納世於太和〔二〕，而乃不能使其聲足樂而不流，且不足以感動人之善心，豈作樂之意哉！此太師之教六詩必『以六律爲之音』者，此其意也。

且夫奏之以無怠之聲，調之以自然之命，非宫也，非商也，而合乎大順；非律也，非吕也，而應乎自然。此聖人之天樂〔三〕，出乎心之無所傳而然者。雖師曠清夜傾耳以聽，曾不得其聲音，尚能以律吕而爲之節奏哉！夫惟存於心而爲志，宣於口而爲詩。既已存於心矣，且得無形乎？既已宣於口矣，且得無聲乎？形聲者，度數之所域也。域於度而求越於度，域於數而求出於數，則將與物爲忤，而失所以和順之道，此學詩者所以不能舍六律而正五音，有待於太師之所教者也。

是故黄鍾爲宫，林鍾爲徵，太簇爲商，南吕爲羽，姑洗爲角，此黄鍾之爲宫也，六詩之聲即此以求之，則聲成文而爲音矣。大吕爲宫，夷則爲徵，應鍾爲商，無射爲羽，南吕爲角，此大吕之爲宫也，六詩之聲即此以求之，則聲成文而爲音矣。非特黄鍾也，太簇、姑洗、蕤賓、夷則、無射，凡屬乎律者莫不然焉。非特大吕也，應鍾、南吕、林鍾、小吕、夾鍾，凡屬乎吕者莫不然焉。夫惟六詩之章一出於六律而爲之度數，故能播之金石，形之舞蹈，宣之絲竹，達之匏革，而與堂上之歌相和爲一。翕如其始作也，純如其從之也，繹如其樂成也，曾未有毫釐之差者，蓋其所歌出於一律，故爾以傳。

求之六詩之音，雖不可槩見，然觀鄉飲酒之樂工歌《鹿鳴》《四牡》《皇皇》之三，又歌《南陔》《白華》《華黍》之三，終之以合樂焉。《鹿鳴》《南陔》，詩之風雅也，而鄉飲以之合樂，非夫六律之爲音亦能若是乎？以至射也，燕也，冠昏也，凡用樂莫不皆然。此六詩之義所以用之天下而使人聞之者，可以興，可以羣，與樂同其妙用者，太師之教爲之闓端故也。昔者舜命夔典樂，教胄子，有曰：『詩言志，歌永言，聲依永，律和聲。』則教詩以律，其來尚矣。於舜之世而夔之樂乃至於百獸率舞，鳳凰來儀者，豈特德化之所由致耶？律吕之法抑亦有助焉耳！

校勘記

〔一〕叢書本『亦』下有『有』字。

〔二〕叢書本『和』下有『者』字。
〔三〕叢書本『樂』下有『而』字。

顔淵問爲邦

有聖王之志者必求知聖王之學，有聖王之學者必求知聖王之政。蓋君子之學非期於美〔一〕已而已也，必將施於有政以兼善乎天下焉。若顔子者，其知聖王之學乎？此所以有『爲邦』之問也。蓋問也者，心〔二〕有所欲爲而未達者也。非其所欲爲，則學者不問；非其所可爲，則教者不答。

昔者孔門之弟子其有欲爲政者固亦多矣：由之可使有勇，求之可使足民，赤之可使與賓客。言彼其處心積慮特不出乎一國之事而已，未聞有以聖王之政爲問焉者，非不問也，學不至也。故聖人之告以政也，亦不出乎數者之事而已。若夫顔子之志，則進於此矣。觀其晏然處於陋巷之中，寧甘心於簞食瓢飲之樂，而不肯屈身以從仕，彼其志豈淺淺也哉！故孔子許之曰：『用之則行，舍之則藏。』夫既與聖人同其用舍矣，而用之則行必將有聖王之政，此『爲邦』之問所爲發也。

然而爲邦之道奈何？曰：三代之時，時也，而夏以忠爲善；三代之輅，輅也，而商以質爲善；三代之冕，冕也，而周以文爲善。至於功成作樂也，惟舜之韶舞爲盡善焉。蓋四代之法，一代之法也；孔子之言，萬世之法也。然而孔子之集大成豈特此哉？伯夷之清，伊尹之任，柳下惠之和，吾集之以爲行者也；百王之訓誥，三聖之爻象，國史之《春秋》，太師之《雅》《頌》，吾集之以爲經者也。政也，行也，經也，是三者卒皆集之前代以成吾萬世之大法，後世雖有作者，不能易此也。嗚呼！聖人之道如是之大也，非亞聖曷足以語之？孔子之〔三〕言政，所以特告顏子也。

校勘記

〔一〕『期於美』，叢書本作『求於善』。

〔二〕叢書本無『心』字。

〔三〕叢書本無『之』字。

實若虛

道心，天也。天豈有量耶？而或者以有我求之，則取道有量矣。有量者必盈，盈者必矜。何則？彼其所以爲善者，非曰理然也，我也。以有我而爲善，則六尺之軀，其所容幾何哉？雖其量有多寡，未有久而不盈者，持其盈以誇於世，曰：『我善是，是亦足矣。』則天下之善雖有大於是者，其亦何由入耶？嗚呼！是亦淺矣。

乃若昔之好學者則不然，方其未得之也，孜孜然若不足；及其既得之也，亦孜孜然若有所不足。非固爲此〔一〕謙損以要夫君子之譽也，蓋其心之所存者道也。彼其心以謂天之與我者與天爲一，天不窮於道，而我獨可以窮於道乎？是以愈實而愈虚，愈大而愈不足也。豈若淺中之士廣己造大，以爲莫己若者哉！此實若虚，曾子所以稱顔子也。

嘗觀二三子侍坐於夫子，子路則行行然勇者也，子貢則喋喋然辯者也，子張則堂堂然莊者也，而顔子獨頹然於其間，獨恂恂然若無能爲者。孔子乃與之，夫豈其中必〔二〕有大過人者與？何聖人與之也？顔子曰：『願無伐善。』夫有善不伐，不敢有其已者也。爲善不有其已，則以天下之善皆吾所當爲而爲之，其心豈可量也哉！此孔子見其進未見其止也。

雖然，顔子猶未離乎實者也，若夫大而化之，則舉萬善而融於道，庸詎知吾所謂實者非虚耶？所謂虚者非實耶？虚實兩忘，聖人之事也。噫！衆人則空空者也，賢人則充實者也，至於聖人然後虚實之名忘矣。若顔子者，其亞聖者與？宜乎曾子所稱如此。

校勘記

〔一〕叢書本無『此』字。

〔二〕叢書本無『必』字。

焉用稼

有大人之事，有小民之事：勞心以治人者，大人之事也；勞力以食人者，小民之事也。治人者必資勞力之所食，食人者必資勞心之所治，此天下之通義，未有一人之身而可以兼焉者。然則君子於此將安取乎？亦曰：修其大者而小者從之而已矣，又焉用稼爲哉？

子曰『焉用稼』，所以闢樊遲之問也，且嘗譬之：大人之事以譬則心也，小民之事以譬則耳目手足也。一人之身四體不能以相通，則亦各司其任而已：耳司聽，目司視，手司舉，足司運；而心居中央，致思以制四體之用焉：不視不聽而耳目供其用，不舉不運而手足供其用。夫君子之待其身，亦期於若心之制四體焉。苟待其身以大人之道，則四方之民望望焉襁負其子而至，將爲我保〔一〕，豈不猶耳目手足之扞心腹者哉！

故古之人有修孝悌忠信之道，雖不獲用於世，猶傳食於諸侯不以爲素餐者，其道素修也，又況行得其道乎？後之昧者不知察此，有若許行爲神農之學欲與民并耕而食，孟子所以闢之者宜矣。然則孟子者，其孔子之徒與？

校勘記

〔一〕『保』，叢書本作『稼』。

操則存何如其操也

《書》曰：『人心惟危，道心惟微，惟精惟一，允執厥中。』惟精故能不惑，惟一故能不二，不惑不二，則心之至，神有主於中，可以允執而不失之矣。孟子曰『操則存』，亦其意也。

且心無形也，君子於此何以操之乎？一主於善則瞬然而存，一忘於心則茫然自失，所謂操者，亦主之〔二〕勿忘而已矣。是故昔之學問以求其放心者造次必於是，顛沛必於是。坐如尸，立如齊，其處也若思，其行也若迷，盤盂有銘，几杖有戒，視不離於袷帶，言不越於表著，聽不惑於左右，斯須之間未嘗敢怠，其所操顧瞬然則存也。立則見其參於前，在輿則見其倚於衡，是果何所見哉？其心存故也。揚子曰：『能常操而存者，其惟聖人乎？』且以孔子之言考之：自十五而學至於三十而立，則操而存者之事也；四十而不惑，七十而從心，則操不足以言之也。

然心之所存者神也，體而不違，何有於存亡？即而不離，何有於出入？而孟子云爾者，特以操舍而言之也。《書》曰：『惟聖罔念，作狂惟狂，克念作聖。』夫聖豈有罔念者哉？謂狂、聖之分特在念、不念之間爾。噫！耳目手足，人之所謂小體者也，心之官則思，人之所謂大體者也。世之人知存小體者多矣，一指不若人，則知惡之，至於心不若人，則未嘗知求之也。是故以全足笑王駘之不全足者，天下皆是也，乃若王駘則有不亡者存，而人則存者亡矣。然猶笑之，尚能充其類者乎？

校勘記

〔一〕叢書本『之』下有『使』字。

合而言之道也

《易》曰：『一陰一陽之謂道，繼之者善也，成之者性也。』則性既分於道矣，而仁又出於性，此仁與道之所以分也。道無方也，分於仁則有方；道無數也，分於仁則有數。蓋稟陰陽之氣以有生，則域於方而麗於數。人人所不能逃也，人與人相與，分於陰陽之氣以有生，雖曰於物爲靈，其出於道亦已不可謂之全矣。

雖然，道一也，散而爲分，不失吾一，合而爲一，不遺夫萬。則夫人之於仁，獨可以自異於道乎？蓋不合於道，累於形者之過也。人能忘形以合於心，忘心以合於道，則天地萬物且將與吾混然爲一，不知吾之爲天地萬物耶？天地萬物之爲吾耶？進乎此，則天而不人矣，且得謂之人乎？孟子曰：『仁者，人也。合而言之道也。』此之謂與？

達則兼善天下

君子之學未嘗不以天下爲心，以天下爲心，則天下亦猶我也，豈獨私善其身而不與天下同之哉！窮而在下，則道固不可行也，善己而已矣；達而在上，則道可以有行也，豈得不推所以善己者善天下乎？孟子曰：『達則兼善天下。』此之謂也。

嗚呼！君子之所以待天下者，可謂仁矣。人之所以親且愛者莫若吾之身，古之人親愛其身兢慎恐懼，不敢以不善加焉，以謂天下〔一〕之所以與我者，莫不有仁、義、禮、智、信五者之善也。君子以仁善其身，非仁不居；以義善其身，非義不由；以禮善其身，非禮勿〔二〕動；以智爲身之燭，以信爲身之符。父子則有親，君臣則有義，夫婦則有別，長幼則有序，朋友則有信。吾之所親，愛其身而善之，其自厚如此。

至於達而治天下，豈他求哉？亦以盡吾所以善乎己者善之而已。推吾仁以善之，使天下莫不仁也；推吾義以善之，使天下莫不義也；推吾禮以善之，使天下莫不有禮也；推吾智以善之，使天下莫不有智也；推吾信以善之，使天下莫不有信也。以至君君、臣臣、父父、子子、夫夫、婦婦、長幼之序、朋友之信，凡吾昔之所以善其身者，今則無一不與之同。天下之不善也，吾亦若不善其身之爲憂；天下之皆爲善也，吾亦若善其身之爲樂。天下之與吾身，以分觀之則不同，而君子之所以兼善之者未嘗有異，然則君子之用心，豈不亦仁且厚乎？

伊尹處畎畝之中，湯三聘之而不就，既而幡然改曰：『與我處畎畝之中自樂以〔三〕堯、舜之道，吾豈若使是君爲堯舜之君哉！吾豈若使是民爲堯舜之民哉！』伊尹之心，方其聘而未就也，若將終身；至於幡然而改，則自任以天下之重而不辭。非其始怯而終勇也，窮達之分不得不然爾。若夫窮則獨善其身，達則兼善天下，可以獨而不獨，君子以爲犯分；可以兼而不兼，君子以爲苟禄。犯分不義，苟禄不仁，二者君子所以不爲也。

校勘記

〔一〕『以謂天下』，叢書本作『以爲天』。

〔二〕『勿』，叢書本作『不』。

〔三〕『自樂以』，叢書本作『由是以樂』。

論

行於萬物者道

『形而上者謂之道，形而下者謂之器。』形一也，而名二者，即形之上下而言之也。世之昧者不知其一，乃以虛空曠蕩而言道，故終日言道而不及物；以形名象數而言物，故終日言物而不及道。道與物離而爲二，不能相通，則非特不知道，亦不知物矣。蓋有道必有物，無物則非道；有物必有道，無道則非物。是物也者論其形，而道也者所以運乎物者也。明乎此，則莊周之論得矣。

蓋道生一，一生二，二生三，三生萬物，自一以及〔一〕萬皆道之所生也。一名於道，必生以及物而不能自已。則其散諸物也，天地之所覆載，日月星〔二〕之所照臨，河岳之所融結，動植之所生成，果且有已乎哉？道行不已，物之形所以生；物生不已，道之用所以著。今夫仰觀乎天，則天積氣也。然其日星之迴旋，雲漢之卷舒，風雨之散潤，寒暑之運行，一往一來，一盈一縮，若有運轉而不能自已者，是豈積氣之所能爲哉？道實行於天下矣。俯察乎地，則地積形也。然其山川之興雲，藪澤之通氣，草木之華實，鳥獸之蕃息，一消一息，一化一生，若有機緘而不能自已者，是豈積形之所能爲哉？道實行於地矣。中察乎人，則人也者又積形積氣之委也。然其耳目之視聽，口鼻之噓吸〔三〕，手足之舉運，一静一動〔四〕，一作一止，若有關鍵而不知其主之者，是又豈積氣積形〔五〕之委所能爲哉？道實行於人矣。三才者，萬物之大者也，而道實周流其中焉。舉三才以該萬物，則道之爲道可睹矣。

孔子曰：『立天之道曰陰與陽，立地之道曰柔與剛，立人之道曰仁與義。』道一也，即其所行於天、地、人而言之，故分而爲三焉。號物之數謂之萬，以一而分三，以三而分萬，則物各有道矣。物各有道，則道亦萬也，而不害其爲一者，萬物之生本於一故也。道非一則不能運萬物，萬物非各有一則不能以自運。人知一之爲萬，而不知萬之爲一，則并行而不悖於道，豈不昭然矣乎？

嗚呼！道之行於萬物也如此，而或者昧之，謂道在天耶？仰而視之，見天而不見道，是直以形求之爾，胡不反求諸身乎？彼其食息視聽〔六〕之所以然者，孰主張是，孰綱維是，是必有尸之者矣。誠能齋心沐形去智與故，以神求之，則廓然心悟，瞬然目明。向之所見無非物，今之所見無非道矣。見無非道，則是道在我也。道在我也者，所以行道，非道行於我者也。嗚呼！論至於此，聖人之於天道之事也，學者可不勉乎哉？

校勘記

〔一〕『及』，叢書本作『至』。

〔二〕叢書本『星』下有『辰』字。

〔三〕叢書本『嘘吸』二字互乙。

〔四〕『一静一動』，叢書本作『一動一静』。

〔五〕『積氣積形』，叢書本作『積形積氣』。

〔六〕『食息視聽』，叢書本作『視聽食息』。

君師治之本

人之所以異於禽獸者有二焉：一曰形，二曰道。含二氣之精，鍾五行之秀，首圓象天，足方象地，視明而聽聰，貌肅而言義，人之形也；父子之恩，君臣之義，夫婦之别，賓主之禮，朋友之信，人之道也。形與道具，則人所以爲人者盡矣。

雖然，天地能肇人以元而不能與人以形，父母能與人以形而不能化人以道。則夫統而正之，教而成之，使人日由於道；饑而食，渴而飲，以相與羣而不亂者，得無自而然哉！君師者，所以化人於道者也。故荀卿以爲治之本而列諸天地、先祖之後，以爲禮之三本，善乎其推明之也。

竊嘗謂人生於天地之間，其不能無羣也久矣。羽毛不足以禦寒暑，爪牙不足以供嗜欲，雪霜風雨之苦暴於外，則必挽草木、治宫室、緝絲麻以成之；饑渴、男女之欲役於外，則必鑿井泉、布黍稷、合夫婦以成之。力不能兼通也，必有士、農、工、商以成之；智不能獨任也，必有鄉黨、朋友以成之。夫以一人之身而與是數者之衆，相與爲羣於天下，紛紛藉藉，未易以爲億萬計。於斯時也，法度不立則力强者亂，兵强者叛，智强者譎，幾何而不趨於亂乎？仁義不明則居迷於所爲，行迷於所之，冥然無知以蹈禍機，幾何而不底於悔乎？禍亂并作，顧雖有天地之功、父母之恩，亦將無可奈何。則夫秉法度之權，修仁義之教，以相班治，以相訓迪者，是乃所以輔〔二〕天地不全之功，成父母不及之恩，君師之法豈不大哉！

《詩》曰：『豈弟君子，民之父母。』孔子曰：『視予猶父也。』夫父母之功亦大矣，而古之人以君師配之者，其功同也。其功同則事之之道同，就養之方、服勤之久、聞命之恭著在《禮經》，略可考矣。觀周之季，禮之見於世者，有若齊女之候奔者問父先其君，孔門之議服者喪師視其父，則其事之之禮爲何如哉！

雖然，禮有三本，其道一也。事君無可去之禮，而孔子於魯則去之；事師無可逃之理，而孟子乃使夷之逃墨。何也？蓋父母者天之合，以形言也，形可逃乎？君師者人之合，以道言也，苟非其道，則其所資以爲治者已亡其本矣，何禮之有？是故君道然耶？而高克去其君是孔子之罪人也；不然，則孔子亦將去魯矣。師道然耶？而陳相背其師是孔子之罪人也；不然，則孟子方且使夷之逃墨矣。二者或去或不去，雖出於禮之變，然其所以事之之實蓋無異致也。《傳》曰：『父生之，君治之，師教之。』故事三如一，此禮之所以大也。然則荀卿之論其亦主於〔二〕事之之禮乎？觀其名篇斷可識矣。學禮者不可不察也！

校勘記

〔一〕『輔』，叢書本作『補』。

〔二〕『主於』，叢書本作『生之』。

義勝利爲治世

好義欲利之情，人之所兩有也。二情交戰於胸中，義嘗難持於所守，而利嘗易溺於淪胥，此人之情所以輕義而逐利，而争亂之禍自此熾矣。先王以謂人之欲利之情，吾固不能絶其欲也，必將廓義風以聳動之，俾其皆知義之可尊而利之不足尚，而視不義之得若納溝中之污，常恐浼我者，則名節奮而争亂息矣。

義之與利，猶陰之與陽也：陰可使佐陽而不可使勝陽，陽道常饒，陰道常乏，然後萬物生也；利可使和義而不可使勝義，義必常重，利必常輕，然後天下治也。昔之人君所以成極治之隆者，未有不本諸此。以古考之，營國面朝後市，欲其先義而後利也。市師所涖之次謂之『思次』，欲其見利而思義也。士之所受之田謂之『圭田』，欲其以義而受利也。而又擇其長以相統正，比其人以相糾受，或是其賢，或黜其不肖，凡此，皆所以示民以義之爲重，利之爲輕。是以天下之人知義若是之重，故不敢棄義而逐利；知利若是之輕，故不敢趨利而犯義。閨門之内，子盡其孝，而無好貨不顧父母；朝廷之上，臣致其忠，而無好貨不顧其君。鄉黨之間無利合之友，闤市之廛無飾僞之爲，出而田野無争畔之夫，遠而道路無拾遺之人，舉天下之人〔二〕臣皆趨乎羞惡之端，凡不以義而得者有所不爲。故無争奪之患，無禍亂〔二〕之變，中正之俗成，節義之風著，獄自此息，刑自此措。三代之君所以登太平之盛而後世莫之及者，由此道也。

漢武之君不審夫治亂之原存乎義利之間，區區闢地於匈奴，任掊克之吏頭會箕斂以啟天下好利之心。當是時，盜賊并起，直指使者僅能勝之。故史家譏其凋敝，雖其法度文物之盛，而不能謂之治世者，抑有由矣，此董仲舒所以救當時好利之弊而欲以教化隄防之也。嗚呼！義利之心人兼有之，然好義者常寡，而殉利者常多，故孔子貶無駭以塞利欲〔三〕原，孟子譏宋牼以開義〔四〕路，凡以救其弊而已。

校勘記

〔一〕『人』，叢書本作『大』。

〔二〕『亂』，叢書本作『患』。

〔三〕『欲』，叢書本作『之』。

〔四〕叢書本『義』下有『之』字。

卷四

策

兵

昔衛靈公問陳於孔子，孔子對曰：『俎豆之事則嘗聞之矣，軍旅之事未之學也。』夫以孔子之聖，豈容軍旅之不知？然而云爾者，所以救靈公好戰之弊也。後世學者遂以謂學者之道專事俎豆之間，豈不妄哉！

昔者季氏問於冉有曰：『子之知戰，學於夫子耶？性之耶？』冉有曰：『即學於夫子者也。』夫子固未嘗言兵，冉有孰從而學之？蓋文武之道非有二也，一理而已。儒者明乎一理之變，以接萬事之散殊，平居無事，晏然自若，卒然有變，則亦何異乎揖遜之間而左右周旋以應之耶？夫武事之於儒，特其政事之一爾。求之仲尼之門，冉有、季路其人也，孰謂仲尼之徒不學之乎？仲尼之徒未嘗不知兵，不知兵者不足爲仲尼之徒，第不若後世之譎爾。

大抵天下之政自有常理。好戰，非也；忘戰，亦非也。好戰之甚，傷財害民，其弊也常至於忘戰，忘戰之甚，養寇遺患，其斃也常至於好戰，此勢之自然所不能已者。是以聖人未嘗去兵，亦未嘗好戰，顧其所以爲天下之具，不得不備以待不虞之變爾。

後世之學聖人者乃或不然，甚者抗兵相加，暴骨平野以快一時之憤，否則棄去武備以召不測之禍，此皆非得爲兵之大勢者也。若夫或攻或守，或進或退，或示之奇，或示之正，此特在臨機制變之間爾，可預言哉！趙括能讀父書而不免長平之敗，房琯用古車戰而有陳濤之奔，此輕言兵者也。是故古之善言兵者，必先觀天下之大勢，而後議攻守之術。不知勢而議攻守，一邊吏之事而已，何足爲君子道哉！儒生之言近於迂闊，然久而不勝其利，惟執事者擇焉。

君臣同心

蒙嘗觀文王之畫卦，然後知君子、小人之道分矣。其畫奇者，陽也，君子之象也；其畫耦者，陰也，小人之象也。君子之心主於義，義則周，周則一，是以陽畫似之。小人之心主於利，利則比，比則貳，是以陰畫似之。一故同心協德，貳故徇私阿黨。同心者治，徇私者亂，此泰否之名所爲分也。

雖然，君子固同心也，而不能使其類必用於朝廷；小人固徇私也，而不能使其類必退於草野。蓋德者我也，而用不用者君也，故欲有同心之臣，必先有一德之君。《乾》之九五曰：『飛龍在天，利見大人。』而孔子釋之曰：『同聲相應，同氣相求。水流濕，火就燥，雲從龍，風從虎，聖人作而萬物覩。本乎天者親上，本乎地者親下，則各從其類也。』夫欲平治天下，則必生大有爲之君以爲之先；有大有爲之君，必有一德之臣以爲之助，類之相感所必至者也。是以堯舜爲之君，斯有禹〔二〕、皋陶之徒同寅協恭以爲之臣，故唐虞以帝。成湯、文武爲之君，斯有伊尹、周公之徒一心一德以爲之臣，故商周以王。觀其一時君臣相與以義，圖治之盛也，有一新命，必再拜而遜之，有一昌言，必再拜而師之，有事則相戒以不怠，成功則相推而不居。周公則曰『惟汝奭』，召公則曰『惟我公』，一唱一和，相應如響，若七十二子之於孔門，欣欣愉愉，無有異志，必期於輔成而後已。嗚呼，盛哉！是豈禹、稷、皋陶、益、契、周、召之徒所能至於是與？蓋唐虞三代之君實有義以使之爾。方是時也，伯鯀方命而圮族，共工靜言而庸違，管蔡之徒挾三監而并起其小人之異意，思以讒説流言以惑其君者亦有之矣。夫惟其君始察而終信之，是以稷契、周召之徒得以同心而共理以贊其君於帝王之盛，《詩》《書》所載，後世無加焉。

天錫我宋主上以堯舜、禹湯、文武之德，龍飛於九五之位，兢兢業業，日念至治。遂拔一二大臣而用之，此正稷契、皋陶、周召之徒利見大人之時也。而廟堂大臣又思所以一志協謀，上副吾君願治之意，旁招俊彦列於庶官，可謂合於泰之匯征，君子在内而一心謀治以承功勳者矣。承學之士智慮淺末，不足以窺測萬一，竊嘗讀書見堯舜三代之盛，其君之所以任臣，其臣之所以事君，意其無以過於今日，謹因明問誦書以爲獻焉。昔者舜之命九官也，既各任之以其職矣，復戒之曰：『同寅協恭，和衷哉！』夫以禹、稷之相汲引，宜其異意無有也，而舜猶戒之。

故禹得以暨益而奏鮮食，暨稷而奏艱食，雖殛父而興子，而君臣相信而不疑。此人君求治之至誠而相戒之著者也，是唐虞之所以治也。昔者周公之爲師也，召公之爲保也，而召公不説。夫召公豈疑周公哉？以成王中材〔二〕之主而承難繼之業，所以憂之也。故周公作《君奭》以諭之，至舉成王〔三〕、文王皆有臣鄰協力之助，期於相勉以輔成王治，故其卒也，周道以興。此大臣求治之至誠收〔四〕相勉之效者也，是周之所以治也。夫唐虞三代之治一本於君臣之相戒如此，則爲今日獻策，姑舉諸典、謨、訓、誥之文以陳之而已矣。若夫漢、唐黨錮之事，此則不知戒者之禍也，蒙故不敢道焉。

校勘記

〔一〕叢書本『禹』下有『稷』字。
〔二〕『材』，叢書本作『興』。
〔三〕『王』，叢書本作『湯』。
〔四〕叢書本無『收』字。

州郡立學皆置學官

愚嘗謂三舍之法視賓興爲不足，視科舉爲有餘。何以言之？賓興之法詳於行而略於言，三舍之法詳於言而略於行，則取人以言者不若行之爲愈也。三舍之法屢試而後補，科舉之法一試而得之，則取人以暫者不若久之爲愈也。昔者先皇帝將欲化成人才以須後日之用，乃行三舍法於太學，是豈苟欲救當世之槃而以成周之制爲不可盡行於今日哉！蓋嘗聞唐太宗之言曰：『不井田，則周公之制不可行也。』井田立，故貧富無相臨之勢，是以公道行焉；井田廢，則貧富有競利之心，是以私道行焉。公道行者，是非得真；私道行者，是非失正。然則鄉舉里選之制後世其不可復矣，必欲舍衆人之私心而一取公於法，則三舍之制其賢於科舉不亦遠乎！故自元豐以來尤所注意，天下之士望風鱗集，争趨禮義之化以幸此日之難遇者，蓋肩相摩而足相躡也。

雖然，三舍之法行於太學，而太學之員才二千餘爾，遠方之地距京師者或數千里，而後就學於此，天下之士不可勝計，而就學限以二年，則教養之道無乃或未廣乎？道不廣，則擇之也不博；擇不博，則取之也不精。此明問所以欲郡立其學、學立其官而下問於諸生也。愚雖不敏，切願布一二焉。

昔者吴起嚙母臂以請從師於曾子，曾子薄之。陽城爲國子司業，一日令於諸生，去而覲親者蓋不啻數千人。夫學所以學爲忠與孝也，今也太學之制，告假者限之一年，而預上舍者必終歲而後可得，竊恐有孝如何蕃者有不得預兹選矣。昔者仲尼設科於魯，從之者蓋三千人，至於七十二弟子之列則魯人居其半，其次莫如齊、衛，魯之鄰國也。夫裹糧千里以從師，古人之能事也，而他國之士從師於孔子猶未若齊、衛之盛，况乎四方之士遠京師者或數千里，終歲聚糧尚懼不繼，則雖有賢如原憲者，切〔一〕恐不能自致於太學矣。故爲今之計者，莫若推三舍之法以行於天下，使近者不得〔二〕抱羈旅之戚，而遠者亦得承誘掖之化，顧不善哉！

若夫欲無勞民費財、牽制不可爲之勢，愚願循舊制；欲考察德行道藝而進之得其當，愚願明賞罰。何謂循舊制？州縣之間必有學焉，因之可也。其或士徒鮮少，數不滿百，并之可也。如必路立之學，則一路之士固已多矣，斥大黌則爲擾民，并遠就近則爲勞士。必郡立之學，則僻陋之邦士固少矣，建置官師則爲具位，士徒不足無以充選。故莫若酌其員數之多寡，因其黌舍之廣狹，可因則因，可併則併，則勞民費財非所患也。何謂明賞罰？曰：三舍之行，利害繫焉。苟欲趨利，何所不至？權行貴冑有請託之私，千金之子多假借之僞，私僞並行而望進退之當，蓋亦難矣。故莫若嚴其大法而略其細文，大法嚴則循〔三〕私者不得逞，細文略則好争者不得肆。夫如是，則考察不審非所患也。行之於先，既不爲擾民，考之於後，又足以得士。然後遞而升之，於太學則降一等以取之，是亦自鄉升之司徒之遺意也。行之數年，愚將見窮荒僻陋之壤亦將闐闐然、濟濟然，無以異於輦轂之下矣。惟執事者以人才爲念，而爲上陳其説焉，則天下學者幸甚！

校勘記

〔一〕『切』，叢書本作『竊』。

〔二〕『得』，叢書本作『致』。
〔三〕『循』，誤，叢書本作『徇』。

名節

愚嘗評天下之節有二概焉：有上節者，有下節者。昔者孟軻養浩然之氣以遊乎齊、梁之間，談帝王，論仁義，雖其君不説，至於怫然變色，方且雍容閑暇，請以正對而不可奪，此節之上者也。冉有、仲由親受業於聖人，可謂知義矣，而顓臾之伐，力不能救，乃從而飾之曰『夫子欲之』而已，果欲之而得不爲之救乎？其後由雖死於孔悝之難，然亦不中節矣，此節之下者也。

噫！節義者，君子之大致，人君所恃以維持天下國家者也。上節如孟軻，古人所謂『豪傑之士』，不可多得者也。下節如仲由，蓋自衆人而下多有之，必欲進其所長，救其所短，以至於大全，蓋亦爲之勸沮之方而已。何則？中人之性，進之則上，排之則下。進之可使盜跖爲伯夷，排之可使伯夷爲盜跖，此勢之必致者也。胡不觀兩漢之間乎？西漢之士非固不好義也，而挺名節者一何少耶？排之故也。東漢之士非固好義也，而挺名節者又何多耶？進之故也。

蓋嘗考高祖以馬上得天下，首喜功名而薄仁義，士之自好者固已遁商山而不出矣。逮至孝武，所謂好儒者也，奈何强明自任，恥於見屈，一時賢士誅戮殆盡，其間獲全以終其身者，類不過乎公孫弘、石慶之順從而止爾，東方朔、司馬相如之談諧而止爾。其君所上如此，幾何不使天下之士崇勢利而羞仁義者乎！故自元、成以來，廉節道塞，學士、大夫包羞含垢俯首於下執事，以幸升斗之禄，薾然無復自喜之氣，雖賢如揚雄者猶幾於不免，況餘人乎？是以奸雄之徒無復畏憚，得以談笑而攘之。迹其所以致此，豈特恭、顯數君之罪哉？抑高祖、孝武有以抑之於其初而然耳！

光武之興也，列侯名將相與戮力以成一代之業者有若寇、鄧、耿、賈之儔，其豐功偉績有足褒重者固亦多矣，不此之顧，而獨勤勤以身先於故人之子陵。而又侯湛、卓茂之徒亦非素有顯顯〔一〕之功也，一旦加之列侯之上，曾不少貳。於是天下曉然知勢利之爲卑，而道德之爲尊矣。更相崇尚，遂以成俗，雖歷世以〔二〕遠而其風不衰。下至於懦夫孺子，忠義所發，猶有甘心於膏鈇烹鼎〔三〕而不悔者，而況耿介者乎？漢祚雖已衰微，而奸雄熟視，不敢竊發，誠以仁人義士所與掖持者甚衆故也。迹其所以致此，又豈獨陳蕃數君之力哉？亦光武有以進之於初而然爾！大抵人性靡常，惟君所尚。其開端也曾不出於旦暮之間，及其成效也乃在乎數十世之後，不可不察也。

然則爲今計者奈何？亦稽諸兩漢而已。稽西漢所以失，則柔媚之徒沮之可也；稽東漢所以得，其廉節之士勸之可也。何謂勸？曰：廉節之士介然自守，彼其視夏畦之勞若去烈火，猶懼不速，其肯脅肩諂笑以自媚於人哉！不用於朝，則亦去〔四〕之山林而止耳。爲政者必得若人而用之，優之爵禄，崇之名譽，豈徒忠直之言日聞於上，而天下之士亦將欣然慕、奮然從而日趨於禮義之域矣。何謂沮？曰：諂媚之士望風希旨以求合乎上者，直志於得而已，無恤其他也。曰然亦然，吾不知其實然乎否也；曰不然亦不然，吾不知其實不然乎否也。上之人一不得其情而遂用之，則今日之然又轉將〔五〕爲他日之不然矣。必在察其情，稽其事，驗之以所與往，究之以所從來，則信誕見矣。其不信者薄加擯斥，示不復用，而貪得之士亦奚肯舍所守而犯所禁哉！此勸沮之方也。

雖然，天下固有所謂豪傑之士，招不來，麾不去，如孟軻之自信者矣，殆非勸沮之所能動也。苟非其人，則必畏誅而慕賞，人皆畏誅而慕賞，則吾勸沮之道行矣。及其久也，漸以成風，則天下之士又將有不待賞而勸，不待誅而沮者。觀東漢之季士有不畏朝廷之誅戮而畏天下之清議者，此又其效素所較然者也。今也誠能本之學校以鼓舞之，而輔以勸沮之法，愚將見在位之人皆節儉正直有如文王之時者矣。區區黨錮之餘，又何足道？

校勘記

〔一〕『顯』，叢書本作『赫』。

〔二〕『以』，叢書本作『之已』。

〔三〕『膏鈇烹鼎』，叢書本作『姦鐵逆鼎』。

〔四〕叢書本『去』下有『而』字。
〔五〕叢書本『轉將』二字互乙。

用人

古之制爵禄也五等：公也，孤也，卿也，大夫也，士也。先王豈以是[一]等級天下之士哉！以其德不足公也，故命之以爲孤；以其德不足於孤也，故命之以爲卿；以其德不足於卿也，故命之以爲大夫；以其德不足於大夫也，故命之以爲士。其貴承於天子而無嫌其德大也，其賤列於下士而非屈其德小也。夫小德之於大德，相去遠矣。求小德於衆也，猶什伯也；求大德於小德，猶千萬也。是以古者天子之制三公、九卿、二十七大夫、八十一元士，其中下士之數則以萬計，豈不以德愈大而求愈難，德愈小而求愈易哉！孔子曰：『才難，不其然乎？』夫公者止於三而已，猶曰『無其德則闕之』，况孤、卿乎？然孤、卿之才則不若三公爲難者也，故自古以來未之敢闕。惟其不闕，而又當其才，此古治所以爲可尚也。文王之時，小大之才皆可用，而《棫樸》之詩作『薪之槱之』是也。宣王之時，小大之才採之有餘，而《采芑》之詩作『薄言采芑』是也。夫才之大者爲難得也，而文王、宣王之世獨取盈焉，豈非教養而然乎？

我國家以庠序養天下之士，求之經術，擇之師儒，所以作成人才之意固已進乎宣而肩乎文矣，固宜濟濟多士溢於今日，公卿之才取足而有餘。而乃廟堂之上每以乏才爲憂，侍從之列、省寺之官闕者幾半，久而未補，此議者不得不致疑於斯焉。愚嘗思其故矣，朝廷以資格取天下之常才，以薦舉待天下豪傑之士，處於下列固有之矣，而試之未詳，知之未盡，亦未之敢舉也。故必擇其優爲之者然後敢用，求於適足而已，此君子慎名器之道也。奈何前日異意之人臣悉以擯斥，是皆出於大臣侍從之列也。斥者既退矣，而欲用者尚試之未詳也，是其所以闕員者乎？孔子曰：『犂牛之子騂且角，雖欲勿用，山川其舍諸？』此言才之難也。又曰：『舉爾所知，爾所不知，人其舍諸？』此言舉才之道也。

夫自侍從以至於省、臺、寺、監之官，其員衆矣，吾君獨能盡知之乎？是有賴於吾相也。吾相亦獨能盡知之乎？是有賴於侍從之臣也。昔唐太宗謂房、杜曰：『僕射所以助朕廣耳目、訪求賢才者也。』比聞日閱訟數百，豈暇求人哉！乃敕細事屬左右丞，大事關僕射。夫閱訟，事之小者也，一訟或失，在一事爾，而擇人一失，其敗事豈不多乎？姚崇嘗擬郎吏於玄宗，玄宗不主其語，乃曰：『大事吾與辦，除郎吏，小事爾，顧崇不能重煩我耶？』夫擇人任官，真宰相之任也，以謂百執事之衆不足以遍知，亦使侍從、省、寺之臣薦其才而已。陸贄語於德宗曰：『左右丞、郎中、御史大夫、中丞，達官也，陛下擇宰相而不〔二〕擇天下之才，可耶？』柳渾亦曰：『陛下當擇臣等以輔聖德，臣等當擇京兆尹以弘〔三〕大化，尹當擇令以親細事。』夫才之難也久矣，誠以一人之明不足以遍知天下之賢，則亦上下相委以廣求之之道也。己所不知，人其知之矣，必欲懲妄舉之失，則察之可也。孟子曰：『諸侯能薦人於天子，不能使天子與之諸侯；

大夫能薦人於諸侯，不能使諸侯與之大夫。』故察之見賢焉然後用，特在吾君、吾相而已。昔前所降之詔許侍從之臣各舉爾所知以應任使者，正爲時擇才之大法也。鄙生無知，姑叙所聞焉。

校勘記

〔一〕叢書本無『是』字。

〔二〕『而不』，叢書本作『則可』。

〔三〕『弘』，叢書本作『洪』。

雜　著

漁樵問對

漁者垂釣於伊水之上。樵者過之，弛擔息肩坐於盤石之上，而問於漁者曰：『魚可釣取乎？』曰：『然。』『非餌可乎？』曰：『否。』『非釣也，餌也。魚利食而見害，人利魚而蒙利。其利同也〔二〕，其害異也，敢問何故？』漁者曰：『子，樵者也，與吾異治，安得侵吾事乎？然亦可以與子試爲言之：彼之利猶此之利也，彼之害亦猶此之害也。子知其小，未知其大。魚之利食，吾亦利乎食也；魚之害食，吾亦害乎食也。以魚之一身當人之一食，則魚之害多矣；以人之一身當魚之一食，則人之害亦多矣。魚利乎水，人利乎陸，水與陸異，其利一也；魚害乎餌，人害乎財，餌與財異，其害一也；又何必分乎彼此哉！子之言體也，獨不知用耳。」樵者又問曰：「魚待烹而食，必吾薪濟之乎？」曰：「然。子知薪能濟吾之魚，不知子之薪所以濟吾之魚也。薪之能濟魚也久矣，不待子而後知。苟未知火之能用薪，則子之薪雖積丘山，獨且奈何哉？」樵者曰：「火之功大於薪，固知之矣。敢問水？」曰：「火之性能迎而不能隨，故滅；水之性能隨而不能迎，故熱。是故有温泉而無寒火。火以用爲本，以體爲末；水以體爲本，以用爲末；是故能濟又能相息。非獨水火則然，天下之事皆然，在乎用之如何爾。」樵者曰：「用，可得聞乎？」曰：「可以意得者，物之性也；可以言傳者，物之情也；可以象求者，物之形也；可以數取之者，物之體也。用也者，妙萬物而言者也。可以意得而不可以言傳。」曰：「不可以言傳，則子惡得而知之乎？」曰：「吾所以得而知之者，固不能以言傳，非獨吾不能傳之以言，聖人亦不能傳之以言也。」曰：「聖人既不能傳之以言，則《六經》非言也耶？」曰：「時然後言，何言之有？」樵者贊曰：「天地之道備乎人，萬物之道備乎身，衆妙之道備乎神，天下之能〔二〕畢矣，又何思何慮？吾今而後知事天〔三〕踐形之爲大，不及子之門，則幾至乎殆矣。」乃析薪烹魚而食之，飫而論《易》。

漁者與樵者遊於伊水之上，漁者歎曰：「熙熙乎，萬物之多而未始有雜，吾知遊乎天地之間，萬物皆可以無心而致之矣。非子，則吾孰與歸焉？」樵者曰：「敢問無心致天地萬物之方。』漁者曰：『無心者，無意之謂也。無意之意，不我物也。不我物然後能物物。』曰：『何謂我？何謂物？』曰：『以我徇物，則我亦物也；以物徇我，則物亦我也。我、物皆致意，由是明天地亦萬物也，何天地之有焉？萬物亦天地也，何萬物之有焉？萬物亦我也，亦何萬物之有焉？我亦萬物也，何我之有焉？何物不我？何我不物？如是，則可以宰天地，可以司鬼神，而況於人乎？況於物乎？』

樵者問漁者曰：『天何依？』曰：『依乎地。』『地何附？』曰：『附乎天。』曰：『然則天地何依何附？』曰：『有何依附？天依形，地附氣。其形也有涯，其氣也無涯。有無之相生，形氣之相息，終則有始。終始之間，其天地之所存乎？天以用爲本，以體爲末；地以體爲本，以用爲末。利用出入之謂神，名體有無之謂聖，惟神與聖爲能參乎天地者也。小人則日用而不知，故有害生實喪之患。夫名也者，實之賓也；利也者，害之主也。名生於不足，利喪於有餘，害生於有餘，實喪於不足，此理之常也。養身者必以利，貪夫則以身徇利，故有害生焉。立身者必以名，衆人則以身徇名，故有實喪焉。凡言朝者，萃名之所也；市者，聚利之地也。能不以争處乎其間，何害生實喪之有耶？利至則害生，名興則實喪，利至名興而無害生實喪之患，惟有德者能之。』

樵者問漁者曰：『子以何道而得魚？』曰：『吾以六物具而得魚。』曰：『六物具也，豈由天乎？』『具六物而得魚者，人也；具六物而所以得魚者，非人也。』樵者未達，請問其方。漁者曰：『六物者，竿也，綸也，浮也，沉也，鈎也，餌也。一不具則魚不可得。然而六物具而不得魚者，非人也。六物具而不得魚者有焉，未有六物不具而得魚者也。是故具六物者，人也；得魚與不得魚者，天也。六物不具而不得魚者，非天也，人也。』

樵者曰：『人有禱鬼神而求福者，福可禱而求耶？求之而可得耶？敢問其所以。』曰：『語善惡者，人也；福禍者，天也。天道福善而禍淫，鬼神其能違天乎？自作之咎，固難逃已〔四〕，天降之災，禳之奚益？修德積善，君子常分，安有餘事於其間哉？』樵者曰：『有爲善遇禍，有爲惡獲福者，何也？』漁者曰：『有幸與不幸也。幸不幸，命也；常不常，分也。一命一分，人其可逃乎？』曰：『何謂分？何謂命？』曰：『小人之遇福，非分也，命也；常禍，分也，非命也。君子之遇禍，非分也，命也；常福，分也，非命也。』

漁者謂樵者曰：『人之所謂親，莫如父子也；人之所謂疏，莫如路人也。利害在心，則父子過路人遠矣。父子之道，天性也，利害猶或奪之，況非天性乎？夫利害之移人如是之深也，可不慎乎！路人之相逢則過之，固無利害之心焉，無利害在前故也。有利害在前，則路人與父子又奚擇焉？路人之能相交以義，又何況父子之親乎！夫義者，讓之本也；利者，争之端也。讓則有仁，争則有害。仁與害，何相去之遠也？堯舜亦人也，桀紂亦人也，人與人同，而仁與害異爾。仁因義而起，害由利而生。利不以義則臣弑其君者有焉，子弑其父者有焉，豈若路人之相逢一日而交袂於中逵者哉！』

樵者謂漁者曰：『吾嘗負薪矣，舉百斤而無傷吾之身，加十斤則遂傷吾之身，敢問何故？』漁者曰：『樵則吾不知之矣，以吾之事觀之，則易地皆然。吾嘗釣而得大魚，與吾交戰，欲棄之則不能舍，欲取之則不能勝，終日而後獲，幾有没溺之患矣，豈直有傷身之患耶？魚與薪異也，其貪而爲傷則一也。百斤力，分之内者也，十斤力，分之外者也。力分之外，雖一毫猶且爲害，而况十斤乎？吾之貪魚亦何異子之貪薪乎？』樵者歎曰：『吾今而後知量力而動者，智矣哉！』

樵者謂漁者曰：『子可謂知《易》之道矣。敢問《易》有太極，何物也？』曰：『無爲之本也。』『太極生兩儀，天地之謂乎？』曰：『兩儀，天地之祖也，非止天地而已也。太極分而爲二，先得一爲一，後得一爲二。一、二之謂兩儀。』曰：『兩儀生四象，何物也？』曰：『四象謂陰、陽、剛、柔。有陰陽然後可以生天，有剛柔然後可以生地，立道之本，於斯爲極。』曰：『四象生八卦，八卦〔五〕何謂也？』曰：『乾、坤、離、坎、兑、艮、震、巽之謂也，迭相盛衰終始於其間矣。因而重之，則六十四由是而生也，而《易》之道始備矣。』

樵者問漁者曰：『復何以見天地之心乎？』曰：『先陽已盡，後陽始生。大則天地始生之際，中則當日月始周之際，末則當星辰始終之際。萬物死生，寒暑代謝，晝夜變遷，非此無以見之。當天地窮極之所必變，變則通，通則久。故象言「先王以至日閉關，商旅不行」。後不省，方順天故也。』

樵者謂漁者曰：『無妄，災也，敢問其故？』曰：『妄則欺也，得之必有禍。斯有妄也，順天而動，有禍及者，非禍也。猶農夫有思豐而不勤稼穡者，其荒也不亦禍乎？農有勤稼穡而復敗諸水旱者，其荒也不亦災乎？故象言「先王以茂對時育萬物」，貴不妄也。』

校勘記

〔一〕叢書本『也』下有『而』字。

〔二〕叢書本『能』下有『事』字。

〔三〕『天』，叢書本作『心』。

〔四〕『已』，叢書本作『也』。

〔五〕叢書本無『八卦』二字。

附　録

上蔡先生語録凡三事

元承曰：誠意積於中者既厚，則感動於外者亦深。故伯淳所在臨政，上下自然響應。

或問：『劉子進乎？』曰：『未見他有進處。所以不進者何？只爲未有根。』因指庭前醛醵曰：『此花只爲有根，故一年長盛如一年。何以見他進未有進處？不道全不進，只他守得定不變，却亦早是好手。如麋仲之徒，皆忘却了。』

昔從明道、伊川學者多有《語録》，二劉各録得數册。

高閌伊洛辨

伊川先生議論不事文采，豈有意於傳遠哉！然猶班班可考者，以有劉元承之徒口爲傳授故也。

許右丞祭左史文

公游太學，我亦諸生。我蒙召還，公在朝廷。僦舍國南，門巷相望。把酒道舊，其喜洋洋。嗟我昏蒙，惟公之畏。公不我鄙，委曲教誨。廣大精微，我駭且疑。公指其要，莫先致知。用舍行藏，我亦公告。公曰有命，豈不自好？取别阪堤，歲月如馳。公往不還，而以喪歸。大車夷涂，發軔千里。伊誰梍之？而止於此。公之道學，我實銘之。匪告於今，維後之貽。公葬荆洲，千夫臨穴。而我何爲？薄禄羈絏。絮酒寓辭，以寫契素。瞻彼大江，日夜東注。

墓誌

有宋承議郎權發遣宣州軍州管勾學事兼管内勸農桑事借紫金魚袋劉公卒於州之正寢，其弟安上、安禮護其柩歸，卜以卒之二年二月壬子葬於所居永嘉縣仙桂鄉之外彎山。郡人戴迅狀其州里、世次、道學、歷官、行事之實，而安上問銘於橫塘許景衡，景衡曰：『墓有銘，非古也。旂常、彝、鼎著人功善以示不忘，今不復用，則賢人君子可傳於後世者殆將泯然矣。無已，則銘乎？』

恭惟劉氏系出彭城，其家於溫也久矣。大父諱瑩，積善有陰施，識者知其後必昌〔一〕大。父諱弢，以公恩封宣義郎。公諱安節，字元承，資稟不凡，方兒時已有遠度，比長，嗜學，有所未達，思之夜以繼日，必至於得而後已。少與從父弟今徽猷待制安上相友愛，皆以文行爲士友所推稱。既冠，聯薦於鄉，同游太學，秀出諸生間，號『二劉』。一時賢士大夫皆慕與之友〔二〕，而宗工名儒見其文聞其爲人皆嘆服。

元符三年擢進士，調越州諸暨縣主簿。國子祭酒率其屬表留公太學，不報。除萊州州學教授，未行，改河東提舉學事司管勾文字。久之，同時學校者皆進顯於朝廷，獨公奔走小官，未嘗爲進取謀，議者惜之。改宣德郎，受代來歸。當天子厲精庶政之日，孜孜賢俊求之如不及，宰相以公名聞，有旨召對便殿。公言春宮宜慎擇官屬，雖左右趨走者必惟其人。又論節儉及君子、小人，和、同之異，上稱善，顧問甚悉，即日擢爲監察御史。數决大獄，所平反甚衆。居數月，攝殿中侍御史，士論翕然稱得人。公之爲察官也，謁告省親於鄉，亦既陛辭矣，而殿中命下，故不供職而歸。俄除起居郎，有旨趣赴闕。公迎宣義而西，居無何，宣義思歸，公欲乞外補，宣義固止之。以爲朝廷厚恩，宜修職報效，且吾志安於閭里，事親者務孝〔三〕其志可也，公遂不敢言。明年，除太常少卿。而言者斥公在言責時無所建明，且久不寧親，責守饒州。州洊饑，公至，大發廩振之，又檄旁郡無遏糴。軍儲不足，他日皆取諸民，公曰：『歲饑如此，重困之，可乎？他用宜有相通者，正應調適其緩急耳！』市人數爲在官者擾，至晝日閉關，或逃散郊外。公躬率以廉，僚屬化之。久闕守，獄訟積留，紀綱隳壞，吏偷而民病。公爲究其本末先後，疏剔滯礙，俾就條理。未幾，饑者以充，乏者以濟，逃者以復，凡爲民獘害者悉除去。於是與之更治一作『始』賦出，裁制舉貢奉所須，俾屬縣先期戒民，無倉卒之擾。民既和樂，愛戴之如父母。雨暘，有禱輒應，人以爲精誠所格也。冬祀，貢縑有期會，而民未能盡輸。公語其屬曰：『民困甚，雖嚴督之亦未必辦，吾其以罪去乎！』豪民數十人聞之，曰：『可使我公得罪耶？』相與代輸之，其得人心如此。治聲流聞京師，移知宣州。去饒之日，民遮留之，泣涕不忍别。耆壽以爲州自范文正後惟吾劉公而已。至宣十日，水大至，公分遣其屬縣舟拯溺而躬督之，晝夜不少休，所活蓋數千人。而流民至者以萬數，公闢佛廟以處之，發廩以活之，一無失所者。其將發廩也，吏以爲法令不可，而部使者亦持其議，公皆不聽。其後御史疏江浙不賑濟以聞，詔書切責，獨宣不與焉。政和六年春，大疫，公命醫分治甚力，其得不死者不可計。夏五月己亥，公得疾，精爽不昧，與家人語如平時。至乙巳卒，享年四十九。吏哭於庭，民哭於巷，雖童稚亦知感慕，而士大夫無遠近識否皆爲之歎息。

娶何氏，同郡人願之女，封榮德縣君，公貳太常，改封宜人。公之娶也，初行親迎之禮，鄉人慕而繼之。旁郡聞之〔四〕駭且笑，比朝廷頒五禮於天下，於是人皆思公之倡始云。宜人仁孝可稱，人以爲宜相君子者。先公得疾，且瘳，會公病卒，哭之不成聲，後二日亦卒。生子男曰暨孫，有異質，九歲而夭；一女尚幼。以安上之子誠爲後。部使者表其治績及勤民致死狀，天子惻然，惜其才未及盡用，特命誠將仕郎。

公清明坦夷，雅近於道。嘗從當世先生長者問學，始以致知格物發其材，久之，存心養性，於是有得。其氣貌温然，望之知其有容。遇人無貴賤、小大一以誠，雖忤己者略不見其怒色恚辭也。其在河東，同僚有交惡者，一日邂逅公座，聞其緒餘，不覺自失，相與如初。其静默弗校，宜若易與者。至於有所立，則挺然不可回奪也。聞人善如己出，或歸以過，未嘗辯。遇事不擇劇易，人所厭苦者行之裕然，無迫遽勤瘁之色。敏於從事，區處黑白惟義之適，不以禍福利害爲避就。鄒公浩以右正言得罪，公與其所厚者數輩追路勞勉之。時朝廷震怒，痛治送行者，追逮甚急。人皆惴恐，公獨泰然如平時。既而哲宗察其無他，有詔釋之，而公亦自如也。事親能承順其意，教養諸弟涵容周旋，有古人所難者。族居逾百口，上下愛信，雖臧獲無間言也。常曰：『堯舜之道不過孝弟，天下之理有一無二，乃若異端，則有間矣。』其與人遊，常引其所長而陰覆其所不及。諸暨令不事事，州將欲易一作『移』置他邑，公既左右之，振其綱條，又稱其長者，將遂善遇之。宣州賑濟，公疏以爲非敢專也，蓋有所受之於是，朝廷録部使者之功而追拔焉。蓋其志非敢私其身，而在於爲人，其所施置常在於公天下，以爲心不如是，則非所以合内外、通彼我也。其於窮理盡性之學方進未艾，使天假之年，有爲於世，則吾未知與古名臣爲如何耳！觀其爲二州，專以仁義教化，平易近民。民有訟，委曲訓戒之，俾無再犯。間有鬥者，將訴於官，則曰：『何面目復見府公？』輒中輟。以是庭無可治之事，而或逾旬不施鞭撲，其爲政效見於此。公之講學，常攝其要，使人廓然知聖賢途[五]轍，可望而進。而景衡也實與切磋之益，今銘其墓、著其行事乃止於此而已。蓋公之潛德隱行，雖至親厚善亦不能盡知之也。然因其所常言而逆其所不言，以其所已爲而究其所欲爲，庶幾後之君子有考焉，是不爲略也。

銘曰：自明而誠，大人學兮。聖門授受，其來邈兮。孰溢其源，末流涸兮。紛紛百家，益偏駁兮。後學專門，只穿鑿兮。上下千載，嗟殘剥兮。温温劉公，其美璞兮。斯文有傳，與敦琢兮。始乎致知，物斯格兮。沉涵充擴，卒自得兮。衆人巧智，獨敦樸兮。衆人迫隘，獨恢廓兮。衆人利欲，獨淡泊兮。洞然無礙，油然樂兮。造膝有陳，其利博兮。御史、左史，帝親擢兮。出守二州，愈民瘼兮。浩浩江河，裁一勺兮。天命在人，孰厚薄兮？氣之所鍾，有美惡兮。會元孕粹，良不數兮。幸而得之，歎〔六〕冥漠兮。茫茫九原，能復作兮。我銘其藏，尚後覺兮！

校勘記

〔一〕叢書本無『昌』字。
〔二〕『友』，叢書本作『交』。
〔三〕『孝』，叢書本作『養』。
〔四〕『之』，叢書本作『者』。
〔五〕『途』，叢書本作『岐』。
〔六〕『歎』，叢書本作『欸』。

補遺

伊川先生語四

劉元承手編

問仁。曰：『此在諸公自思之，將聖賢所言仁處類聚觀之，體認出來。孟子曰：「惻隱之心，仁也。」後人遂以愛爲仁。惻隱固是愛也，愛自是情，仁自是性，豈可專以愛爲仁？孟子言惻隱爲仁，蓋爲前已言「惻隱之心，仁之端也」，既曰仁之端，則不可便謂之仁。退之言「博愛之謂仁」，非也。仁者固博愛，然便以博愛爲仁，則不可。』

又問：『仁與聖何以異？』曰：『人只見孔子言「何事於仁？必也聖乎」，便謂仁小而聖大。殊不知此言是孔子見子貢問博施濟衆，問得來事大，故曰「何事於仁？必也聖乎」。蓋仁可以通上下言之，聖則其極也。聖人，人倫之至。倫，理也。既通人理之極，更不可以有加。若今人或一事是仁，亦可謂之仁，至於盡仁道，亦謂之仁，此通上下言之也。如曰：「若聖與仁，則吾豈敢？」此又却仁與聖俱大也。大抵盡仁道者即是聖人，非聖人則不能盡得仁道。』問曰：『人有言：「盡人道謂之仁，道天道謂之聖。」此語如何？』曰：『此語固無病，然措意未是。安有知人道而不知天道者乎？道一也，豈人道自是人道，天道自是天道？《中庸》言：「盡己之性，則能盡人之性；能盡人之性，則能盡物之性；能盡物之性，則可以贊天地之化育。」此言可見矣。揚子曰：「通天地人曰儒，通天地而不通人曰伎。」此亦不知道之言。豈有通天地而不通人者哉？如止云通天之文與地之理，雖不能此，何害於儒？天地人只一道也，纔通其一，則餘皆通。如後人解《易》，言《乾》天道也，《坤》地道也，便是亂説。論其體，則天尊地卑；如論其道，豈有異哉？』

問：『「孝弟爲仁之本」，此是由孝弟可以至仁否？』曰：『非也。謂行仁自孝弟始。蓋孝弟是仁之一事，謂之行仁之本則可，謂之是仁之本則不可。蓋仁是性一作『本』也。孝弟是用也。性中只有仁義禮智四者，幾曾有孝弟來？趙本作『幾曾有許多般數來』。仁主於愛，愛孰大於愛親？故曰：「孝弟也者，其爲仁之本歟！」』

孔子未嘗許人以仁。或曰：『稱管仲「如其仁」，何也？』曰：『此聖人闡幽明微之道。只爲子路以子糾之死，管仲不死爲未仁，此甚小却管仲，故孔子言其有仁之功。此聖人言語抑揚處，當自理會得。』

問：『克伐怨欲不行，可以爲仁。』曰：『人無克伐怨欲四者，便是仁也。只爲原憲著一箇「不行」，不免有此心，但不行也，故孔子謂「可以爲難」。此孔子著意告原憲處，欲他有所啟發。他承當不得，不能再發問也。孔門如子貢者，便能曉得聖人意。且如曰：「女以予爲多學而識之歟？」對曰：「然。」便復問曰：「非歟？」孔子告之曰：「非也。予一以貫之。」原憲則不能也。』

問：『仁與心何異？』曰：『心是所主處，仁是就事言。』曰：『若是，則仁是心之用否？』曰：『固是。若説仁者心之用則不可。心譬如身，四端如四支。四支固是身所用，只可謂身之四支。四端固具於心，然亦未可便謂之心之用。』或曰：『譬如五穀之種，必待陽氣而生。』曰：『非是。陽氣發處，却是情也。心譬如穀種，生之性便是仁也。』

問：『四端不及信，何也？』曰：『性中只有四端，却無信。爲有不信，故有信字。且如今東者自東，西者自西，何用信字？只爲有不信，故有信字。』又問：『莫在四端之間？』曰：『不如此説。若如此説時，只説一個義字亦得。』

問：『忠恕可貫道否？』曰：『忠恕固可以貫道，但子思恐人難曉，故復於《中庸》降一等言之，曰「忠恕違道不遠」。忠恕只是體用，須要理會得。』又問：『恕字，學者可用功否？』曰：『恕字甚大，然恕不可獨用，須得忠以爲體。不忠，何以能恕？看忠恕兩字，自見相爲用處。孔子曰：「君子之道四，丘未能一焉。」恕字甚難。孔子曰：「有一言可以終身行之者，其恕乎！」』

問：『人有以「君子敬而無失與人」爲一句，是否？』曰：『不可。敬是持己，恭是接人。「與人恭而有禮」，言接人當如此也。近世淺薄，以相歡狎爲相與，以無圭角爲相歡愛，如此者安能久？若要久，須是恭敬。君臣朋友，皆當以敬爲主也。《比》之上六曰：「比之無首，凶。」

《象》曰：「比之無首，無所終也。」比之有首，尚懼無終；既無首，安得有終？故曰「無所終也」。《比》之道，須當有首。』或曰：『君子淡以成，小人甘以壞。』曰：『是也。豈有甘而不壞者？』

問：『「出門如見大賓，使民如承大祭。」方其未出門、未使民時，如何？』曰：『此「儼若思」之時也。當出門時，其敬如此，未出門時可知也。且見乎外者，出乎中者也。使民出門者，事也。非因是事上方有此敬，蓋素敬也。如人接物以誠，人皆曰誠人，蓋是素來誠，非因接物而始有此誠也。儼然正其衣冠，尊其瞻視，其中自有個敬處。雖曰無狀，敬自可見。』

問：『人有專務敬以直内，不務方外，何如？』曰：『有諸中者，必形諸外。惟恐不直内，内直則外必方。敬是閑邪之道。閑邪存其誠，雖是兩事，然亦只是一事，閑邪則誠自存矣。天下有一個善，一個惡。去善即是惡，去惡即是善。譬如門，不出便入，豈出入外更别有一事也？』

『義還因事而見否？』曰：『非也。性中自有。』或曰：『無狀可見。』曰：『説有便是見，但人自不見，昭昭然在天地之中也。且如性，何須待有物方指爲性？性自在也。賢所言見者事，某所言見者理。』如日不見而彰是也。

人多説某不教人習舉業，某何嘗不教人習舉業也。人若不習舉業而望及第，却是責天理而不修人事。但舉業，既可以及第即已，若更去上面盡力求必得之道，是惑也。

人注擬差遣，欲就主簿者。問其故，則曰責輕於尉。某曰：『却是尉責輕。尉只是捕盗，不能使民不爲盜。簿佐令以治一邑，使民不爲盜，簿之責也，豈得爲輕？』或問：『簿，佐令者也，簿所欲爲，令或不從，奈何？』曰：『當以誠意動之。今令與簿不和，只是争私意。令是邑之長，若能以事父兄之道事之，過則歸己，善則惟恐不歸於令，積此誠意，豈有不動得人？』問：『授司理，如何？』曰：『甚善。若能充其職，可使一郡無冤民也。』『幞官言事不合，如之何？』曰：『必不得已，有去而已。須權量事之大小，事大於去，則當去；事小於去，亦不須去也。事大於争，則當争；事小於争，則不須争也。今人只被以官爲業，如何去得？』

人有實無學而氣蓋人者，其氣一作『稟』有剛柔也。故强猛者當抑之，畏縮者當充養之。古人佩韋弦之戒，正爲此耳。然剛者易抑，如子路，初雖聖人亦被他陵，後來既知學，便却移其剛來克己甚易。畏縮者氣本柔，須索勉强也。

藻鑒人物，自是人才有通悟處，學不得也。張子厚善鑒裁，其弟天祺學之，便錯。

問：『學何以有至覺悟處？』曰：『莫先致知。能致知，則思一日愈明一日，久而後有覺也。學而無覺，則何益矣？又奚學爲？「思曰睿」，「睿作聖」。纔思便睿，以至作聖，亦是一箇思。故曰：勉强學問，則聞見博而智益明。』又問：『莫致知與力行兼否？』曰：『爲常人言，纔知得非禮不可爲，須用勉强；至於知穿窬不可爲，則不待勉强，是知亦有深淺也。古人言樂循理之謂君子，若勉强，只是知循理，非是樂也。纔到樂時，便是循理爲樂，不循理爲不樂，何苦而不循理？自不須勉强也。若夫聖人不勉而中，不思而得，此又上一等事。』

問：『張旭學草書，見擔夫與公主爭道，又公孫大娘舞劍，而後悟筆法，莫是心常思念至此而感發否？』曰：『然。須是思方有感悟處，若不思，怎生得如此？然可惜張旭留心於書，若移此心於道，何所不至？』

『思曰睿，思慮久後，睿自然生。若於一事上思未得，且別換一事思之，不可專守著這一事。蓋人之知識，於這裏蔽著，雖强思亦不通也。一本此下云：『或問：「思一事，或泛及佗事，莫是心不專否？」曰：「心若專，怎生解及別事？」』

與學者語，正如扶醉人，東邊扶起却倒向西邊，西邊扶起却倒向東邊，終不能得佗卓立中途。

古之學者一，今之學者三，異端不與焉：一曰文章之學，二曰訓詁之學，三曰儒者之學。欲趨道，舍儒者之學不可。

今之學者有三弊：一溺於文章，二牽於訓詁，三惑於異端。苟無此三者，則將何歸？必趨於道矣。

或曰：『人問某以「學者當先識道之大本，道之大本如何求」？某告之以「君臣、父子、夫婦、兄弟、朋友，於此五者上行樂處便是」。』曰：『此固是。然怎生地樂？勉强樂不得，須是知得了，方能樂得。故人力行，先須要知。非特行難，知亦難也。《書》曰：「知之非艱，行之惟艱。」此固是也，然知之亦自艱。譬如人欲往京師，必知出那門，行那路，然後可往。如不知，雖有欲往之心，其將何之？自古非無美材能力行者，然鮮能明道，以此見知之亦難矣。』

問：『忠信進德之事，固可勉强，然致知甚難。』曰：『子以誠敬爲可勉强，且恁地説，到底須是知了方行得。若不知，只是覷却堯學他行事，無堯許多聰明睿知，怎生得如他動容周旋中禮？有諸中，必形諸外。德容安可妄學？如子所言，是篤信而固守之，非固有之也。且如《中庸》九經，修身也，尊賢也，親親也。《堯典》「克明峻德，以親九族」，親親本合在尊賢上，何故却在下？須是知所以親親之道方得。未致知，便欲誠意，是躐等也。學者固當勉强，然不致知，怎生行得？勉强行者，安能持久？除非燭理明，自然樂循理。性本善，循理而行，是順理事，本亦不難，但爲人不知，旋安排著，便道難也。知有多少般數，然有深淺。向親見一人，曾爲虎所傷，因言及虎，神色便變。傍有數人，見佗説虎，非不知虎之猛可畏，然不如佗説了有畏懼之色，蓋真知虎者也。學者深知亦如此。且如膾炙，貴公子與野人莫不皆知其美，然貴人聞著便有欲嗜膾炙之色，野人則不然。學者須是真知，才知得是，便泰然行將去也。某年二十時，解釋經義與今無異，然思今日，覺得意味與少時自别。』

信有二般：有信人者，有自信者。如七十子於仲尼，得佗言語，便終身守之，然未必知道這個怎生是，怎生非也，此信於人者也。學者須要自信，既自信，怎生奪亦不得。

或問：『進修之術何先？』曰：『莫先於正心誠意。誠意在致知，「致知在格物」。格，至也，如「祖考來格」之格。凡一物上有一理，須是窮致其理。窮理亦多端：或讀書，講明義理；

或論古今人物，別其是非；或應接事物而處其當，皆窮理也。」或問：「格物須物物格之，還只格一物而萬理皆知？」曰：「怎生便會該通？若只格一物便通衆理，雖顔子亦不敢如此道。須是今日格一件，明日又格一件，積習既多，然後脱然自有貫通處。」

涵養須用敬，進學則在致知。

問：「人有志於學，然智識蔽痼，力量不至，則如之何？」曰：「只是致知。若致知，則智識當自漸明，不曾見人有一件事終思不到也。智識明，則力量自進。」問曰：「何以致知？」曰：「在明理。或多識前言往行，識之多則理明，然人全在勉强也。」

士之於學也，猶農夫之耕。農夫不耕則無所食，無所食則不得生。士之於學也，其可一日舍哉？

學者言入乎耳，必須著乎心，見乎行事。如只聽佗人言，却似説他人事，己無所與也。

問：「學者須志於大，如何？」曰：「志無大小，且莫説道將第一等讓與別人，且做第二等。才如此説，便是自棄，雖與不能居仁由義者差等不同，其自小一也。言學便以道爲志，言人便以聖爲志。自謂不能者，自賊者也；謂其君不能者，賊其君者也。」

或問：「人有恥不能之心，如何？」曰：「人恥其不能而爲之，可也。恥其不能而揜藏之，不可也。」問：「技藝之事，恥己之不能，如何？」曰：「技藝不能，安足恥？爲士者當知道，己不知道，可恥也；爲士者當博學，己不博學，一本無「知道」以下至此十九字，但云「博學守約己不能之則」。可恥也。恥之如何，亦曰勉之而已，又安可嫉人之能而諱己之不能也？」學欲速不得，然亦不可怠。才有欲速之心，便不是學。學是至廣大的事，豈可以迫切之心爲之？

問：「敬還用意否？」曰：「其始安得不用意？若能不用意，却是都無事了。」又問：「敬莫是静否？」曰：「纔説静，便入於釋氏之説也。不用静字，只用敬字。纔説著静字，便是忘也。孟子曰：『必有事焉而勿正，心勿忘，勿助長也。』必有事焉便是心勿忘，勿正便是勿助長。」

問：「至誠可以蹈水火，有此理否？」曰：「有之。」曰：「列子言商丘開之事，有乎？」曰：「此是聖人之道不明後，莊、列之徒各以私智探測至理而言也。」曰：「巫師亦能如此，誠邪，欺邪？」曰：「此輩往往有術，常懷一個欺人之心，更那裏得誠來？」

或問：「獨處一室，或行暗中，多有驚懼，何也？」曰：「只是燭理不明。若能燭理，則知所懼者妄，又何懼焉？有人雖知此，然不免懼心者，只是氣不充。須是涵養久，則氣充，自然物動不得。然有懼心，亦是敬不足。」

問：「世言鬼神之事，雖知其無，然不能無疑懼，何也？」曰：「此只是自疑爾。」曰：「如何可以曉悟其理？」曰：「理會得精氣爲物、遊魂爲變，與原始要終之説，便能知也。須是於原字上用工夫。」或曰：「遊魂爲變，是變化之變否？」曰：「既是變，則存者亡，堅者腐，更無物也。

鬼神之道，只恁説與賢，雖會得亦信不過，須是自得也。』或曰：『何以得無恐懼？』曰：『須是氣定，自然不惑。氣未充，要强不得。』因説與長老遊山事。

『人語言緊急，莫是氣不定否？』曰：『此亦當習。習到言語自然緩時，便是氣質變也。學至氣質變，方是有功。人只是一個習，今觀儒臣自有一般氣象，武臣自有一般氣象，貴戚自有一般氣象。不成生來便如此？只是習也。某舊嘗進説於主上及太母，欲令上於一日之中親賢士大夫之時多，親宦官宮人之時少，所以涵養氣質，薰陶德性。』

或問：『人或倦怠，豈志不立乎？』曰：『若是氣，體勞後須倦；若是志，怎生倦得？人只爲氣勝志，故多爲氣所使。如人少而勇，老而怯，少而廉，老而貪，此爲氣所使者也。若是志勝氣時，志既一定，更不可易。如曾子易簀之際，其氣之微可知，只爲他志已定，故雖死生許大事亦動他不得。蓋有一絲髮氣在，則志猶在也。』

問：『人之燕居，形體怠惰，心不慢，可否？』曰：『安有箕踞而心不慢者？昔吕與叔六月中來緱氏，閑居中，某嘗窺之，必見其儼然危坐，可謂敦篤矣。學者須恭敬，但不可令拘迫，拘迫則難久矣。』尹子曰：『嘗親聞此，乃謂劉質夫也。』

『昔吕與叔嘗問爲思慮紛擾，某答以但爲心無主，若主於敬，則自然不紛擾。譬如以一壺水投於水中，壺中既實，雖江湖之水不能入矣。』曰：『若思慮果出於正，亦無害否？』曰：『且如在宗廟則主敬，朝廷主莊，軍旅主嚴，此是也；如發不以時，紛然無度，雖正亦邪。』

問：『游宣德云：「人能戒慎恐懼於不睹不聞之時，則無聲無臭之道可以馴致。」此説如何？』曰：『馴致，漸進也，然此亦大綱説。固是自小以致大，自修身可以至於盡性至命；然其間有多少般數，其所以至之之道當如何？荀子曰：「始乎爲士，終乎爲聖人。」今人學者須讀書，纔讀書便望爲聖賢，然中間致之之方，更有多少。荀子雖能如此説，却以禮義爲僞，性爲不善，佗自情性尚理會不得，怎生到得聖人？大抵以堯所行者欲力行之，以多聞多見取之，其所學者皆外也。』

問：『人有日誦萬言，或絶妙技藝，此可學否？』曰：『不可。大凡所受之才，雖加勉强，止可少進，而鈍者不可使利也。惟理可進。除是積學既久能變得氣質，則愚必明，柔必强。蓋大賢以下即論才，大賢以上更不論才。聖人與天地合德，日月合明。六尺之軀能有多少技藝？人有身，須用才；聖人忘己，更不論才也。』

問：『人於議論，多欲己直，無含容之氣，是氣不平否？』曰：『固是氣不平，亦是量狹。人量隨識長，亦有人識高而量不長者，是識實未至也。大凡别事人都强得，惟識量不可强。今人有斗筲之量，有釜斛之量，有鐘鼎之量，有江河之量。江河之量亦大矣，然有涯，有涯亦有時而滿，惟天地之量則無滿。故聖人者，天地之量也。聖人之量，道也。常人之有量者，天資也。天資有量者須有限，大抵六尺之軀力量只如此，雖欲不滿不可得。且如人有得一薦而滿者，有得一官而滿者，有改京官而滿者，有入兩府而滿者，滿雖有先後，然卒不免。譬如器盛物，初滿時尚可以蔽護，更滿則必出。此天資之量，非知道者也。昔王隨甚有器量，仁廟賜飛白書曰「王隨德行，李淑文章」。當時以德行稱，名望甚重；及爲相，有一人求作三路轉運使，王薄之，出鄙言，當時人皆驚怪。到這裏位高後便動了，人之量只如此。古人亦有如此者多：如鄧艾位三公，年七十，處得甚好，及因下蜀有功便動了，言姜維云云；謝安聞謝玄破苻堅，對客圍棋，報至不喜，及歸折屐齒，强終不得也。更如人大醉後益恭謹者，只益恭便是動了，雖與放肆者不同，其爲酒所動一也。又如貴公子位益高益卑謙，只卑謙便是動了，雖與驕傲者不同，其爲位所動一也。然惟知道者量自然宏大，不勉强而成。今人有所見卑下者無佗，亦是識量不足也。』

人纔有意於爲公，便是私心。昔有人典選，其子弟係磨勘，皆不爲理，此乃是私心。人多言古時用直不避嫌得，後世用此不得。自是無人，豈是無時？因言少師典舉、明道薦才事。

聖人作事甚宏裕。今人不知義理者更不須説，纔知義理便迫窄。若聖人，則綽綽有餘裕。

問：『觀物察己，還因見物反求諸身否？』曰：『不必如此説。物我一理，纔明彼即曉此，合内外之道也。語其大至天地之高厚，語其小至一物之所以然，學者皆當理會。』又問：『致知，先求之四端，如何？』曰：『求之性情，固是切於身，然一草一木皆有理，須是察。』

觀物理以察己，既能燭理，則無往而不識。

天下物皆可以理照，有物必有則，一物須有一理。

窮理、盡性、至命，只是一事。才窮理便盡性，才盡性便至命。聲、色、臭、味四字，虚實一般。凡物有形必有此四者，意、言、象、數亦然。

爲人處世間，得見事無可疑處，多少快活。

問：『學者不必同，如仁、義、忠、信之類，只於一字上求之，可否？』曰：『且如六經，則各自有箇蹊轍，及其造道，一也。仁、義、忠、信只是一體事，若於一事上得之，其佗皆通也。然仁是本。』

問：『人之學，有覺其難而有退志，則如之何？』曰：『有兩般：有思慮苦而志氣倦怠者，有憚其難而止者。向嘗爲之説：今人之學如登山麓，方其易處莫不闊步，及到難處便止，人情是如此。山高難登是有定形，實難登也；聖人之道不可形象，非實難然也，人弗爲耳。顔子言「仰之彌高，鑽之彌堅」，此非是言聖人高遠實不可及，堅固實不可入也，此只是譬喻，却無事，大意却是在「瞻之在前，忽焉在後」上。』又問：『人少有得而遂安者，如何？』曰：『此實無所得也。譬如以管窺天，乍見星斗燦爛，便謂有所見，喜不自勝，此終無所得。若有大志者，不以管見爲得也。』

問：『家貧親老，應舉求仕，不免有得失之累，何修可以免此？』曰：『此只是志不勝氣。若志勝，自無此累。家貧親老，須用禄仕，然得之不得爲有命。』曰：『在己固可，爲親奈何？』曰：『爲己爲親，也只是一事。若不得，其如命何！孔子曰：「不知命無以爲君子。」人苟不知命，見患難必避，遇得喪必動，見利必趨，其何以爲君子？然聖人言命，蓋爲中人以上者設，非爲上知者言也。中人以上於得喪之際不能不惑，故有命之説然後能安。若上智之人，更不言命，惟安於義。借使求則得之，然非義則不求，此樂天者之事也。上智之人安於義，中人以上安於命，乃若聞命而不能安之者，又其每下者也。』孟子曰：「求之有道，得之有命。」求之雖有道，奈何得之須有命！

問：『前世所謂隱者，或守一節，或惇一行，然不知有知道否？』曰：『若知道，則不肯守一節一行也。如此等人，鮮明理，多取古人一節事專行之。孟子曰：「服堯之服」，「行堯之行」。古人有殺一不義，雖得天下不爲，則我亦殺一不義，雖得天下不爲；古人有高尚隱逸，不肯就仕，則我亦高尚隱逸不仕。如此等，則放效前人所爲耳，於道鮮自得也。是以東漢尚名節，有雖殺身不悔者，只爲不知道也。』

問：『方外之士，有人來看他能先知者，有諸？』因問王子真事。陳本注云：『伊川一日入嵩山，王佺已候於松下。問：「何以知之？」曰：「去年已有消息來矣。」蓋先生前一年嘗欲往，以事而止。』曰：『有之。向見嵩山董五經能如此。』問：『何以能爾？』曰：『只是心静，静而後能照。』又問：『聖人肯爲否？』曰：『何必聖賢？使釋氏稍近道理者，便不肯爲。釋氏常言：庵中坐，却見庵外事，莫是野狐精？釋子猶不肯爲，况聖人乎？』

問：『神仙之説有諸？』曰：『不知如何。若説白日飛升之類則無，若言居山林間，保形煉氣以延年益壽則有之。譬如一爐火，置之風中則易過，置之密室則難過，有此理也。』又問：『揚子言：「聖人不師仙，厥術異也。」聖人能爲此等事否？』曰：『此是天地間一賊，若非竊造化之機，安能延年？　使聖人肯爲，周孔爲之久矣。』

問：『惡外物，如何？』曰：『是不知道者也。物安可惡？　釋氏之學便如此。釋氏要屏事不問，這事是合有邪？　合無邪？　若是合有，又安可屏？　若是合無，自然無了，更屏什麽？彼方外者苟且務静，乃遠迹山林之間，蓋非理明者也。世方以爲高，惑矣。』

釋氏有出家、出世之説。家本不可出，却爲他不父其父，不母其母，自逃去固可也；至於世，則怎生出得？　既道出世，除是不戴皇天、不履后土始得，然又却渴飲而饑食，戴天而履地。

問：『某嘗讀《華嚴經》，第一真空絶相觀，第二事理無礙觀，第三事事無礙觀，譬如鏡燈之類，包含萬象，無有窮盡。此理如何？』曰：『只爲釋氏要周遮，一言以蔽之，不過曰萬理歸於一理也。』又問：『未知所以破佗處。』曰：『亦未得道他不是。百家諸子箇箇談仁談義，只爲他歸宿處不是，只是箇自私。爲輪回生死，却爲釋氏之辭善遁纔窮著他，便道我不爲這箇，到了寫在策子上，怎生遁得？　且指他淺近處，只燒一支香，便道我有無窮福利，懷却這箇心，怎生事神明？』

釋氏言成住壞空，便是不知道。只有成壞，無住空。且如草木，初生既成，生盡便枯壞也。他以謂如木之生，生長既足，却自住，然後却漸漸毁壞。天下之物，無有住者。嬰兒一生，長一日便是滅一日，何嘗得住？然而氣體日漸長大，長的自長，減的自減，自不相干也。

問釋氏理障之說。曰：『釋氏有此説，謂既明此理，而又執持是理，故爲障。此錯看了理字也。天下只有一箇理，既明此理，夫復何障？若以理爲障，則是已與理爲二。』

今之學禪者，平居高談性命之際，至於世事，往往直有都不曉者，此只是實無所得也。

問：『釋氏有一宿覺、言下覺之説，如何？』曰：『何必浮屠？孟子嘗言覺字矣，曰「以先知覺後知，以先覺覺後覺」。知是知此事，覺是覺於理。古人云：「共君一夜話，勝讀十年書。」若於言下即悟，何啻讀十年書？』

問：『明道先生云：「昔之惑人也，乘其迷暗；今之入人也，因其高明。」既曰高明，又何惑乎？』曰：『今之學釋氏者，往往皆高明之人，所謂「知者過之」也。然所謂高明，非《中庸》所謂「極高明」。如「知者過之」，若是聖人之知，豈更有過？』

問：『世之學者多入於禪，何也？』曰：『今人不學則已，如學焉，未有不歸於禪也。却爲佗求道未有所得，思索既窮，乍見寬廣處，其心便安於此。』曰：『是可反否？』曰：『深固者難反。』

問：『《西銘》何如？』曰：『此横渠文之粹者也。』曰：『充得盡時如何？』曰：『聖人也。』『横渠能充盡否？』曰：『言有多端：有有德之言，有造道之言。有德之言説自己事，如聖人言聖人事也；造道之言則知足以知此，如賢人説聖人事也。横渠道甚高，言甚醇，自孟子後儒者都無佗見識。』

問：『橫渠之書，有迫切處否？』曰：『子厚謹嚴，纔謹嚴，便有迫切氣象，無寬舒之氣。孟子却寬舒，只是中間有些英氣，纔有英氣，便有圭角。英氣甚害事，如顔子便渾厚不同，顔子去聖人只毫髮之間。孟子大賢，亞聖之次也。』或問：『英氣於甚處見？』曰：『但以孔子之言比之便見。如冰與水精非不光，比之玉，自是有溫潤含蓄氣象，無許多光耀也。』

問：『邵堯夫能推數，見物壽長短始終，有此理否？』曰：『固有之。』又問：『或言人壽但得一百二十數，是否？』曰：『固是。此亦是大綱數，不必如此。馬牛得六十，按《皇極經世》當作『三十』貓犬得十二，燕雀得六年之類，蓋亦有過不及。』又問：『還察形色？還以生下日數推考？』曰：『形色亦可察，須精方驗。』

邵堯夫數法出於李挺之，至堯夫推數方及理。

邵堯夫臨終時，只是諧謔，須臾而去。以聖人觀之，此亦未是，蓋猶有意也；比之常人，甚懸絶矣。他疾甚革，某往視之，因警之曰：『堯夫平生所學，今日無事否？』他氣微不能答。次日見之，却有聲如絲髮來大，答云：『你道生薑樹上生，我亦只得依你說。』是時，諸公都在廳上議後事，各欲遷葬城中。堯夫已自爲塋。佗在房間便聞得，令人喚大郎來，云：『不得遷葬。』衆議始定。又諸公恐喧他，盡出外說話，佗皆聞得。一人云有新報云云，堯夫問有甚事。曰有某事，堯夫曰：『我將爲收却幽州也。』以他人觀之，便以爲怪，此只是心虛而明，故聽得。問曰：『堯夫未病時不如此，何也？』曰：『此只是病後氣將絶，心無念慮，不昏，便如此。』又問：『釋氏臨終，亦先知死，何也？』曰：『只是一箇不動心。釋氏平生只學這箇事，將這箇做一件大事。學者不必學他，但燭理明，自能之。只如邵堯夫事，佗自如此，亦豈嘗學也？孔子曰：「未知生，焉知死？」人多言孔子不告子路，此乃深告之也。又曰：「原始要終，故知死生之説。」人能原始，知得生理，一作『所以生』。便能要終，知得死理。一作『所以死』。若不明得，便雖千萬般安排著亦不濟事。』

張子厚罷禮官，歸過洛陽相見。某問云：『在禮院，有甚職事？』曰：『多爲禮房檢正所奪，只定得數個謚，并龍女衣冠。』問：『如何定龍女衣冠？』曰：『請依品秩。』曰：『若依某當是事，必不如此處置。』曰：『如之何？』曰：『某當辨云，大河之塞，天地之靈，宗廟之祐，社稷之福，與吏士之力，不當歸功水獸。龍，獸也，不可衣人衣冠。』子厚以爲然。

問：『荆公可謂得君乎？』曰：『後世謂之得君可也，然荆公之智識，亦自能知得。如《表》云：「忠不足以信上，故事必待於自明；智不足以破奸，故人與之爲敵。」智不破奸，此則未然。若君臣深相知，何待事事使之辨明也？舉此一事便可見。』曰：『荆公「勿使上知」之語，信乎？』曰：『須看他當時因甚事説此話。且如作此事當如何，更須詳審，未要令上知之。又如説一事，未甚切當，更須如何商量體察，今且勿令上知。若此類，不成是欺君也？凡事未見始末，更切子細，反復推究方可。』

人之有寤寐，猶天之有晝夜，陰陽動静，開闔之理也。如寤寐，須順陰陽始得。問：『人之寐，何也？』曰：『人寐時，血氣皆聚於内，如血歸肝之類。』今人不睡者多損肝。

問：『魂魄，何也？』曰：『魂只是陽，魄只是陰。魂氣歸於天，體魄歸於地是也。如道家三魂七魄之説，妄爾。』

或曰：『傳記有言，太古之時，人有牛首蛇身者，莫無此理否？』曰：『固是。既謂之人，安有此等事？但有人形似鳥喙或牛首者耳，《荀子》中自説。』問：『太古之時，人還與物同生否？』曰：『同。』『莫是絶氣爲人，繁氣爲蟲否？』曰：『然。人乃五行之秀氣，此是天地清明純粹氣所生也。』或曰：『人初生時，還以氣化否？』曰：『此必燭理，當徐論之。且如海上忽露出一沙島，便有草木生。有土而生草木，不足怪。既有草木，自然禽獸生焉。』或曰：『先生《語録》中云：「焉知海島上無氣化之人？」如何？』曰：『是。近人處固無，須是極遠處有，亦不可知。』曰：『今天下未有無父母之人，古有氣化，今無氣化，何也？』曰：『有兩般：有全是氣化而生者，若腐草化螢是也，既是氣化，到合化時自化；有氣化生之後而種生者。且如人身上著新衣服，過幾日，便有蟣虱生其間，此氣化也。氣既化後，更不化，便以種生去，此理甚明。』或問：『宋齊丘《化書》云：「有無情而化爲有情者，有有情而化爲無情者。無情而化爲有情者，若楓樹化爲老人是也；有情而化爲無情者，如望夫化爲石是也。」此語如何？』曰：『莫無此理。楓木爲老人，形如老人也，豈便變爲老人？川中有蟬化爲花，蚯蚓化爲百合，如石蟹、石燕、石人之類有之固有此理。某在南中時，聞有采石人因采石石陷，遂在石中，幸不死，饑甚，只取石膏食之。不知幾年後，因別人復來采石，見此人在石中，引之出，漸覺身硬，纔出，風便化爲石。此無可怪，蓋有此理也。若望夫石，只是臨江山有石如人形者。今天下凡江邊有石立者，皆呼爲望夫石。』如呼馬鞍、牛頭之類，天下同之。

問：『上古人多壽，後世不及古，何也？莫是氣否？』曰：『氣便是命也。』曰：『今人不若古人壽，是盛衰之理歟？』曰：『盛衰之運，卒難理會。且以歷代言之：二帝、三王爲盛，後世爲衰。一代言之：文武、成康爲盛，幽、厲、平、桓爲衰。以一君言之：開元爲盛，天寶爲衰。以一歲：則春夏爲盛，秋冬爲衰。以一月：則上旬爲盛，下旬爲衰。以一日：則寅卯爲盛，戌亥爲衰。一時亦然。如人生百年：五十以前爲盛，五十以後爲衰。然有衰而復盛者，有衰而不復反者。若舉大運而言：則三王不如五帝之盛，兩漢不如三王之盛，又其下不如漢之盛。至其中間又有多少盛衰：如三代衰而漢盛，漢衰而魏盛，此是衰而復盛之理。譬如月既晦則再生，四時往復來也。若論天地之大運，舉其大體而言，則有日衰削之理。如人生百年，雖赤子才生一日，便是減一日也。形體日自長，而數日自減，不相害也。』

天下有多少才，只爲道不明於天下，故不得有所成就。且古者『興於《詩》，立於禮，成於樂』，如今人怎生會得？古人於《詩》如今人歌曲一般，雖閭巷童稚皆習聞其説而曉其義，故能興起於《詩》。後世老師宿儒尚不能曉其義，怎生責得學者？是不得興於《詩》也。古禮既廢，人倫不明，以至治家皆無法度，是不得立於禮也。古人有歌詠以養其性情，聲音以養其耳，舞蹈以養其血脈。今皆無之，是不得成於樂也。古之成材也易，今之成材也難。

今習俗如此不美，然人却不至大故薄惡者，只是爲善在人心者不可忘也。魏鄭公言：『使民澆漓，不復反樸，今當爲鬼爲魅。』此言甚是。只爲秉彝在人，雖俗甚惡，亦滅不得。

蘇季明問：『中之道與喜怒哀樂未發謂之中，同否？』曰：『非也。喜怒哀樂未發是言在中之義，只一箇中字，但用不同。』或曰：『喜怒哀樂未發之前求中，可否？』曰：『不可。既思於喜怒哀樂未發之前求之，又却是思也。既思即是已發，思與喜怒哀樂一般纔發便謂之和，不可謂之中也。』又問：『吕學士言：「當求於喜怒哀樂未發之前。」信斯言也，恐無著摸，如之何而可？』曰：『看此語如何地下。若言存養於喜怒哀樂未發之時，則可；若言求中於喜怒哀樂未發之前，則不可。』又問：『學者於喜怒哀樂發時固當勉强裁抑，於未發之前當如何用功？』曰：『於喜怒哀樂未發之前更怎生求？只平日涵養便是。涵養久，則喜怒哀樂發自中節。』或曰：『有未發之中，有既發之中。』曰：『非也，既發時便是和矣。發而中節，固是得中，時中之類只爲將中、和來分説，便是和也。』

季明問：『先生説喜怒哀樂未發謂之中是在中之義，不識何意？』曰：『只喜怒哀樂不發，便是中也。』曰：『中莫無形體，只是箇言道之題目否？』曰：『非也。中有甚形體？然既謂之中，也須有箇形象。』曰：『當中之時，耳無聞，目無見否？』曰：『雖耳無聞，目無見，然見聞之理在始得。』曰：『中是有時而中否？』曰：『何時而不中？以事言之，則有時而中；以道言之，何時而不中？』曰：『固是所爲皆中，然而觀於四者未發之時，靜時自有一般氣象，及至接事時又自别，何也？』曰：『善觀者不如此，却於喜怒哀樂已發之際觀之。賢且説靜時如何？』曰：『謂之無物則不可，然自有知覺處。』曰：『既有知覺，却是動也，怎生言靜？人説「復其見天地之心」，皆以謂至靜能見天地之心，非也。《復》之卦下面一畫便是動也，安得謂之靜？自古儒者皆言靜見天地之心，唯某言動而見天地之心。』或曰：『莫是於動上求靜否？』曰：『固是，然最難。釋氏多言定，聖人便言止。且如物之好，須道是好；物之惡，須道是惡。物自好惡，關我這裏甚事？若説道我只是定，更無所爲，然物之好惡，亦自在裏，故聖人只言止。所謂止，如人君止於仁，人臣止於敬之類是也。《易》之《艮》言止之義曰：「艮其止，止其所也。」言隨其所止而止之。人多不能止，蓋人萬物皆備，遇事時各因其心之所重者更互而出，纔見得這事重，便有這事出。若能物各付物，便自不出來也。』或曰：『先生於喜怒哀樂未發之前下動字，下靜字？』曰：『謂之靜則可，然靜中須有物始得，這裏便一作『最』是難處。學者莫若且先理會得敬，能敬則自知此矣。』或曰：『敬何以用功？』曰：『莫若主一。』季明曰：『昞嘗患思慮不定，或思一事未了，佗事如麻又生，如何？』曰：『不可，此不誠之本也。須是習，習能專一時便好。不拘思慮與應事，皆要求一。』或曰：『當靜坐時，物之過於前者，還見不見？』曰：『看事如何，若是大事，如祭祀，前旒蔽明，黈纊充耳，凡物之過者，不見不聞也；若無事時，目須見，耳須聞。』或曰：『當敬時，雖見聞，莫過焉而不留否？』曰：『不説道非禮勿視勿聽？勿者禁止之辭，纔説弗字便不得也。』問：『《雜説》中以赤子之心爲已發，是否？』曰：『已發而去道未遠也。』曰：『大人不失赤子之心，若何？』曰：『取其純一近道也。』曰：『赤子之心與聖人之心若何？』曰：『聖人之心如鏡，如止水。』

問：『日中所不欲爲之事，夜多見於夢，此何故也？』曰：『只是心不定。今人所夢見事，豈特一日之間所有之事，亦有數十年前之事。夢見之者，只爲心中舊有此事，平日忽有事與此事相感，或氣相感，然後發出來。故雖白日所憎惡者，亦有時見於夢也。譬如水爲風激而成浪，風既息，浪猶洶湧未已也。若存養久底人，自不如此，聖賢則無這個夢。只有朕兆，便形於夢也。人有氣清無夢者，亦有氣昏無夢者。聖人無夢，氣清也。若人困甚時更無夢，只是昏氣蔽隔，夢不得也。若孔子夢周公之事，與常人夢别。人於夢寐間亦可以卜自家所學之淺深，如夢寐顛倒，即是心志不定，操存不固。』如揚子江宿浪。

問：『人心所繫著之事，則夜見於夢。所著事善，夜夢見之者，莫不害否？』曰：『雖是善事，心亦是動。凡事有朕兆入夢者，却無害，捨此皆是妄動。』或曰：『孔子嘗夢見周公，當如何？』曰：『此聖人存誠處也。聖人欲行周公之道，故雖一夢寐，不忘周公。及既衰，知道之不可行，故不復夢也。然所謂夢見周公，豈是夜夜與周公語也？人心須要定，使佗思時方思乃是。今人都由心。』曰：『心誰使之？』曰：『以心使心則可，人心自由便放去也。』

『政也者，蒲盧也。』言化之易也。螟蛉與果蠃，自是二物，但氣類相似，然祝之久，便能肖。政之化人，宜甚於蒲盧矣。然蒲盧二物，形質不同，尚祝之可化；人與聖人形質無異，豈學之不可至耶？

『誠者自成』，如至誠事親則成人子，至誠事君則成人臣。『不誠無物』，『誠者物之終始』，猶俗説徹頭徹尾不誠，更有甚物也？『其次致曲』，曲，偏曲之謂，非大道也。『曲能有誠』，就一事中用志不分亦能有誠，且如技藝上可見，養由基射之類是也。『誠則形』，誠後便有物，如『立則見其參於前，在輿則見其倚於衡』，『如有所立，卓爾』，皆若有物，方見。如無形，是見何物也？『形則著』，又著見也，『著則明』，是有光輝之時也，『明則動』，誠能動人也。君子所過者化，豈非動乎？或曰：『變與化何别？』曰：變如物方變而未化，化則更無舊迹，自然之謂也。莊子言變大於化，非也。

問：『命與遇，何異？』張横渠云：『行同報異，猶難語命，語遇可也。』先生曰：『人遇不遇，即是命也。』曰：『長平之戰，四十萬人死，豈命一乎？』曰：『是亦命也。只遇著白起，便是命當如此。又況趙卒皆一國之人，使是五湖四海之人，同時而死，亦是常事。』又問：『或當刑而王，或爲相而餓死，或先貴後賤，或先賤後貴，此之類皆命乎？』曰：『莫非命也。既曰命，便有此不同，不足怪也。』

問：『人之形體有限量，心有限量否？』曰：『論心之形，則安得無限量？』又問：『心之妙用有限量否？』曰：『自是人有限量。以有限之形，有限之氣，苟不通一作『用』之以道，安得無限量？孟子曰：「盡其心者，知其性也。」心即性也。在天爲命，在人爲性，論其所主爲心，其實只是一個道。苟能通之以道，又豈有限量？天下更無性外之物，若云有限量，除是性外有物始得。』

問：『心有善惡否？』曰：『在天爲命，在義爲理，在人爲性，主於身爲心，其實一也。心本善，發於思慮，則有善有不善。若既發，則可謂之情，不可謂之心。譬如水，只謂之水，至於流而爲派，或行於東，或行於西，却謂之流也。』『在義爲理』疑是『在物爲理』。

問：『喜怒出於性否？』曰：『固是。纔有生識便有性，有性便有情，無性安得情？』又問：『喜怒出於外，如何？』曰：『非出於外，感於外而發於中也。』問：『性之有喜怒，猶水之有波否？』曰：『然。湛然平静如鏡者，水之性也。及遇沙石，或地勢不平，便有湍激；或風行其上，便爲波濤洶湧。此豈水之性也哉？人性中只有四端，又豈有許多不善底事？然無水安得波浪，無性安得情也？』

問：『人性本明，因何有蔽？』曰：『此須索理會也，孟子言「人性」「善」是也。雖荀楊亦不知性，孟子所以獨出諸儒者，以能明性也。性無不善，而有不善者才也。性即是理，理則自堯舜至於途人一也。才稟於氣，氣有清濁。稟其清者爲賢，稟其濁者爲愚。』又問：『愚可變否？』曰：『可。孔子謂「上智與下愚不移」，然亦有可移之理，惟自暴自棄者則不移也。』曰：

『下愚所以自暴自棄者，才乎？』曰：『固是也，然却道佗不可移不得。性只一般，豈不可移？却被他自暴自棄，不肯去學，故移不得。使肯學時，亦有可移之理。』

凡解文字，但易其心，自見理。理只是人理，甚分明，如一條平坦底道路。《詩》曰：『周道如砥，其直如矢。』此之謂也。且如《隨》卦言『君子向晦入宴息』，解者多作『遵養時晦』之晦。或問：『作甚晦字？』曰：此只是隨時之大者，向晦則宴息也，更別有甚義？或曰：『聖人之言，恐不可以淺近看佗。』曰：聖人之言，自有近處，自有深遠處。如近處，怎生强要鑿教深遠得？楊子曰：『聖人之言遠如天，賢人之言近如地。』某與改之曰：聖人之言，其遠如天，其近如地。

學者不泥文義者，又全背却遠去；理會文義者，又滯泥不通。如子濯孺子爲將之事，孟子只取其不背師之意，人須就上面理會事君之道如何也。又如萬章問舜完廩浚井事，孟子只答佗大意，人須要理會浚井如何出得來，完廩又怎生下得來，若此之學，徒費心力。

問：『聖人之經旨，如何能窮得？』曰：『以理義去推索可也。學者先須讀《論》《孟》，窮得《論》《孟》，自有箇要約處，以此觀他經，甚省力。《論》《孟》如丈尺權衡相似，以此去度量事物，自然見得長短輕重。某嘗語學者，必先看《論語》《孟子》。今人雖善問，未必如當時人。借使問如當時人，聖人所答，不過如此。今人看《論》《孟》之書，亦如見孔孟何異？』

《孟子》養氣一篇，諸君宜潛心玩索，須是實識得方可。勿忘勿助長只是養氣之法，如不識，怎生養？有物始言養，無物又養個甚麼？浩然之氣，須見是一個物。如顏子言『如有所立，卓爾。』，孟子言『躍如也』。卓爾、躍如，分明見得方可。

『不得於言，勿求於心，不可』。此觀人之法。心之精微，言有不得者，不可便謂不知，此告子淺近處。

『持其志，無暴其氣』，内外交相養也。

『配義與道』，謂以義理養成此氣，合義與道。方其未養，則氣自是氣、義自是義。及其養成浩然之氣，則氣與義合矣。本不可言合，爲未養時言也。如言道，則是一箇道都了。若以人而言，則人自是人，道自是道，須是以人行道始得。言義又言道，道：體也，義：用也，就事上便言義。

北宫黝之勇必行，孟施捨無懼。子夏之勇本不可知，却因北宫黝而可見。子夏是篤信聖人而力行，曾子是明理。

問：『必有事焉，當用敬否？』曰：『敬只是涵養一事。必有事焉，須當集義。只知用敬，不知集義，却是都無事也。』又問：『義莫是中理否？』曰：『中理在事，義在心内。苟不主義，浩然之氣從何而生？理只是發而見於外者。且如恭敬，幣之未見也恭敬，雖因幣帛威儀而後發見於外，然須心有此恭敬，然後著見。若心無恭敬，何以能爾？所謂德者，得也，須是得於己，然後謂之德也。』幣之未將之時已有恭敬，非因幣帛而後有恭敬也。問：『敬、義何別？』曰：『敬只是持己之道，義便知有是有非。順理而行，是爲義也。若只守一箇敬，不知集義，却是都無事也。且如欲爲孝，不成只守著一箇孝字？須是知所以爲孝之道，所以侍奉當如何，温凊當如何，然後能盡孝道也。』又問：『義只在事上，如何？』曰：『内外一理，豈特事上求合義也？』

問：『人敬以直内，氣便能充塞天地否？』曰：『氣須是養，集義所生。積集既久，方能生浩然氣象。人但看所養如何，養得一分，便有一分；養得二分，便有二分。只將敬，安能便到充塞天地處？且氣自是氣，體所充，自是一件事；敬自是敬，怎生便合得？如曰「其爲氣也，配義與道」，若説氣與義時自别，怎生便能使氣與義合？』

『「性相近也，習相遠也」，性一也，何以言相近？』曰：『此只是言性一作『氣』質之性。如俗言性急、性緩之類，性安有緩急？此言性者，生之謂性也。』又問：『上智下愚不移是性否？』曰：『此是才。須理會得性與才所以分處。』又問：『「中人以上可以語上。」「中人以下不可以語上。」是才否？』曰：『固是，然此只是大綱説。言中人以上可以與之説近上話，中人以下不可以與説近上話也。』『生之謂性。』『凡言性處，須看他立意如何。且如言人性善，性之本也；生之謂性，論其所禀也。孔子言性相近，若論其本，豈可言相近？只論其所禀也。告子所云固是，爲孟子問佗，他説便不是也。』

『乃若其情，則可以爲善。』『若夫爲不善，非才之罪。』此言人陷溺其心者，非關才事。才猶言材料，曲可以爲輪，直可以爲梁棟。若是毁鑿壞了，豈關才事？下面不是説人皆有四者之心？或曰：『人才有美惡，豈可言非才之罪？』曰：『才有美惡者，是舉天下之言也。若説一人之才，如因富歲而賴，因凶歲而暴，豈才質之本然邪？』

問：『「捨則亡」，心有亡，何也？』曰：『否。此只是説心無形體，纔主著事時先生以目視地便在這裏，纔過了便不見。如「出入無時，莫知其鄉」，此句亦須要人理會。心豈有出入？亦以操捨而言也。「放心」謂心本善，而流於不善，是放也。』

問：『盡己之謂忠，莫是盡誠否？』『既盡己，安有不誠？盡己則無所不盡，如孟子所謂盡心。』曰：『盡心莫是我有惻隱羞惡如此之心，能盡得便能知性否？』曰：『何必如此數？只是盡心便了。纔數著，便不盡。如數一百，少却一便爲不盡也。大抵稟於天曰性，而所主在心。纔盡心即是知性，知性即是知天矣。』羅本以爲吕與叔問。

問：『出辭氣，莫是於言語上用工夫否？』曰：『須是養乎中，自然言語順理。今人熟底事，説得便分明；若是生事，便説得蹇澀。須是涵養久，便得自然。若是慎言語不妄發，此却可著力。』

孔子教人『不憤不啟，不悱不發』。蓋不待憤悱而發，則自知之不固；待憤悱而後發，則沛然矣，學者須是深思之。思而不得，然後爲佗説，便好。初學者須是且爲佗説，不然，非獨佗不曉，亦止人好問之心也。

孔子既知宋桓魋不能害己，又却微服過宋。舜既見象之將殺己，而又『象憂亦憂，象喜亦喜』。國祚長短，自有命數，人君何用汲汲求治？禹稷救饑溺者，過門不入，非不知饑溺而死者自有命，又却救之如此其急。數者之事，何故如此？須思量到『道并行而不相悖』處可也。今且説聖人非不知命，然於人事不得不盡，此説未是。

問：『聖人與天道何異？』曰：『無異。』『聖人可殺否？』曰：『聖人智足以周身，安可殺也？只如今有智慮人已害他不得，况於聖人？』曰：『昔瞽瞍使舜完廩浚井，舜知其欲殺己而逃之乎？』曰：『本無此事，此是萬章所傳聞，孟子更不能理會這下事，只且説舜心也。如下文言「琴朕，干戈朕，二嫂使治朕棲」，堯爲天子，安有此事？』

問：『「加我數年，五十以學《易》，可以無大過矣」。不知聖人何以因學《易》後始能無過？』曰：『先儒謂孔子學《易》後可以無大過，此大段失却文意。聖人何嘗有過？如待學《易》後無大過，却是未學《易》前嘗有大過也。此聖人如未嘗學《易》，何以知其可以無過？蓋孔子時學《易》者支離，《易》道不明。仲尼既修佗經，唯《易》未嘗發明，故謂弟子曰：「加我數年，五十以學《易》。」期之五十，然後贊《易》，則學《易》者可以無大過差，若所謂贊《易》道而黜《八索》是也。』此前學《易》者甚衆，其説多過。聖人使弟子俟其贊而後學之，其過鮮也。

問：『博我以文，約我以禮。』曰：『此是顔子稱聖人最切當處。聖人教人只是如此，既博之以文，而後約之以禮，所謂「博學而詳説之，將以反説約也」。博與約相對，聖人教人只此兩字。博是博學多識、多聞多見之謂，約只是使之知要也。』又問：『「君子博學於文，約之以禮，亦可以弗畔矣夫！」與此同乎？』曰：『這個只是淺近説，言多聞見而約束以禮，雖未能知道，庶幾可以弗畔於道。此言善人君子多識前言往行而能不犯非禮者爾，非顔子所以學於孔子之謂也。』又問：『此莫是小成否？』曰：『亦未是小成，去知道甚遠。如曰：「多聞，擇其善者而從之，多見而識之，知之次也。」聞見與知之甚異，此只是聞之者也。』又曰：『聖人之道，知之莫甚難？』曰：『聖人之道，安可以難易言？聖人未嘗言易以驕人之志，亦未嘗言難以阻人之進。仲尼但曰：「未之思也，夫何遠之有？」此言極有涵畜意思。孟子言：「夫道若大路然，豈難知哉？」只下這一箇豈字便露筋骨，聖人之言不如此。如下面説「人病不求耳，子歸而求之，有餘師」，這數句却説得好。孔孟言有異處，亦須自識得。』

或問：『「子畏於匡，顔淵後。子曰：『吾以女爲死矣。』曰：『子在，回何敢死？』」然設使孔子遇難，顔淵有可死之理否？』曰：『無可死之理，除非是鬥死，然鬥死非顔子之事。若云遇害，又不當言敢不敢也。』又問：『使孔子遇害，顔子死之，否乎？』曰：『豈特顔子之於孔子也？若二人同行遇難，固可相死也。』又問：『親在則如之何？』曰：『且譬如二人捕虎，一人力盡，一人須當同去用力。如執干戈衛社稷，到急處便遁逃去之，言「我有親」，是大不義也。當此時，豈問有親無親？但當預先謂「吾有親，不可行」則止，豈到臨時却自規避也？且如常人爲不可獨行也，須結伴而出。至於親在，爲親圖養，須出去，亦須結伴同去，便有患難相死之道。昔有二人，同在嵩山，同出就店飲酒。一人大醉，卧在地上，夜深歸不得；一人又無力扶持，尋常曠野中有虎豹盗賊，此人遂只在傍直守到曉。不成不顧了自歸也？此義理所當然者也。《禮》言親在「不許友以死」者，此言亦在人用得。蓋有親在可許友以死者，有親不在不可許友以死者。可許友以死，如二人同行之類是也；不可許友以死，如戰國游俠，爲親不在，乃爲人復仇，甚非理也。』

問：『「不遷怒，不貳過」，何也？《語録》有怒甲不遷乙之説，是否？』曰：『是。』曰：『若此則甚易，何待顔氏而後能？』曰：『只被説得粗了，諸君便道易。此莫是最難？須是理會得因何不遷怒。如舜之誅四凶，怒在四凶，舜何與焉？蓋因是人有可怒之事而怒之，聖人之心本無怒也。譬如明鏡，好物來時便見是好，惡物來時便見是惡，鏡何嘗有好惡也？世之人固有怒於室而色於市，且如怒一人，對那人説話能無怒色否？有能怒一人而不怒别人者，能忍得如此，已是煞知義理。若聖人，因物而未嘗有怒，此莫是甚難？君子役物，小人役於物。今人見有可喜可怒之事，自家著一分陪奉他，此亦勞矣。聖人心如止水。』

問：『顔子勇乎？』曰：『孰勇於顔子？觀其言曰：「舜，何人也？予，何人也？有爲者亦若是！」孰勇於顔子？如「有若無，實若虚，犯而不校」之類，抑可謂大勇者矣。』

曾子傳聖人道一作『學』，只是一箇誠篤。《語》曰：『參也魯。』如聖人之門，子游、子夏之言語，子貢、子張之才辨，聰明者甚多，卒傳聖人之道者乃質魯之人。人只要一箇誠實，聖人説忠信處甚多曾子，孔子在時甚少，後來所學不可測。且易簀之事，非大賢以上作不得。曾子之後有子思，便可見。

曾子『執親之喪，水漿不入口者七日』不合禮，何也？曰：『曾子者，過於厚者也。聖人大中之道，賢者必俯而就，不肖者必跂而及。若曾子之過，過於厚者也。若衆人，必當就禮法。自大賢以上，則看佗如何，不可以禮法拘也。且守社稷者，國君之職也，太王則委而去之。守宗廟者，天子之職也，堯舜則以天下與人。如三聖賢則無害，佗人便不可。然聖人所以教人之道，大抵使之循禮法而已。』

『金聲而玉振之』，此孟子爲學者言終始之義也。樂之作，始以金奏，而以玉聲終之，《詩》曰『依我磬聲』是也。始於致知，智之事也。行所知而至其極，聖之事也。《易》曰『知至至之』『知終終之』是也。

『惟聖人然後可以踐形』，言聖人盡得人道也。人得天地之正氣而生，與萬物不同。既爲人，須得盡人理。衆人有之而不知，賢人踐之而未盡，能踐形者，唯聖人也。

『佚道使民』謂本欲佚之也，故『雖勞不怨』；『生道殺民』謂本欲生之也，且如救水火，是求所以生之也，或有焚溺而死者，却『雖死不怨』。

『仁言』，謂以仁厚之言加於民。『仁聲』如『仁聞』，謂風聲足以感動人也，此尤見仁德之昭著也。

問：『「行之而不著」，「習矣而不察。」』曰：『此言大道如此，而人由之不知也。「行之而不著」謂人行之而不明曉也，「習矣而不察」謂人習之而不省察也。』曰：『先生有言，雖孔門弟子亦有此病，何也？』曰：『在衆人習而不察者，只是饑食渴飲之類，由之而不自知也。如孔門弟子，却是聞聖人之化，人於善而不自知也。衆者，言衆多也。』

問：『「可以取，可以無取」，天下有兩可之事乎？』曰：『有之。如朋友之饋，是可取也；然己自可足，是不可取也，才取之，便傷廉矣。』曰：『取傷廉，固不可，然與傷惠何害？』曰：『是有害於惠也。可以與，然却可以不與。若與之時，財或不贍，却於合當與者無可與之。且博施濟衆固聖人所欲，然却五十者方衣帛，七十者方食肉，如使四十者衣帛，五十者食肉，豈不更好？然力不可以給，合當衣帛食肉者便不足也。此所以傷惠。』

問：『人有不爲也，然後可以有爲。』曰：『此只是有所擇之人能擇其可爲不可爲也。纔有所不爲，便可以有爲也。若無所不爲，豈能有爲邪？』

問：『「非禮之禮，非義之義」何謂也？』曰：『恭本爲禮，過恭是非禮之禮也。以物與人爲義，過與是非義之義也。』曰：『此事何止大人不爲？』曰：『過恭、過與是細人之事，猶言婦人之仁也。只爲佗小了，大人豈肯如此？』

問：『「天民」「天吏」「大人」何以别？』曰：『順天行道者，天民也。順天爲政者，天吏也。大人者，又在二者之上。孟子曰「充實而有光輝之謂大」，聖人豈不爲天民、天吏？如文王、伊尹是也。「大而化之之謂聖，聖而不可知之之謂神」。非是聖人上别有一等神人，但聖人有不可知處便是神也。化與變化之化同，若到聖人，更無差等也。』或曰：『堯舜、禹湯、文武如何？』曰：『孔子嘗論堯舜矣，如曰：「惟天爲大，惟堯則之。」如此等事甚大，惟堯舜可稱也。若湯武，雖是事不同，不知是聖人不是聖人。』或曰：『可以湯武之心求之否？』曰：『觀其心，如「行一不義，殺一不辜」，雖「得天下」「不爲」，此等事，大賢以上人方一作『皆』爲得。若非聖人，亦是亞聖一等人也。若文王，則分明是大聖人也。禹又分明如湯武，觀舜稱其「不矜」「不伐」，與孔子言「無間然」之事，又却別有一個氣象。大抵生而知之與學而知之，及其成功一也。』

蘇季明問：『舜「執其兩端」，注以爲「過」「不及」之兩端」，是乎？』曰：『是。』曰：『既過、不及，又何執乎？』曰：『執猶今之所謂執持使不得行也。舜執持過、不及使民不得行，而用其中使民行之也。』又問：『此執與湯執中何如？』曰：『執是一個執。舜執兩端，是執持而不用；湯執中而不失，將以用之也。若子莫執中，却是子莫見楊墨過、不及，遂於過、不及二者之間執之，却不知有當摩頂放踵利天下時，有當拔一毛利天下不爲時。執中而不通變，與執一無異。』

季明問：『「君子時中」，莫是隨時否？』曰：『是也。中字最難識，須是默識心通。且試言：一廳則中央爲中，一家則廳中非中而堂爲中，言一國則堂非中而國之中爲中，推此類可見矣。且如初寒時，則薄裘爲中，如在盛寒而用初寒之裘，則非中也。更如「三過其門不入」在禹稷之世爲中，若「居陋巷」則不中矣。「居陋巷」在顔子之時爲中，若「三過其門不入」則非中也。』或曰：『男女不授受之類皆然？』曰：『是也。男女不授受，中也，在喪祭則不如此矣。』

問：『堯舜、湯武事迹雖不同，其心德有間否？』曰：『無間。』曰：『孟子言「堯舜性之」，「湯、武身之」，湯武豈不性之邪？』曰：『堯舜生知，湯武學而知之，及其成功一也。身之，言履之也。反之，言歸於正也。』

或問：『「夫子賢於堯舜」，信諸？』曰：『堯舜豈可賢也？但門人推尊夫子之道，以謂仲尼垂法萬世，故云爾。然三子之論聖人，皆非善稱聖人者。如顔子便不如此道，但言「仰之彌高，鑽之彌堅」而已。後來惟曾子善形容聖人氣象，曰：「子温而厲，威而不猛，恭而安。」又《鄉黨》一篇形容得聖人動容注措甚好，使學者宛如見聖人。』

『觀水有術，必觀其瀾』。瀾，湍急處，於此便見源之無窮。今人以波對瀾，非也。下文『日月有明，容光必照』，以言其容光無不照，故知日月之明無窮也。

問：『孟子曰：「人之所以異於禽獸者幾希，庶民去之，君子存之。」且人與禽獸甚懸絶矣，孟子言此者，莫是只在「去之」「存之」上有不同處？』曰：『固是。人只有箇天理，却不能存得，更做甚人也？泰山孫明復有詩云：「人亦天地一物爾，饑食渴飲無休時。若非道義充其腹，何異鳥獸安鬚眉？」上面説人與萬物皆生於天地意思，下面二句如此。』或曰：『退之《雜説》有云：「人有貌如牛首蛇形鳥喙而心不同焉，可謂之非人乎？即有顔如渥丹者，其貌則人，其心則禽獸，又惡可謂之人也？」此意如何？』曰：『某不盡記其文，然人只要存一箇天理。』

問：『「守身」如何？』曰：『守身，守之本。既不能守身，更説甚道義？』曰：『人説命者，多不守身，何也？』曰：『便是不知命。孟子曰：「知命者不立巖牆之下。」』或曰：『不説命者又不敢有爲。』曰：『非特不敢爲，又有多少畏恐，然二者皆不知命也。』

『莫之爲而爲』，『莫之致而致』，便是天理。司馬遷以私意妄窺天道，而論伯夷曰：『天道無親，常與善人。若伯夷者，可謂善人非邪？』天道甚大，安可以一人之故妄意窺測？如曰顔何爲而夭？蹠何爲而壽？皆指一人計較天理，非知天也。

問：『「桎梏而死者，非正命也」，然亦是命否？』曰：『聖人只教人順受其正，不説命。』或曰：『「桎梏死者非命乎？」』曰：『孟子自説了：「莫非命也。」然聖人却不説是命。』

『故者以利爲本』，故是本如此也，纔不利便害性，性利只是順。天下只是一個利，孟子與《周易》所言一般。只爲後人趨著利便有弊，故孟子拔本塞源，不肯言利。其不信孟子者却道不合非利，李覯是也；其信者又直道不得近利。人無利，直是生不得，安得無利？且譬如椅子，人坐此便安，是利也。如求安不已，又要褥子以求温暖，無所不爲，然後奪之於君，奪之於父，此是趨利之弊也。利只是一個利，只爲人用得别。

博弈小數，不專心致志猶不可得，况學道而悠悠，安可得也？仲尼言：『吾嘗終日不食、終夜不寢以思，無益，不如學也。』又問：『「朝聞道，夕死可矣」。不知聖人有甚事來，迫切了底死地如此。』『文意不難會，須是求其所以如此何故始得。聖人固是生知，猶如此説，所以教人也。「學如不及，猶恐失之」，纔説姑待來日，便不可也。』

『子之燕居』，『申申』『夭夭』，如何？曰：『申申是和樂中有中正氣象，夭夭是舒泰氣象，此皆弟子善形容聖人處也。爲申申字説不盡，故更著夭夭字。今人不怠惰放肆，必太嚴厲，嚴厲時則著此四字不得，放肆時亦著此四字不得。除非是聖人，便自有中和之氣。』

問：『「務民之義，敬鬼神而遠之」，何以爲知？』曰：『只此兩句，説知亦盡。且人多敬鬼神者，只是惑，遠者又不能敬，能敬能遠，可謂知矣。』又問：『莫是知鬼神之道，然後能敬能遠否？』曰：『亦未説到如此深遠處，且大綱説，當敬不惑也。』問：『今人奉佛，莫是惑否？』曰：『是也。敬佛者不一作『必』惑，不敬者只是孟浪不信。』又問：『佛當敬否？』曰：『佛亦是胡人之賢智者，安可慢也？至如陰陽卜筮擇日之事，今人信者必惑，不信者亦是孟浪不信。如出行忌太白之類，太白在西，不可西行，有人在東方居，不成都不得西行？又却初行日忌，次日便不忌，次日不成不衝太白也？如使太白爲一人爲之，則鬼神亦勞矣如行遇風雨之類，則凡在行者皆遇之也，大抵人多記其偶中耳。』

問：『伯夷「不念舊惡」，何也？』曰：『此清者之量。伯夷之清，若推其所爲，須不容於世，必負石赴河乃已。然却爲他不念舊惡，氣象甚宏裕，此聖人深知伯夷處。』問：『伯夷叩馬諫武王，義不食周粟，有諸？』曰：『叩馬則不可知，非武王誠有之也，只此便是佗隘處。君尊臣卑，天下之常理也。伯夷知守常理，而不知聖人之變，故隘。不食周粟，只是不食其禄，非餓而不食也。至如《史記》所載諫詞，皆非也。武王伐商即位，已十一一作『二』年矣，安得父死不葬之語？』

問：『「伐國不問仁人」，如何？』曰：『不知怎生地伐國？如武王伐紂，都是仁人。如柳下惠之時則不可，當時諸侯以土地之故糜爛其民，皆不義之伐，宜仁人不忍言也。』

問：『宋襄公「不鼓不成列」，如何？』曰：『此愚也。既與他戰，又却不鼓不成列，必待佗成列，圖個甚？』

問：『羊祜、陸抗之事如何？』曰：『如送絹償禾之事甚好，至抗飲祜藥則不可。羊祜雖不是鴆人底人，然兩軍相向，其所餉藥，自不當飲。』

問：『用兵掩其不備、出其不意之事，使王者之師，當如此否？』曰：『固是。用兵須要勝，不成要敗？既要勝，須求所以勝之之道。但湯武之兵自不煩如此，「罔有敵於我師」自可見。然湯亦嘗升自陑，陑亦間道。且如兩軍相向，必擇地可攻處攻之，右實則攻左，左實則攻右，不成道我不用計也？且如漢、楚既約分鴻溝，乃復還襲之，此則不可。如韓信囊沙壅水之類何害？他師衆非我敵，决水使他一半不得渡，自合如此，有甚不得處？』又問：『間諜之事如何？』曰：『這箇不可也。』

問：『冉子爲子華請粟而與之少，原思爲之宰則與之多，其意如何？』曰：『原思爲宰，宰必受禄，禄自有常數，故不得而辭。子華使於齊，師使弟子，不當有所請，冉子請之自不是，故聖人與之少。佗理會不得，又請益，再與之亦少。聖人寬容，不欲直拒佗，冉子終不喻也。』

問：『「子使漆雕開仕，對曰：『吾斯之未能信。』」漆雕開未可仕，孔子使之仕，何也？』曰：『據佗説這一句言語，自是仕有餘，兼孔子道可以仕，必是實也。如由也志欲爲千乘之國，孔子止曰「可使治其賦」，求也欲爲小邦，孔子止曰「可使爲之宰」之類，由、求之徒，豈止如此？聖人如此言，便是優爲之也。』

問：『「丘也幸，苟有過，人必知之」，注言「諱君之惡」，是否？』曰：『是。』『何以歸過於己？』曰：『非是歸過於己。此事却是陳司敗欲使巫馬期以娶同姓之事去問是知禮不知禮，却須要回報言語也。聖人只有一箇不言而已。若説道我爲諱君之惡，不可也。又不成却以娶同姓爲禮，亦不可也。只可道：「丘也幸，苟有過，人必知之。」』

問：『「行不由徑」，徑是小路否？』曰：『只是不正當處，如履田疇之類，不必不由小路。昔有一人因送葬回，不覺被僕者引自他道歸，行數里，方覺不是，却須要回就大路上，若此非中理。若使小路便於往來，由之何害？』

問：『古者何以不修墓？』曰：『所以不修墓者，欲初爲墓時必使至堅固，故須必誠必敬。若不誠敬，安能至久？』曰：『孔子爲墓，何以速崩如此邪？』曰：『非孔子也。孔子先反修虞事，使弟子治之，弟子誠敬不至，纔雨而墓崩，其爲之不堅固可知。然修之亦何害？聖人言不修者，所以深責弟子也。』

問：『「先進於禮樂，野人也；後進於禮樂，君子也。」孔子何以不從君子而從野人？』曰：『請諸君細思之。』曰：『先儒有變文從質之説，是否？』曰：『固是。然君子野人者，據當時謂之君子野人也。當時謂之野人，是言文質相稱者也；當時謂之君子，則過乎文者也。是以不從後進而從先進也。蓋當時文弊已甚，故仲尼欲救之云爾。

『我不欲人之加諸我也，吾亦欲無加諸人』。《中庸》曰：『施諸己而不願，亦勿施於人。』正解此兩句。然此兩句甚難行，故孔子曰：『賜也，非爾所及也。』

問：『「質直而好義，察言而觀色，慮以下人」，何以爲達？』曰：『此正是達也。只好義與下人，已是達了。人所以不下人者，只爲不達。達則只是明達，「察言而觀色」，非明達而何？』又問：『子張之問達，如何？』曰：『子張之意以人知爲達，纔達則人自知矣，此更不須理會。子張之意專在人知，故孔子痛抑之，又曰「夫聞也者，色取仁而行違，居之不疑」也。學者須是務實，不要近名方是。有意近名，則大本已失，更學何事？爲名而學，則是僞也。今之學者大抵爲名，爲名與爲利，清濁雖不同，然其利心則一也。今市井閭巷之人却不爲名。爲名而學者，志於名而足矣，然其心猶恐人之不知。韓退之直是會道言語，曰：「内不足者急於人知，沛然有餘，厥聞四馳。」大抵爲名者只是内不足，内足者自是無意於名。如孔子言「疾没世而名不稱」，此一句人多錯理會。此只是言君子惟患無善之可稱，當汲汲爲善，非是使人求名也。』

問：『「在邦無怨，在家無怨」，不知怨在己，在人？』曰：『在己。』曰：『既在己，舜何以有怨？』曰：『怨只是一個怨，但其用處不同。舜自是怨，如舜不怨，却不是也。學須是通，不得如此執泥。如言「仁者不憂」，又却言「作《易》者其有憂患」，須要知用處各別也。天下只有一箇憂字，一箇怨字。既有此二字，聖人安得無之？如王通之言甚好，但爲後人附會亂却。如魏徵問：「聖人有憂乎？」曰：「天下皆憂，吾獨得無憂？」問疑，曰：「天下皆疑，吾獨得無疑？」謂董常曰：「樂天知命，吾何憂？窮理盡性，吾何疑？」如此自不相害，説得極好。至下面數句言心迹之判，便不是。此皆後人附會，適所以爲贅也。』

問：『「民可使由之，不可使知之」，是聖人不使知之耶？是民自不可知也？』曰：『聖人非不欲民知之也。蓋聖人設教，非不欲家喻户曉，比屋皆可封也。蓋聖人但能使天下由之耳，安能使人人盡知之？此是聖人不能，故曰：「不可使知之。」若曰聖人不使民知，豈聖人之心？是後世朝三暮四之術也。某嘗與謝景温説此一句，他争道朝三暮四之術亦不可無，聖人亦時有之，此大故無義理。説聖人順人情處亦有之，豈有爲朝三暮四之術哉？』『謝景温』一作『趙景平』。

問爲政遲速。曰：『仲尼嘗言之矣：「苟有用我者，期月而已可也，三年有成。」仲尼言有成者，蓋欲立致治之功業如堯舜之時，夫是之謂有成。此聖人之事，佗人不可及。某嘗言後世之論治者，皆不中理。漢公孫丞相言：「三年而化，臣弘尚竊遲之。」唐李石謂：「十年責治太迫。」此二者，皆率爾而言。聖人之言自有次序，所謂「期月而已可也」者，謂紀綱布也；「三年有成」，治功成也。聖人之事，後世雖不敢望如此，然二帝之治，惟聖人能之；三王以下事業，大賢可爲也。』又問：『孔子言「用我者」「三年有成」，言「王者」則曰「必世而後仁」，何也？』曰：『所謂仁者，風移俗易，民歸於仁。天下變化之時，此非積久何以能致？其曰「必世」，理之然也。「有成」者，謂法度紀綱有成而化行也。如欲民仁，非必世安可？』

問：『「大則不驕，化則不吝」，此語何如？』曰：『若以「大而化之」解此，則未是；然「大則不驕」此句却有意思，只爲小便驕也。「化則不吝」，化煞高，「不吝」未足以言之。驕與吝兩字正相對，驕是氣盈，吝是氣歉。』曰：『吝何如則是？』曰：『吝是吝嗇也，且於嗇上看，便見得吝嗇止是一事。且人若吝時，於財上亦不足，於事上亦不足，凡百事皆不足，必有歉歉之色也。』曰：『「有周公之才之美，使驕且吝，其餘不足觀也已」，此莫是甚言驕吝之不可否？』曰：『是也。若言周公之德，則不可下吝驕字。此言雖才如周公，驕吝亦不可也。』

仲尼當周衰，轍環天下，顔子何以不仕？曰：『此仲尼之任也。使孔子得行其道，顔子不仕可矣。然孔子既當此任，則顔子足可閉户爲學也。』

孟子有功於聖門不可言。如仲尼只說一箇仁字，『立人之道曰仁與義』。孟子開口便說仁義；仲尼只說一箇志，孟子便說許多養氣出來；只此二字，其功甚多。

未知道者如醉人：方其醉時，無所不至；及其醒也，莫不愧恥。人之未知學者，自視以爲無缺，及既知學，反思前日所爲，則駭且懼矣。

聖人《六經》皆不得已而作，如耒耜陶冶，一不制則生人之用熄。後世之言，無之不爲缺，有之徒爲贅，雖多何益也？聖人言雖約，無有包含不盡處。

言貴簡，言愈多，於道未必明。杜元凱却有此語云：『言高則旨遠，辭約則義微。』大率言語須是含蓄而有餘意，所謂『書不盡言，言不盡意』也。

《中庸》之書，其味無窮，極索玩味。

問：『《坎》之六四「樽酒簋貳用缶，納約自牖」，何義也？』曰：『《坎》，險之時也，此是聖人論大臣處險難之法。「樽酒簋貳用缶」謂當險難之時，更用甚得？無非是用至誠也。「納約自牖」言欲納約於君，當自明處。牖者，開明之處也。欲開悟於君，若於君所蔽處，何由入得？如漢高帝欲易太子，他人皆争以嫡庶之分。夫嫡庶之分，高祖豈不知得分明？直知不是了犯之，此正高祖所蔽處，更豈能曉之？獨留侯招致四皓，此正高祖所明處。蓋高祖自匹夫有天下，皆豪傑之力，故憚之。留侯以四皓輔太子，高祖知天下豪傑歸心於惠帝，故更不易也。昔秦伐魏，欲以長安君爲質，太后不可。左師觸龍請見云云，遂以長安君爲質焉。夫太后只知愛子，更不察利害，故左師以愛子之利害開悟之也。』

《易》八卦之位，元不曾有人説。先儒以爲《乾》位西北，《坤》位西南，言《乾》《坤》任六子，而自處於無爲之地，此大故無義理。風雷山澤之類，便是天地之用。豈天地外别有六子，如人生六子，則有各任以事，而父母自閑？ 風雷之類於天地間如人生之有耳目手足，便是人之用也。 豈可謂手足耳目皆用，而身無爲乎？ 因見賣兔者，曰：『聖人見《河圖》《洛書》而畫八卦，然何必《圖》《書》，只看此兔，亦可作八卦，數便此中可起，古聖人只取神物之至著者耳。只如樹木，亦可見數。 兔何以無尾，有血無脂？ 只是爲陰物。 大抵陽物尾長，陽盛者尾愈長。如雉是盛陽之物，故尾極長，又其身文明。 今之行車者多植尾於車上以候雨晴，如天將雨，則尾先垂向下，才晴便直立。』

或問：『劉牧言《上經》言形器以上事，《下經》言形器以下事。』曰：『非也。《上經》言雲雷《屯》，雲雷豈無形耶？』曰：『牧又謂《上經》是天地生萬物，《下經》是男女生萬物。』曰：『天地中只是一箇生。 人之生於男女，即是天地之生，安得爲異？』曰：『牧又謂《乾》《坤》與《坎》《離》男女同生。』曰：『非也。 譬如父母生男女，豈男女與父母同生？ 既有《乾》《坤》，方三索而得六子。 若曰《乾》《坤》生時，六子生理同有，則是此理。 謂《乾》《坤》《坎》《離》同生，豈有此事？ 既是同生，則何言六子耶？』

或曰：『凡物之生，各隨氣勝處化。』曰：『何以見？』曰：『如木之生，根既長大，却無處去。』曰：『克也。』曰：『既克，則是土化爲木矣。』曰：『不是化，只是克。 五行，只古人説迭王字説盡了，只是箇盛衰自然之理也。 人多言五行無土不得，木得土方能生火，火得土方能生金，故土寄王於四時。 某以爲不然。 木生火，火生土，土生金，金生水，水生木，只是迭盛也。』

問：『劉牧以《坎》《離》得正性，《艮》《巽》得偏性，如何？』曰：『非也。佗據方位如此説，如居中位便言得中氣，其餘豈不得中氣也？』或曰：『五行是一氣。』曰：『人以爲一物，某道是五物。既謂之五行，豈不是五物也？五物備然後能生。且如五常，誰不知是一箇道？既謂之五常，安得混而爲一也？』

曰：『劉牧以《下經》四卦相交，如何？』曰：『怎生相交？若論相交，豈特四卦，如《屯》《蒙》《師》《比》皆是相交。一顛一倒卦之序皆有義理，有相反者，有相生者，爻變則義變也。』下來却似義起，然亦是以爻也，爻變則義變。『劉牧言兩卦相比，《上經》二陰二陽相交，《下經》四陽四陰相交，是否？』曰：『八卦已相交了，及重卦，只取二象相交爲義，豈又與卦畫相交也？《易》須是默識心通，只如此窮文義，徒費力。』

問：『「莫見乎隱，莫顯乎微」，何也？』曰：『人只以耳目所見聞者爲顯見，所不見聞者爲隱微，然不知理却甚顯也。且如昔人彈琴，見螳螂捕蟬，而聞者以爲有殺聲。殺在心，而人聞其琴而知之，豈非顯乎？人有不善，自謂人不知之，然天地之理甚著，不可欺也。』曰：『如楊震四知，然否？』曰：『亦是。然而若説人與我固分得，若説天地，只是一箇知也。且如水旱，亦有所致，如暴虐之政所感，此人所共見者，固是也；然有不善之心積之多者亦足以動天地之氣，如疾疫之氣亦如此，不可道事至目前可見，然後爲見也。更如堯舜之民何故仁壽？桀紂之民何故鄙夭？纔仁便壽，纔鄙便夭，壽夭乃是善惡之氣所致。仁則善氣也，所感者亦善，善氣所生，安得不壽？ 鄙則惡氣也，所感者亦惡，惡氣所生，安得不夭？』

問『天地明察，神明彰矣』。曰：『事天地之義，事天地之誠，既明察昭著，則神明自彰矣。』曰：『神明感格否？』曰：『感格固在其中矣。孝弟之至，通於神明。神明、孝弟不是兩般事，只孝弟便是神明之理。』又問：『王祥孝感事，是通神明否？』曰：『此亦是通神明一事。此感格便是王祥誠中來，非王祥孝於此而物來於彼也。』

問：『《行狀》云：「盡性至命，必本於孝弟。」不識孝弟何以能盡性至命也？』曰：『後人便將性命別作一般事説了，性命、孝弟只是一統底事，就孝弟中便可盡性至命。至如灑掃應對與盡性至命亦是一統底事，無有本末，無有精粗，却被後來人言性命者別作一般高遠説。故舉孝弟，是於人切近者言之。然今時非無孝弟之人，而不能盡性至命者，由之而不知也。』

問：『「窮神知化」由通於禮樂，何也？』曰：『此句須自家體認一作「玩索」。人往往見禮壞樂崩便謂禮樂亡，然不知禮樂未嘗亡也。如國家一日存時尚有一日之禮樂，蓋由有上下尊卑之別也。除是禮樂亡盡，然後國家始亡。雖盜賊至所爲不道者然亦有禮樂，蓋必有總屬，必相聽順，乃能爲盜；不然則叛亂無統，不能一日相聚而爲盜也。禮樂無處無之，學者要須識得。』

問：『「明則有禮樂，幽則有鬼神」，何也？』曰：『鬼神只是一箇造化。「天尊地卑，乾坤定矣」，「鼓之以雷霆，潤之以風雨」是也。』

『「禮云禮云，玉帛云乎哉？ 樂云樂云，鐘鼓云乎哉？」此固有禮樂，不在玉帛、鐘鼓。先儒解者多引「安上治民莫善於禮」，「移風易俗莫善於樂」。此固是禮樂之大用也，然推本而言，禮只是一箇序，樂只是一箇和。只此兩字，含蓄多少義理。』又問：『禮莫是天地之序？樂莫是天地之和？』曰：『固是。天下無一物無禮樂，且置兩隻椅子，才不正便是無序，無序便乖，乖便不和。』又問：『如此，則禮樂却只是一事？』曰：『不然。如天地陰陽，其勢高下甚相背，然必相須而爲用也。有陰便有陽，有陽便有陰。有一便有二，纔有一二，便有一二之間，便是三，已往更無窮。老子亦言：「三生萬物。」此是生生之謂易，理自然如此。「維天之命，於穆不已」，自是理自相續不已，非是人爲之。如使可爲，雖使百萬般安排，也須有息時。只爲無爲，故不息。《中庸》言：「不見而彰，不動而變，無爲而成，天地之道可一言而盡也。」使釋氏千章萬句説得許大無限説話亦不能逃此三句。只爲聖人説得要，故包含無盡。釋氏空周遮説爾，只是許多。』

問：『「及其至也」，「聖人」「有所不能」，不知聖人亦何有不能、不知也？』曰：『天下之理，聖人豈有不盡者？蓋於事有所不遍知、不遍能也。至纖悉委曲處，如農圃百工之事，孔子亦豈能知哉？』或曰：『至之言極也，何以言事？』曰：『固是。極至之至，如至微至細。上文言「夫婦之愚，可以與知」，愚，無知者也，猶且能之，乃若細微之事，豈可責聖人盡能？聖人固有所不能也。』

『君子之道費而隱』，費，日用處。

『時措之宜』，言隨時之義，若『溥博淵泉而時出之』。

『王天下有三重』，言三王所重之事。上焉者，三王以上、三王已遠之事，故無證；下焉者非三王之道，如諸侯霸者之事，故民不尊。

『思曰睿』，『睿作聖』。致思如掘井，初有渾水，久後稍引動得清者出來。人思慮，始皆溷濁，久自明快。

問：『召公何以疑周公？』曰：『召公何嘗疑周公？』曰：『《書》稱「召公不説」，何也？』『請觀《君奭》一篇，周公曾道召公疑他來否？古今人不知《書》之甚。《書》中分明説「召公爲保，周公爲師，相成王爲左右，召公不説，周公作《君奭》」，此已上是孔子説也。且召公初升爲太保，與周公并列，其心不安，故不説爾。但看此一篇，盡是周公留召公之意，豈有召公之賢而不知周公者乎？《詩》中言周大夫刺朝廷之不知，豈特周大夫？當時之人，雖甚愚者亦知周公刺朝廷之不知者，爲成王爾。成王煞是中才，如天大雷霆以風而啟金縢之書，成王無事而啟金縢之書作甚？蓋二公道之如此，欲成王悟周公爾。近人亦錯看却，作詩云「荀子書猶非孟子，召公心未説周公」，甚非也。』

又問：『《金縢》之書，非周公欲以悟成王乎？何既禱之後藏其文於金縢也？』曰：『近世祝文，或焚或埋。必是古人未有焚埋之禮，欲敬其事，故藏之金縢也。』『然則周公不知命乎？』曰：『周公誠心，只是欲代其兄，豈更問命耶？』

或問：『人有謂周公營洛，則成王既遷矣。或言平王東遷，非也。周公雖聖，其能逆知數百載下有犬戎之禍乎？是説然否？』曰：『《詩》中自言王居鎬京，將不能以自樂，何更疑也？周公只是爲犬戎與鎬京相逼，知其後必有患，故營洛也。』

問：『高宗得傅説於夢，文王得太公於卜。古之聖賢相遇多矣，何不盡形於夢卜乎？』曰：『此是得賢之一事，豈必盡然？蓋高宗至誠，思得賢相，寤寐不忘，故朕兆先見於夢。如常人夢寐間事有先見者多矣，亦不足怪。至於卜筮亦然，今有人懷誠心求卜，有禱則應，此理之常然。』又問：『高宗夢往求傅説邪？傅説來入高宗夢邪？』曰：『高宗只是思得賢人，如有賢人，自然應他感。亦非此往，亦非彼來。譬如懸鏡於此，有物必照，非鏡往照物，亦非物來入鏡也。大抵人心虚明，善則必先知之，不善必先知之。有所感必有所應，自然之理也。』又問：『或言高宗於傅説，文王於太公，蓋已素知之矣，恐羣臣未信，故託夢卜以神之。』曰：『此僞也，聖人豈僞乎？』

問：『舜能化瞽、象，使不格奸，何爲不能化商均？』曰：『所謂「不格奸」者，但能使之不害己與不至大惡也。若商均則不然，舜以天下授人，欲得如己者，商均非能如己爾，亦未嘗有大惡。大抵五帝官天下，故擇一人賢於天下者而授之。三王家天下，遂以與子。論其至理，治天下者，當得天下最賢者一人加諸衆人之上，則是至公之法。後世既難得人而争奪興，故以與子。與子雖是私，亦天下之公法，但守法者有私心耳。』

問：『四凶，堯不誅而舜誅之，何也？』曰：『四凶皆大才也，在堯之時未嘗爲惡，堯安得而誅之？及舉舜加其上，然後始有不平之心而肆其惡，故舜誅之耳。』曰：『堯不知四凶乎？』曰：『惟堯知之。』『知其惡而不去，何也？』曰：『在堯之時，非特不爲惡，亦賴以爲用。』

『納於大麓』。麓，足也，百物所聚，故麓有大録萬幾之意。若司馬遷謂納舜於山麓，豈有試人而納於山麓耶？此只是歷試舜也。

放勳非堯號。蓋史稱堯之道也，謂三皇而上以神道設教，不言而化，至堯方見於事功也。後人以放勳爲堯號，故記《孟子》者遂以『堯曰』爲『放勳曰』也。若以堯號放勳，則皋陶當號允迪，禹曰文命，下言『敷於四海』有甚義？

問：『《詩》如何學？』曰：『只在《大序》中求。《詩》之《大序》，分明是聖人作此以教學者，後人往往不知是聖人作。自仲尼後一作『漢以來』更無人理會得《詩》，如言「后妃之德」，皆以爲文王之后妃。文王，諸侯也，豈有后妃？又如「樂得淑女以配君子，憂在進賢，不淫其色」，以爲后妃之德如此。配惟后妃可稱，后妃自是配了，更何別求淑女以爲配？淫其色乃男子事，后妃怎生會淫其色？此不難曉，但將《大序》看數遍，則可見矣。』或曰：『《關雎》是后妃之德當如此否？樂得淑女之類是作《關雎》詩人之意否？』曰：『是也。《大序》言：「是以《關雎》樂得淑女以配君子，憂在進賢，不淫其色，哀窈窕，思賢才，而無傷善之心焉。」是《關雎》之義也。只著箇是以字，便自有意思。』曰：『如言「又當輔佐君子」，「則可以歸安父母」，言「能逮下」之類，皆爲其德當如此否？』曰：『是也。』問：『《詩小序》何人作？』曰：『但看《大序》即可見矣。』曰：『莫是國史作否？』曰：『《序》中分明言「國史明乎得失之迹」，蓋國史得詩於采詩之官，故知其得失之迹。如非國史，則何以知其所美所刺之人？使當時無《小序》，雖聖人亦辨不得。』曰：『聖人删詩時，曾删改《小序》否？』曰：『有害義理處也須删改；今之《詩序》却煞錯亂，有後人附之者。』曰：『《關雎》之詩，是何人所作？』曰：『周公作。周公作此以風教天下，故曰「用之鄉人焉，用之邦國焉，上以風化下，下以風刺上」。蓋自天子至於庶人，正家之道當如此也。《二南》之詩，多是周公所作。如《小雅·六月》所序之詩，亦是周公作。』『後人多言《二南》爲文王之詩，蓋其中有文王事也。』曰：『非也。附文王詩於中者，猶言古人有行之者，文王是也。』

問：『「《關雎》樂而不淫，哀而不傷」，何謂也？』曰：『大凡樂必失之淫，哀必失之傷，淫、傷則入於邪矣。若《關雎》則止乎禮義，故如哀窈窕，思賢才，言哀之則思之甚切。以常人言之，直入於邪始得，然《關雎》却止乎禮義，故不至乎傷，則其思也，其亦異乎常人之思也矣。』

唐棣乃今郁李，看此便可以見詩人興兄弟之意。

『執柯伐柯，其則不遠』，人猶以爲遠。君子之道，本諸身，發諸心，豈遠乎哉？

問：『《周禮》有復仇事，何也？』曰：『此非治世事，然人情有不免者。如親被人殺，其子見之，不及告官，遂逐殺之，此復仇而義者，可以無罪。其親既被人殺，不自訴官，而他自謀殺之，此則正其專殺之罪可也。』問：『避仇之法如何？』曰：『此因赦罪而獲免，便使避之也。』

問：『《周禮》之書有訛缺否？』曰：『甚多。周公致治之大法亦在其中，須知道者觀之，可決是非也。』又問：『司盟有詛萬民之不信者，治世亦有此乎？』曰：『盛治之世，固無此事。然人情亦有此事，爲政者因人情而用之。』

問：『「嚴父配天」，稱「周公其人」，何不稱武王？』曰：『大抵周家製作，皆周公爲之，故言禮者必歸之周公焉。』

『趙盾弑君之事，聖人不書趙穿，何也？』曰：『此《春秋》大義也。趙穿手弑其君，人誰不知？若盾之罪，非《春秋》書之，更無人知也。仲尼曰：「惜哉，越境乃免。」此語要人會得。若出境而反，又不討賊也，則不免；除出境遂不反，乃可免也。』

『紀侯大去其國』，如『梁亡』，『鄭棄其師』，『齊師殲於遂』，『郭亡』之類。郭事實不明，如上四者，是一類事也。國君守社稷，雖死，守之可也。齊侯、衛侯方遇於垂，紀侯遂去其國，豈齊之罪哉？故聖人不言齊滅之者，罪紀侯輕去社稷也。紀侯大名也

問王通。曰：『隱德君子也。當時有寫言語，後來被人傅會，不可謂全書。若論其粹處，殆非荀揚所及也。若《續經》之類，皆非其作。』

揚雄去就不足觀，如言『明哲煌煌，旁燭無疆』，此甚悔恨不能先知。『遜於不虞，以保天命』，則是只欲全身也。若聖人先知，必不至於此，必不可奈何，天命亦何可保耶？問：『《太

玄》之作如何？』曰：『是亦贅矣。必欲撰《玄》，不如明《易》。邵堯夫之數，似玄而不同。數只是一般，一作數無窮。但看人如何用之。雖作十《玄》亦可，況一《玄》乎？』

荀卿才高，其過多。揚雄才短，其過少。韓子稱其『大醇』，非也。若二子，可謂大駁矣，然韓子責人甚恕。

韓退之頌伯夷，甚好，然只説得伯夷介處。要知伯夷之心，須是聖人。《語》曰：『不念舊惡，怨是用希。』此説甚得伯夷心也。

問：『退之《讀墨》篇如何？』曰：『此篇意亦甚好，但言不謹嚴，便有不是處。且孟子言墨子愛其兄之子猶鄰之子，墨子書中何嘗有此等言？但孟子拔本塞源，知其流必至於此。大凡儒者學道，差之毫釐，繆以千里。楊朱本是學義，墨子本是學仁，但所學者稍偏，故其流遂至於無父無君，孟子欲正其本，故推至此。退之樂取人善之心，可謂忠恕，然持教不知謹嚴，故失之。至若言孔子尚同、兼愛與墨子同，則甚不可也。後之學者，又不及楊墨。楊墨本學仁義，後人乃不學仁義。但楊墨之過被孟子指出，後人無人指出，故不見其過也。』

韓退之作《羑里操》云：『臣罪當誅兮，天王聖明。』道得文王心出來，此文王至德處也。

退之晚來爲文，所得處甚多。學本是修德，有德然後有言，退之却倒學了。因學文日求所未至，遂有所得。如曰：『軻之死不得其傳。』似此言語，非是蹈襲前人，又非鑿空撰得出，必有所見。若無所見，不知言所傳者何事？《原性》等文皆少時作。

退之正在好名中。

退之言『漢儒補綴，千瘡百孔』，漢儒所壞者不少，安能補也？

凡讀史，不徒要記事迹，須要識治亂安危興廢存亡之理。且如讀高帝一《紀》，便須識得漢家四百年終始治亂當如何，是亦學也。

問：『漢儒至有白首不能通一經者，何也？』曰：『漢之經術安用？只是以章句訓詁爲事。且如解「堯典」二字至三萬餘言，是不知要也。東漢則又不足道也，東漢士人尚名節，只爲不明理，若使明理，却皆是大賢也。自漢以來，惟有三人近儒者氣象：大毛公、董仲舒、揚雄。本朝經術最盛，只近二三十年來議論專一，使人更不致思。』

問：『陳平當王諸吕時，何不極諫？』曰：『王陵争之不從，乃引去。如陳平復諍，未必不激吕氏之怒矣。且高祖與羣臣只是以力相勝，力强者居上，非至誠樂願爲之臣也。如王諸吕時，責他死節，他豈肯死？』

周勃入北軍，問曰：『爲劉氏左袒，爲吕氏右袒。』既知爲劉氏，又何必問？若不知而問，設或右袒，當如之何？已爲將，乃問士卒，豈不謬哉？當誅諸吕時，非陳平爲之謀，亦不克成。及迎文帝至霸橋，曰『願請間』，此豈請間時邪？至於罷相就國，每河東守行縣至絳，必令家人被甲執兵而見，此欲何爲？可謂至無能之人矣。

王介甫詠張良詩最好，曰：『漢業存亡俯仰中，留侯當此每從容。』人言高祖用張良，非也，張良用高祖爾。秦滅韓，張良爲韓報仇，故送高祖入關。既滅秦矣，故辭去。及高祖興義師，誅項王，則高祖之勢可以平天下，故張良助之。良豈願爲高祖臣哉？無其勢也。及天下既平，乃從赤松子遊，是不願爲其臣可知矣。張良才識盡高，若鴻溝既分，而勸漢王背約追之，則無行也。或問：『張良欲以鐵椎擊殺秦王，其計不亦疏乎？』曰：『欲報君仇之急，使當時若得以椎擊殺之，亦足矣，何暇自爲謀耶？』

王通言：『諸葛無死，禮樂其有興。』信乎？曰：『諸葛近王佐才，禮樂興不興則未可知。』問曰：『亮果王佐才，何爲僻守一蜀，而不能有爲於天下？』曰：『孔明固言，明年欲取魏，幾年定天下，其不及而死，則命也。某嘗謂孫覺曰：「諸葛武侯有儒者氣象。」孫覺曰：「不然。聖賢行一不義，殺一不辜，雖得天下不爲。武侯區區保完一國，不知殺了多少人耶？」某謂之曰：「行一不義、殺一不辜以利一己，則不可；若以天下之力誅天下之賊，殺戮雖多，亦何害？陳恒弑君，孔子請討。孔子豈保得討陳恒時不殺一人邪？蓋誅天下之賊，則有所不得顧爾。」』曰：『三國之興，孰爲正？』曰：『蜀志在興復漢室，則正也。』

漢文帝殺薄昭，李德裕以爲殺之不當，温公以爲殺之當，説皆未是。據史，不見他所以殺之之故，須是權事勢輕重論之。不知當時薄昭有罪，漢使人治之，因殺漢使也？還是薄昭與漢使飲酒，因忿怒而致殺之也？漢文帝殺薄昭，而太后不安，奈何？既殺之，太后不食而死，奈何？若漢治其罪而殺漢使，太后雖不食，不可免也。須權佗那個輕，那個重，然後論他殺得當與不當也。論事須著用權，古今多錯用權字，才說權，便是變詐或權術。不知權只是經所不及者，權量輕重使之合義，才合義，便是經也。今人說權不是經，便是經也。權只是秤錘，稱量輕重。孔子曰：『可與立，未可與權。』

問：『第五倫視其子之疾與兄子之疾不同，自謂之私，如何？』曰：『不特安寢與不安寢，只不起與十起，便是私也。父子之愛本是公，才著些心做，便是私也。』又問：『視己子與兄子有間否？』曰：『聖人立法曰：「兄弟之子，猶子也。」是欲視之猶子也。』又問：『天性自有輕重，疑若有間然。』曰：『只爲今人以私心看了。孔子曰：「父子之道，天性也。」此只就孝上說，故言父子天性。若君臣、兄弟、賓主、朋友之類，亦豈不是天性？只爲今人小看，却不推其本所由來故爾。己之子與兄之子，所爭幾何？是同出於父者也。只爲兄弟異形，故以兄弟爲手足。人多以異形故親己之子，異於兄弟之子，甚不是也。』又問：『孔子以公冶長不及南容，故以兄之子妻南容，以己之子妻公冶長，何也？』曰：『此亦以己之私心看聖人也。凡人避嫌者，皆内不足也。聖人自是至公，何更避嫌？凡嫁女，各量其才而求配。或兄之子不甚美，必擇其相稱者爲之配；己之子美，必擇其才美者爲之配，豈更避嫌耶？若孔子事，或是年不相若，或時有先後，皆不可知。以孔子爲避嫌，則大不是。如避嫌事，雖賢者且不爲，况聖人乎？』

《素問》書出於戰國之末，氣象可見。若是三皇五帝《典》《墳》，文章自别。其氣運處絶淺近，如將二十四氣移换名目，便做千百樣亦得。

《陰符經》非商末則周末人爲之。若是先王之時，聖道既明，人不敢爲異説。及周室下衰，道不明於天下，才智之士甚衆，既不知道所趨向，故各自以私智窺測天地，盜竊天地之機。分明是大盜，故用此以簧鼓天下，故云『天有五賊，見之者昌』云云，豈非盜天地乎？

問：『老子書若何？』曰：『老子書，其言自不相入處如冰炭，其初意欲談道之極玄妙處，後來却入做權詐者上去。如『將欲取之，必固與之』之類。然老子之後有申韓，看申韓與老子道甚懸絶，然其原乃自老子來。蘇秦、張儀則更是取道遠。初，秦、儀學於鬼谷，其術先揣摩其如何，然後捭闔，捭闔既動，然後用鈎鉗，鈎其端然後鉗制之。其學既成，辭鬼谷去，鬼谷試之，爲張儀説所動。如入庵中説令出之。然其學甚不近道，人不甚惑之，孟子時已有置而不足論也。』

問：『世傳成王幼，周公攝政，荀卿亦曰：「履天下之籍，聽天下之斷。」周公果踐天子之位，行天子之事乎？』曰：『非也。周公位冢宰，百官總己以聽之而已，安得踐天子之位？』又問：『君薨，百官聽於冢宰者三年爾，周公至於七年，何也？』曰：『三年，謂嗣王居憂之時也；七年，爲成王幼故也。』又問：『賜周公以天子之禮樂，當否？』曰：『始亂周公之法度者，是賜也。人臣安得用天子之禮樂哉？成王之賜、伯禽之受皆不能無過一作『罪』。《記》曰：「魯郊非禮也，其周公之衰乎！」聖人嘗譏之矣。説者乃云：「周公有人臣不能爲之功業，因賜以人臣所不得用之禮樂。」則妄也。人臣豈有不能爲之功業哉？借使功業有大於周公，亦是人臣所當爲爾。人臣而不當爲，其誰爲之？豈不見孟子言「事親若曾子可也」？曾子之孝亦大矣，孟子纔言可也。蓋曰：子之事父，其孝雖過於曾子，畢竟是以父母之身做出來，豈是分外事？若曾子者，僅可以免責爾。臣之於君，猶子之於父也。臣之能立功業者，以君之人民也，以君之勢位也。假如功業大於周公，亦是以君之人民勢位做出來，而謂人臣所不能爲，可乎？使人臣恃功而懷怏怏之心者，必此言矣。若唐高祖賜平陽公主葬以鼓吹則可，蓋征戰之事實非婦人之所能爲也，故賜以婦人所不得用之禮樂。若太宗却不知此，太宗佐父平天下，論其功不過做得一功臣，豈可奪元良之位？太子之與功臣，自不相干。唐之紀綱自太宗亂之，終唐之世無三綱者，自太宗始也。李光弼、郭子儀之徒，議者謂有人臣不能爲之功，非也。』

秦以暴虐，焚《詩》《書》而亡。漢興，鑒其弊，必尚寬德，崇經術之士，故儒者多。儒者多，雖未知聖人之學，然宗經師古，識義理者衆，故王莽之亂，多守節之士。世祖繼起，不得不褒揚名節，故東漢之士多名節。知名節而不知節之以禮，遂至於苦節，故當時名節之士有視死如歸者。苦節既極，故魏晉之士變而爲曠蕩，尚虛浮而亡禮法。禮法既亡，與夷狄無異，故五胡亂華。夷狄之亂已甚，必有英雄出而平之，故隋唐混一天下。隋不可謂有天下，第能驅除爾。唐有天下，如貞觀、開元間，雖號治平，然亦有夷狄之風，三綱不正，無父子、君臣、夫婦，其原始於太宗也。故其後世子弟皆不可使：玄宗才使肅宗，便篡；肅宗才使永王璘，便反。君不君，臣不臣，故藩鎮不賓，權臣跋扈，陵夷有五代之亂。漢之治過於唐，漢大綱正，唐萬目舉。本朝大綱甚正，然萬目亦未盡舉。因問十世可知，遂推此數端。

『洪水滔天』，堯時亦無許多大洪水，宜更思之。漢武帝問『禹湯水旱，厥咎何由』？公孫弘對『堯遭洪水，使禹治之，不聞禹之有水也』。更不答其所由，公孫弘大是奸人。

問：『東海殺孝婦而旱，豈國人冤之所致邪？』曰：『國人冤固是，然一人之意，自足以感動得天地，不可道殺孝婦不能致旱也。』或曰：『殺姑而雨，是衆人怨釋否？』曰：『固是衆人怨釋，然孝婦冤亦釋也。其人雖亡，然冤之之意自在，不可道殺姑不能釋婦冤而致雨也。』

問：『人有不善，霹靂震死，莫是人懷不善之心，聞霹雷震，懼而死否？』曰：『不然。是雷震之也。』『如使雷震之，還有使之者否？』曰：『不然。人之作惡，有惡氣，與天地之惡氣相擊搏，遂以震死。霹靂，天地之怒氣也。如人之怒，固自有正，然怒時必爲之作惡，是怒亦惡氣也，怒氣與惡氣相感故爾。且如今人種蕎麥，自有畦隴，霜降時殺麥，或隔一畦麥有不殺者，豈是此處無霜？蓋氣就相合處去也。』曰：『雷所擊處必有火，何也？』曰：『雷自有火。如鑽木取火，如使木中有火，豈不燒了木？蓋是動極則陽生，自然之理。不必木，只是兩石相戛，亦有火出。惟鐵無火，然戛之久必熱，此亦是陽生也。』

鑽木取火，人謂火生於木，非也。兩木相戛，用力極則陽生。今以石相戛，便有火出。非特木也，蓋天地間無一物無陰陽。

雨水冰，上温而下冷；隕霜不殺草，上冷而下温。

天火曰災，人火曰火，人火爲害者亦曰災。

問：『日月有定形，還自氣散，別自聚否？』曰：『此理甚難曉。究其極，則此二説歸於一也。』問：『月有定魄，而日遠於月，月受日光，以人所見爲有盈虧，然否？』曰：『日月一也，豈有日高於月之理？月若無盈虧，何以成歲？蓋月一分光則是魄虧一分也。』

霜與露不同。霜，金氣，星月之氣。露亦星月之氣，看感得甚氣即爲露，甚氣即爲霜。如言露結爲霜，非也。

雹是陰陽相搏之氣，乃是沴氣。聖人在上無雹，雖有不爲災。雖不爲災，沴氣自在。

問：『「鳳鳥不至，河不出圖」，不知符瑞之事果有之否？』曰：『有之。國家將興，必有禎祥；人有喜事，氣見面目。聖人不貴祥瑞者，蓋因災異而修德則無損，因祥瑞而自恃則有害也。』問：『五代多祥瑞，何也？』曰：『亦有此理。譬如盛冬時發出一朵花，相似和氣致祥，乖氣致異，此常理也，然出不以時，則是異也。如麟是太平和氣所生，然後世有以麟駕車者，却是怪也。譬如水中物生於陸、陸中物生於水，豈非異乎？』又問：『漢文多災異，漢宣多祥瑞，何也？』曰：『且譬如小人多行不義，人却不説；至君子未有一事，便生議論，此是一理也。至白者易污，此是一理也。《詩》中幽王大惡爲小惡，宣王小惡爲大惡，此是一理也。』又問：『日食有常數，何治世少而亂世多，豈人事乎？』曰：『理會此到極處，煞燭理明也。天人之際甚微，宜更思索。』曰：『莫是天數人事看那邊勝否？』曰：『似之，然未易言也。』又問：『魚躍於王舟，火覆於王屋，流爲烏，有之否？』曰：『魚與火則不可知，若兆眹之先，應亦有之。』

問：『十月何以謂之陽月？』曰：『十月謂之陽月者，陽盡，恐疑於無陽也，故謂之陽月也。然何時無陽？如日有光之類，蓋陰陽之氣有常存而不移者，有消長而無窮者。』

問：『作文害道否？』曰：『害也。凡爲文，不專意則不工，若專意則志局於此，又安能與天地同其大也？《書》云「玩物喪志」，爲文亦玩物也。呂與叔有詩云：「學如元凱方成癖，文似相如始類俳。獨立孔門無一事，只輸一作『惟傳』顔氏得心齋。」此詩甚好。古之學者惟務養性情，其佗則不學。今爲文者專務章句，悦人耳目。既務悦人，非俳優而何？』曰：『古者學爲文否？』曰『人見《六經》，便以謂聖人亦作文，不知聖人亦一作『只』攄發胸中所蘊，自成文耳。一作『章』，所謂「有德者必有言」也。』曰：『游、夏稱文學，何也？』曰：『游、夏亦何嘗秉筆學爲詞章也？且如「觀乎天文以察時變，觀乎人文以化成天下」，此豈詞章之文也？』

或問：『詩可學否？』曰：『既學時，須是用功，方合詩人格。既用功，甚妨事。古人詩云「吟成五箇字，用破一生心」，又謂「可惜一生心，用在五字上」。此言甚當。』先生嘗説：『王子真曾寄藥來，某無以答他，某素不作詩，亦非是禁止不作，但不欲爲此閑言語。且如今言能詩無如杜甫，如云「穿花蛺蝶深深見，點水蜻蜓款款飛」，如此閑言語，道出作甚？某所以不常作詩。今寄謝王子真詩云：「至誠通化藥通神，遠寄衰翁濟病身。我亦有丹君信否？用時還解壽斯民。」子真所學只是獨善，雖至誠潔行，然大抵只是爲長生久視之術，止濟一身，因有是句。』

問：『先生曾定六禮，今已成未？』曰：『舊日作此，已及七分，後來被召入朝，既在朝廷，則當行之朝廷，不當爲私書；既而遭憂，又疾病數年，今始無事，更一二年可成也。』曰：『聞有《五經解》，已成否？』曰：『惟《易》須親撰，諸經則關中諸公分去，以某説撰成之。《禮》之名數，陝西諸公删定，已送與吕與叔，與叔今死矣，不知其書安在也。然所定只禮之名數，若禮之文，亦非親作不可也。《禮記》之文，亦删定未了，蓋其中有聖人格言，亦有俗儒乖謬之説，乖謬之説本不能混格言，只爲學者不能辨别，如珠玉之在泥沙，泥沙豈能混珠玉？只爲無人識，則不知孰爲泥沙，孰爲珠玉也。聖人文章，自然與學爲文者不同，如《繫辭》之文，後人决學不得。譬之化工生物，且如生出一枝花，或有翦裁爲之者，或有繪畫爲之者，看時雖似相類，然終不若化工所生自有一般生意。』

冠、昏、喪、祭，禮之大者，今人都不以爲事。某舊曾修六禮，冠、昏、喪、祭、鄉、相見。將就，後被召遂罷，今更一二年可成。家間多戀河北舊俗，未能遽更易，然大率漸使知義理，一二年書成，可皆如法。禮從宜，事從俗，有大故害義理者須當去。每月朔必薦新，如仲春薦含桃之類。四時祭用仲月。用仲，見物成也。古者天子、諸侯於孟月者，爲首時也。時祭之外，更有三祭：冬至祭始祖，厥初生民之祖。立春祭先祖，季秋祭禰，他則不祭。冬至，陽之始也；立春者，生物之始一作『初』也；季秋者，成物之始一作『時』也。祭始祖，無主用祝，以妣配於廟中，正位享之。祭只一位者，夫婦同享也。祭先祖亦無主；先祖者，自始祖而下，高祖而上，非一人也，故設二位。祖妣異位，一云二位。異所者，舅婦不同享也。常祭止於高祖而下，自父而推，至於三而止者，緣人情也旁親有後者自爲祭，無後者祭之別位。爲叔伯父之後也。如殤，亦各祭。凡配，止以正妻一人，如諸侯用元妃是也。或奉祀之人是再娶所生者，即以所生母配。如葬，亦惟元配同穴。後世或再娶皆同穴而葬，甚瀆禮經，但於左右祔葬可也。忌日，必遷主，出祭於正寢，今正廳正堂也蓋廟中尊者所據，又同室難以獨享也。於正寢，可以盡思慕之意家必有廟，古者庶人祭於寢，士大夫祭於廟。庶人無廟，可立影堂。廟中異位，祖居中，左右以昭穆次序，皆夫婦自相配爲位，舅婦不同坐也廟必有主，既祧，當埋於所葬處，如奉祀人之高祖而上，即當祧也。其大略如此。且如豺獺皆知報本，今士大夫家多忽此，厚於奉養而薄於祖先，甚不可也。凡事死之禮，當厚於奉生者。至於嘗新必薦，享後方食，薦數則瀆，必因告朔而薦乃合宜。人家能存得此等事數件，雖幼者漸可使知禮義。凡物，知母而不知父，走獸是也；知父而不知祖，飛鳥是也。惟人則能知祖，若不嚴於祭祀，殆與鳥獸無異矣。』

問：『祭酒用幾奠？』曰：『家中尋常用三奠，祭法中却用九奠。』以禮有九獻，樂有九奏也。又問：『既奠之酒，何以置之？』曰：『古者灌以降神，故以茅縮酌，謂求神於陰陽有無之間，故酒必灌於地。若謂奠酒，則安置在此。今人以澆在地上，甚非也。既獻，則徹去可也。』傾在他器。

或問：『今拜掃之禮何據？』曰：『此禮古無，但緣習俗，然不害義理。古人直是誠質，專一也葬只是藏體魄，而神則必歸於廟，既葬則設木主，既除幾筵則木主安於廟，故古人惟專精祀於廟。今亦用拜掃之禮，但簡於四時之祭也。』

木主必以栗，何也？曰：『周用栗，土所産之木，取其堅也。今用栗，從周制也。若四方無栗，亦不必用，但取其木之堅者可也。

凡祭必致齊。『齊之日，思其居處，思其笑語』，此孝子平日思親之心，非齊也。齊不容有思，有思則非齊。『齊三日，乃見其所爲齊者』，此非聖人之語。齊者湛然純一，方能與鬼神接，然能事鬼神，已是上一等人。

古者男爲男尸，女爲女尸。自周以來女無可以爲尸者，故無女尸。後世遂無尸，能爲尸者亦非尋常人。

今無宗子法，故朝廷無世臣。若立宗子法，則人知尊祖重本。人既重本，則朝廷之勢自尊。古者子弟從父兄，今父兄從子弟，子弟爲强。由不知本也。且如漢高祖欲下沛時，只是以帛書與沛父老，其父老便能率子弟從之。又如相如使蜀，亦移書責父老，然後子弟皆聽其命而從之。只有一節尊卑上下之分，然後順從而不亂也。若無法以聯屬之，安可？且立宗子法亦是天理，譬如木，必從根直上一幹如大宗，亦必有旁枝。又如水，雖遠，必有正源，亦必有分派處，自然之勢也。然又有旁枝達而爲榦者。故曰『古者天子建國，諸侯奪宗』云。

凡言宗者，以祭祀爲主，言人宗於此而祭祀也。『別子爲祖』，上不敢宗諸侯，故不祭，下亦無人宗之，此無宗亦莫之宗也。別子之嫡子，即繼祖爲大宗，此有大宗無小宗也。別子之諸子，祭其別子，別子雖是祖，然是諸子之禰。『繼禰者爲小宗』，此有小宗而無大宗也。有小宗而無大宗，此句極難理會，蓋本是大宗之祖，別子之諸子稱之，却是禰也。

今人多不知兄弟之愛。且如閭閻小人，得一食，必先以食父母，夫何故？以父母之口重於己之口也。得一衣，必先以衣父母，夫何故？以父母之體重於己之體也。至於犬馬亦然，待父母之犬馬必異乎己之犬馬也。獨愛父母之子却輕於己之子，甚者至若仇敵，舉世皆如此，惑之甚矣。

伯、叔，父之兄弟，伯是長，叔是少，今人乃呼伯父、叔父爲『伯』『叔』，大無義理。呼爲『伯父』『叔父』者，言事之之禮與父同也。

或問：『事兄盡禮，不得兄之歡心，奈何？』曰：『但當起敬起孝，盡至誠，不求伸己可也。』曰：『接弟之道如何？』曰：『盡友愛之道而已。』

問：『妻可出乎？』曰：『妻不賢，出之何害？如子思亦嘗出妻。今世俗乃以出妻爲醜行，遂不敢爲。古人不如此，妻有不善，便當出也。只爲今人將此作一件大事，隱忍不敢發，或有隱惡，爲其陰持之，以至縱恣，養成不善，豈不害事？人修身刑家最急，才修身便到刑家上也。』又問：『古人出妻，有以對姑叱狗、藜蒸不熟者，亦無甚惡而遽出之，何也？』曰：『此古人忠厚之道也。古之人絶交不出惡聲，君子不忍以大惡出其妻，而以微罪去之，以此見其忠厚之至也。且如叱狗於其親前者，亦有甚大故不是處？只爲他平日有故，因此一事出之爾。』或曰：『彼以此細故見逐，安能無辭？兼他人不知是與不是，則如之何？』曰：『彼必自知其罪。但自己理直可矣，何必更求他人知？然有識者當自知之也。如必待彰暴其妻之不善，使他人知之，是亦淺丈夫而已，君子不如此。大凡人説話，多欲令彼曲我直；若君子，自有一個含容意思。』或曰：『古語有之：「出妻令其可嫁，絶友令其可交。」乃此意否？』曰：『是也。』

問：『士未仕而昏，用命服，禮乎？』曰：『昏姻重禮。重其禮者，當盛其服。况古亦有是，士乘墨車之類。今律亦許假借。』曰：『無此服而服之，恐僞。』曰：『不然。今之命服乃古之下士之服，古者有其德則仕，士，未仕者也，服之其宜也。若農、商則不可，非其類也。』或曰：『不必用，可否？』曰：『不得不可以爲悦，今得用而用之，何害？過期非也。』

昏禮不用樂，幽陰之義，此説非是。昏禮豈是幽陰？但古人重此大禮，嚴肅其事，不用樂也。昏禮不賀，人之序也，此説却是。婦質明而見舅姑，成婦也；三日而後宴樂，禮畢也；宴不以夜，禮也。

問：『臣拜君必於堂下，子拜父母如之何？』對曰：『君臣以義合，有貴賤，故拜於堂下。父子主恩，有尊卑，無貴賤，故拜於堂上。若婦與舅姑，亦是義合，有貴賤，故拜於堂下，禮也。』

問：『嫂叔古無服，今有之，何也？』曰：『《禮記》曰：「推而遠之也。」此説不是。嫂與叔且遠嫌，姑與嫂何嫌之有？古之所以無服者，只爲無屬。其夫屬乎父道者，妻皆母道也。其夫屬乎子道者，妻皆婦道也。今上有父有母，下有子有婦。叔父、伯父，父之屬也，故叔母、伯母之服與叔父、伯父同。兄弟之子，子之屬也，故兄弟之子、之婦服與兄弟之子同。若兄弟，則己之屬也，難以妻道屬其妻，此古者所以無服。以義理推不行也。今之有服亦是，豈有同居之親而無服者？』又問：『既是同居之親，古却無服，豈有兄弟之妻死，而已恝然無事乎？』曰：『古者雖無服，若哀戚之心自在。且如鄰里之喪，尚春不相不巷歌匍匐救之，况至親乎？』

服有正，有義，有從，有報。古者婦喪舅姑以期，今以三年，於義亦可，但名未正，此可謂之從服。從夫也。蓋與夫同奉几筵，而已不可以獨無服。報服，若姑之子爲舅之子服是也。異姓之服，只推得一重。若爲母而推，則及舅而止。若爲姑而推，則可以及其子。故舅之子無服，却爲既與姑之子爲服，姑之子須當報之也，故姑之子、舅之子，其服同。

八歲爲下殤，十四爲中殤，十九爲上殤，七歲以下爲無服之殤。無服之殤，更不祭。下殤之祭，父母主之，終父母之身。中殤之祭，兄弟主之，終兄弟之身。上殤之祭，兄弟之子主之，終兄弟之子之身。若成人而無後者，兄弟之孫主之，亦終其身。凡此，皆以義起也。

問：『女既嫁而爲父母服三年，可乎？』曰：『不可。既歸夫家，事佗舅姑，安得伸己之私？』

問：『人子事親學醫，如何？』曰：『最是大事。今有璞玉於此，必使玉人雕琢之。蓋百工之事，不可使一人兼之，故使玉人雕琢之也。若更有珍寶物，須是自看，却必不肯任其自爲也。今人視父母疾，乃一任醫者之手，豈不害事？必須識醫藥之道理，别病是如何，藥當如何，故可任醫者也。』或曰：『己未能盡醫者之術，或偏見不到，適足害事，奈何？』曰：『且如識圖畫人，未必畫得如畫工，然他却識別得工拙。如自己曾學，今醫者説道理，便自見得；或己有所見，亦可説與他商量。』陳本止此，以下八段別本所增。

上古之時，自伏羲、堯舜，歷夏、商以至於周，或文或質，因襲損益，其變既極，其法既詳，於是孔子參酌其宜，以爲百王法度之中制，此其所以《春秋》作也。孫明復主以無王而作，亦非是。但顔淵問爲鄰，聖人對之以『行夏之時，乘殷之輅，服周之冕，樂則《韶舞》』，則是大抵聖人以道不得用，故考古驗今，參取百王之中制，斷之以義也。

禘者，魯僭天下之大祭也。灌者，祭之始也。以其僭上之祭，故自灌以往，不欲觀之。

凡觀書，不可以相類泥其義，不爾則字字相梗，當觀其文勢上下之意，如『充實之謂美』與《詩》之美不同。

學者後來多耽《莊子》。若謹禮者不透，則是佗須看《莊子》，爲佗極有膠固纏縛，則須求一放曠之説以自適。譬之有人於此，久困纏縛，則須覓一個出身處。如東漢之末尚節行，尚節行太甚，須有東晉放曠，其勢必然。

冬至書雲，亦有此理，如《周禮》觀祲之義。古太史既有此職，必有此事。又如太史書，不知周公一一曾與不曾看過，但甚害義理，則必去之矣。如今靈臺之書，須十去八九，乃可行也。今曆法甚好，其佗禁忌之書，如葬埋昏嫁之類，極有害。

《論語》問同而答異者至多，或因人材性，或觀人之所問意思而言及所到地位。『極高明而道中庸』，所以爲民極，極之爲物，中而能高者也。『君子不成章不達』，《易》曰：『美在其中，暢於四支』成章之謂也。

予官吉之永豐簿，沿檄至臨川，見劉元承之子縣丞誠，問其父所録伊川先生語，蒙示以元承手編，伏讀歎仰，因乞傳以歸。建炎元年十月晦日，庵山陳淵謹書。

——録自《二程遺書》卷第十八

祭劉起居文

(宋)周行己

人莫不學，鮮能知道。孟死無傳，顔亡絶好。篤生程公，萬世師表。乃繼斯文，以興墜教。四方朋來，隨其所造。致知格物，默通玄授。一理達元，萬殊同妙。施國爲忠，施家爲孝。公來自南，聞言知要。擔簦於雒，周旋探討。達中之庸，入德之奥。立身愛君，無愧屋漏。進退可觀，從政何有。凡我邦人，望公則厚。駒隙方馳，菌朝奪壽。年位不登，才業弗究。哀我人斯，善人是悼。逝川莫回，殞身奚救。矧我同人，又親且舊。憒憒不樂，朝夕在疚。百感裝懷，寸心如攪。哀以告公，公來寧否？

——録自周夢江箋校《周行己集》卷十

萬曆温州府志本傳

劉安節字元承，永嘉人。與從弟安上師事程伊川，所得最深。登元符第，以薦召對便殿，言東宫宜慎擇官屬，及論奢儉，君子、小人和、同之異，上稱善，除監察御史。决大獄，多所平反。後謫知饒州，徙宣州。饒民遮道泣留，謂『吾饒自范文正後一人』。宣州大水、大疫，賴安節全活以萬計。爲政不事刑威，猾胥自服，每相戒曰：『神可欺，公不可欺！』卒於官。部使者表其勤民致死，詔官其子誠，至今宣人尸祝之。

——録自萬曆《温州府志》卷十一《人物》一

雍正浙江通志本傳

安節字元承，永嘉人。登元符第，召對便殿，言東宫宜擇官屬，及論奢儉與君子、小人和、同之異，上稱善，除監察御史。後謫知饒州，徙宣州。饒民遮道泣留，謂『吾饒自范文正後，惟安節一人』。宣州大水、大疫，賴安節全活數以萬計。猾胥相戒曰：『神可欺，公不可欺！』卒於官。部使者表其勤民致死，詔官其子誠。

——録自雍正《浙江通志》卷一七七《人物五・儒林下》

宋元學案本傳知州大劉先生安節

黄宗羲原本，黄百家纂輯

劉安節字元承，永嘉人也。嗜學，有所未達，思之夜以繼日，必至於得而後已。少與從父弟安上相友愛，師事伊川，遊太學。成元符進士，主諸暨簿，祭酒率其屬表留太學，不報。尋除萊州教授，未行，改河東提學管勾文字。召對便殿，先生言春宮宜慎擇官屬，雖左右趨走者必惟其人；又論節儉及君子、小人和、同之異，上稱善，即日擢監察御史。

自學禁起，伊川弟子無顯者，至先生與許公景衡始見用。已而除起居郎，次年遷太常少卿。爲宫宦所誣劾，謫守饒州。州饑，大發廩賑之，又檄旁郡無遏糴。軍儲不足，他州皆强取諸民，先生曰：『歲荒如此，重困之，可乎？他司宜有相通者。』市人爲在官者所擾，多逃散，先生安集之。未幾，饑者充，乏者濟，逃者復。於是與之治賦，裁制貢奉之須，俾屬縣先期戒民，無倉卒之擾。移知宣州，饒之民遮留之，涕泣不忍别，曰：『吾州自范文正公而後，始見劉公！』甫至宣，大水，先生分遣其屬具舟拯溺而躬督之，昕夕不休。遠近流民至者以萬數，闢佛寺以處之。欲發廩，吏以爲法令不可，部使者亦持之，先生弗聽。大疫，命醫治之，其全活者無算。政和六年卒。

先生從事於致知格物、存心養性之説，久而有得。遇人無貴無賤，一以至誠，未嘗見其有恚辭怒色。至於大節，則凛然不可奪。道鄉鄒公得罪，與其所厚者數十人道送勞勉之。朝廷震怒追逮，先生泰然；已而哲宗宥之，亦自若。宣州荒政，有詔褒，先生歸功於監司。其待胥吏，不以刑威而自服，嘗相戒曰：『神可欺，府君不可欺！』訟者亦或相戒曰：『何面目見府君？』以是政甚清簡。嘗輯《伊川語録》一卷。或有問先生於伊川者，曰：『未見他進處，只他守得定不變，亦是好手。如廉仲之徒，皆忘之矣。』所著《劉左史集》四卷，非足本也。許横塘銘先生墓曰：『温温劉子其美璞，斯文有傳與敦琢。始乎致知物斯格，沉涵充積卒自得。衆人巧智獨敦樸，衆人迫隘獨恢廓，衆人利欲獨淡泊，洞然無礙油然樂。』

——録自《宋元學案》卷三二《周許諸儒學案》

大劉先生語録

堯舜之道不過孝弟，天下之理有一無二。乃若異端，則有間矣。

致知甚難。

學者須至於大。

至誠可以蹈水火。

作文害道。

梓材謹案：謝山所録大劉語六條，今移入《明道學案》者一條。

——録自《宋元學案》卷三二《周許諸儒學案》

宋史翼本傳

劉安節字元承，永嘉人。嗜學，有所未達，思之夜以繼日，必至於得而後已。少與安上相友愛，師事伊川，遊太學。成元符三年進士，調諸暨主簿，祭酒率其屬表留太學，不報。尋除萊州教授，未行，改河東提學管勾文字。召對便殿，安節言東宮宜慎擇官屬，雖左右趨走者必惟其人；又論奢儉及君子、小人和、同之異，上稱善，即日擢監察御史。

自學禁起，伊川弟子無顯者，至安節與許景衡始見用。已而除起居郎，次年遷太常少卿。言者斥安節在言責時無所建明，謫守饒州。州饑，大發廩賑之，又檄旁郡無遏糴。軍儲不足，他州皆强取諸民，安節曰：『歲荒如此，重困之，可乎？他司宜有相通者。』市人爲在官者所擾，多逃散，安節安集之。未幾，饑者充，乏者濟，逃者復。於是與之治賦，裁制貢奉之須，俾屬縣先期戒民，無倉卒之擾。移知宣州，饒之民遮留之，涕泣不忍别，曰：『吾州自范文正公而後，始見劉公！』甫至宣，大水，分遣其屬具舟拯溺而躬督之，昕夕不休。遠近流民至者以萬數，闢佛寺以處之。欲發廩，吏以爲法令不可，部使者亦持之，安節弗聽。政和六年春，大疫，命醫分治之，得全活者不可計。夏五月卒，年四十九。

安節清明坦夷，雅近於道。學問始以致知格物發其材，久之，存心養性，於是有得。遇人無貴無賤，一以至誠，未嘗見其有恚辭怒色。至於大節，則凜然不可奪。鄒浩得罪，與其所厚數十人道送勞勉之。朝廷震怒追逮，安節泰然；已而哲宗宥之，亦自若。宣州荒政，有詔褒美，安節歸功於監司。其待吏胥，不以刑威而自服，嘗相戒曰：『神可欺，府君不可欺！』訟者亦或相戒曰：『何面目見府君？』是以政甚清簡。嘗輯《伊川語録》一卷，所著有《劉左史集》。許景衡銘其墓曰：『温温劉子其美璞，斯文有傳與敦琢。始乎致知物斯格，沉涵充積卒自得。衆人巧智獨敦樸，衆人迫隘獨恢廓，衆人利欲獨淡泊，洞然無礙油然樂。』《許横塘集·劉公墓志銘》

——録自《宋史翼》卷七《列傳》第七

光緒永嘉縣志本傳

劉安節字元承，家於荆溪。祖瑩，積善有陰施；父弢字公輔，孝謹善治家，封宣義郎。安節稟異資，嗜學深思，夜以繼日。與從弟安上相友愛，皆以文行爲士友所推。同遊太學，秀出諸生間，號『二劉』。

元符三年擢進士，調諸暨縣主簿。國子祭酒率屬表留太學，不報。除萊州教授，改河東提舉學事司管勾文字。久之，改宣德郎。宰相以名聞，有旨召對便殿。安節言春宫宜慎擇官屬，雖左右趨走者必惟其人；又論節儉及君子、小人和、同之異，上稱善，擢監察御史。數決大獄，平反甚衆。居數月，攝殿中御史，士論翕然，稱得人。謁告省親，俄除起居郎，趣赴闕。明年，除太常少卿。而言者誣以在言官無所建明，且久不寧親，謫守饒州。州薦饑，發廩振之，又檄旁郡無遏糴。時軍儲不足，皆取諸民。安節曰：『歲饑如此，重困之，可乎？他用宜有相通者，正應調適其緩急耳！』躬率以廉，僚屬化之。凡爲民獘害者悉除去，民愛戴之如父母。冬祀貢縑有期會，而民未能盡輸。安節語其屬曰：『民困甚，雖嚴督之，亦未必辦。吾其以罪去乎？』豪民數十人聞之，曰：『可使我公得罪耶？』相與代輸之，其得民心如此。治聲聞京師，移知宣州。民遮道泣留，謂：『吾饒自范文正公後，惟吾劉公而已！』至宣十日，水大至。分遣其屬具舟拯溺而躬督之，晝夜不少休，所活數千人。而流民至者以萬數，闢佛廟處之，發廩振之，無一失所者。其將發廩也，吏白『法不可』，而部使者亦持其議，安節不聽。其後御史疏江浙不振濟，詔書切責，獨宣不與焉。政和六年春，大疫，命醫分治甚力。五月得疾，竟卒，年四十九。吏民行哭失聲，部使者表其治績及勤民致死狀，官其子誠將仕郎。

安節清明坦夷，雅近於道。嘗從伊川程子問學，康熙《府志》：今《河南語録》第十八卷，安節手編也。始以致知格物發其材，久之，存心養性，俟其自得。其氣貌温然，望而知其非常人也。遇人無貴賤、大小一以誠，聞人善如己出，遇事不擇劇易，惟義之適，不以禍福利害爲避就。鄒浩以右正言得罪，安節與其所厚者數輩追道勞勉之。時朝廷震怒，痛治送行者，追逮甚急，泰然如平時；既而哲宗察其無他，有詔釋之，亦自如也。事親務承順其意，教養諸弟涵容周旋，有古人所難者。嘗曰：『堯舜之道不過孝弟，天下之理有一無二。』又曰：『誠意積於中者既厚，則感動於外者亦深。故伯淳所在臨政，上下自然響應。』其講學常攝其要，使人廓然知聖賢途轍可望而進，其於窮理盡性之學，蓋方進而未艾也。所著有《左史集》，傳於世。許景衡撰《墓志》。

——録自光緒《永嘉縣志》卷十三《人物·儒林》

題二劉文集後

（宋）葉適

按《周博士集》，元豐時，永嘉同遊太學者蔣元中、沈彬老、劉元承、劉元禮、許少伊、戴明仲、趙彦昭、張子充，所謂『不滿十人，而皆經行修明爲四方學者敬服』者也。紹興末，州始祠周公及二劉公於學，號三先生。

余觀自古堯舜舊都，魯衛故國，莫不因前代師友之教，流風相接，使其後生有所考信。今永嘉徒以僻遠下州，見聞最晚，而九人者，乃能違志開道，蔚爲之前，豈非俊豪先覺之士也哉！然百餘年間，緒言遺論，稍已墜失，而吾儕淺陋，不及識知者多矣。幸其猶有存者，豈可不爲之勤重玩繹之歟！

——録自《葉適集》卷二九

直齋書録解題

（宋）陳振孫

《劉左史集》四卷，起居郎永嘉劉安節元承撰。與從弟安上皆嘗事二程，同遊太學，號『二劉』。安節元符三年進士，爲察官左史，晚居宣州以没。

——録自《直齋書録解題》卷十七《别集·中》，《文獻通考》卷二三八同。

劉左史集提要

（清）紀昀等

《劉左史集》四卷，浙江鮑士恭家藏本。宋劉安節撰。安節字元承，永嘉人。元符三年進士，官至起居郎，擢太常少卿，出知饒州，遷知宣州，卒於官。

是集不知何人所編，前有留元剛《序》，標題雖稱『劉左史集』，而其文始終以周孚、劉安上與安節并稱，謂之『三先生』；又只言其氣節，而無一字及文集，莫之詳也。

其集編次頗無法，首以《奏議》、次以《表》、次以《疏狀》是矣。而以《功德疏》入之《疏狀》，則爲失倫；又次以應酬諸《啟》冠《墓銘》之前；又次以《祭文》《青詞》冠《經義》《論》《策》之前，則顛倒尤甚；終以《漁樵問對》，其名與世傳《邵子書》同，核其文亦皆相合。考晁公武《讀書志》曰『《漁樵問對》一卷，邵雍撰。按：此爲《讀書志》之原文，故仍其舊稱，謹附識於此。設爲問答以論陰陽化育之端，性命道德之奥。邵氏言其祖之書也，當考』云云，則《漁樵問對》有謂出自邵子者，有謂邵子之祖者，均不云安節所撰，不知何人編入集中？然以《太極圖》歸鶴林寺僧壽涯，以《先天圖》歸華山道士陳摶，儒者皆斷斷争之，以此書歸於安節而儒者未嘗駁其非，或亦疑以傳疑歟？

安節出伊川程子之門，其生平略見卷末《附録·上蔡語録》三則及許景衡所作《祭文》《墓志》中。其文章亦明白質實，不失爲儒者之言。經義尤爲條暢，蓋當時太學程式，後來八比之權輿也，凡《周禮》十一篇，《論語》三篇，《孟子》二篇，《中庸》一篇。其《中庸》一篇介《孟子》二篇之中，蓋繕寫偶失其次；《周禮》第四篇前缺四行，以文義考之，其題當爲《時見曰會》，其佚文三行則不可復補矣。

——録自《四庫全書總目》卷一五五集部别集類八

書左史墓志後

（清）孫衣言

案：此志《横塘集》不載，而《宣義劉公墓志》：『其孤相與謀曰：「昔我起居兄之葬，已問銘於許氏。」』則志實横塘所作，蓋亦佚矣。《伊洛淵源録》所載不全，而字句亦多同異，或朱子所删節。其子名誠，與《宣義志》合。而《二程遺書》卷十八所載陳幾叟《跋》言見劉元承之子縣丞誠，蓋字訛也。辛未九月在金陵察院書。

——録自孫延釗《孫衣言孫詒讓父子年譜》同治十年

劉左史集題記

（清）周星詒

右詒藏吴枚庵校寫本，命胥拓呈遜學齋主人，辛未大冬廿七日校訖。星詒在汀州記。

二　劉文集跋

——録自孫延釗《孫衣言孫詒讓父子年譜》同治十年

（清）孫詒讓

右宋起居郎永嘉劉安節元承集四卷，其弟給事中安上元禮集五卷，前有留茂潛《序》，茂潛嘉定中知温州，是集蓋即其所合刊也。《給諫集》據《行狀》有詩五百篇，制誥、雜文三十卷，今所存才十之一；《左史集》篇卷尤少，殆皆非完秩。然陳直齋所見者卷數已與此同，則散佚當在南宋初也。左史、給事并事二程，事迹見《伊洛淵源録》。是集所録制誥、經義居其大半，間有不經意之作，然大率明白質實，不失爲布帛菽粟之文。以周恭叔《浮沚集》較之，蓋如驂之靳矣。

是集國初時已不易得，朱竹垞展轉傳寫，始獲其全。百餘年來，流傳益鮮。余家舊有文瀾閣傳鈔本，脱誤竄改，殆不可讀。丁卯秋試，於杭州購得盧抱經所藏舊鈔本《給諫集》，家大人又從祥符周季貺司馬所録得吴枚庵校本《左史集》，命詒讓以家本對勘，刊補頗夥。會武昌開書局刊布經史，永康胡月樵丈實總其事，因屬爲重刻，以廣其傳。盧、吴二家鈔本行款不甚符合，所出蓋非一本，今亦不敢專輒改定，以存宋槧之舊云。同治十二年七月後學瑞安孫詒讓記。

——録自瑞安孫氏《永嘉叢書》本《劉左史集》

温州經籍志

（清）孫詒讓

劉氏安節《劉左史文集》四卷，存。

案：《劉左史集》四卷，經義、論、策居其半，餘表、啟諸駢文，亦多率爾應俗之作。然若奏疏兩篇及《祭林介夫文》諸作，未嘗不足見立朝風節及元豐學派也。其末所附《漁樵問答》，《提要》據晁氏《讀書志》定爲邵氏遺書。考黄氏《日抄》三十三載施孫碩所編《伊川全書》内亦録此書，則又有謂出伊川程子者，其源流、真贋蓋不可考。左史爲程門高弟，嘗録伊川語，或因此書爲伊洛之緒言，亦手寫以備省覽，諸子編《集》時誤以爲左史自著，遂并收入耳。

——録自《温州經籍志》卷十九

給事集

宋　劉安上　撰

目録

卷二

外制

卷一

詩　五言

方潭展墓示子姪

舊菴在山頂，去此五里餘。創謀自吾祖，遷就今所居。往時僧不多，苟且完室廬。至於五十載，風雨荒榛蕪。先人樂溪山，每到常躊躇。深憐棟宇獘，締構新是圖。鑿岩闢幽徑，開門挹清虛。高堂閎且深，三山列庭隅〔一〕。或禪或教律，濟濟蹌衣裾。先塋舊所卜，乃在西南隅。松筠老且茂，雲氣時卷舒。政和甲午歲，予解壽春符。寬恩得真祠，展省來郊墟。清酹奠墓隧，誥軸焚金朱。報效未云訖，涕泗徒漣如。揭來就堂宇，會飲族屬俱。夜深燈火明，山静竹柏疏。翻思昔日營，似爲今所須。先人篤好善，雅志在詩書。于公有陰德，高大其門閭。虞詡名升卿，其後果不誣。嗟余忝厥修，覆敗良可虞。作詩以自警，其無迷厥初。

校勘記

〔一〕『隅』，瑞安孫氏《永嘉叢書》本（以下簡稱『叢書本』）作『除』。

歲寒亭

兹亭予所作，再到異疇昔。江梅老半枯，檜柏春逾碧。易名爲歲寒，表此蒼翠色。森然一徑幽，步屧時取適。

清漣亭泛舟

高樹環清池，波平春正緑。移舟近南岸，倒影見華屋。危梁屬修徑，幽思生遠目。更登狎鷗亭，可以忘寵辱。

西齋雜詠六首

葵　花

物性不可奪，葵藿傾太陽。爲臣兹取節，萬古有餘芳。

檜

蔚蔚傲霜葉〔一〕，亭亭緑池畔。莫言盈尺材，要是凌雲幹。

竹

繁枝喜删除，勁節見獨立。灌溉未逾浹〔二〕，新筍已戢戢。

冬青

得名固不誣，對植近庭廡。葉落〔三〕帶寒煙，花繁泣微雨。

菊

移根近軒墀，不使衆草没。會見黄金英，泛我杯中物。

石斛

鑿石空其中，貯水凡幾斛？淵渟或可鑒，童子慎毋觸！

校勘記

〔一〕『葉』，叢書本作『雪』。

〔二〕孫衣言校：『逾浹』當作『逾旬』或『浹旬』。

〔三〕『落』，叢書本作『緑』。

萬田道中

水闊疑無路，雲深僅有山。兒童划小艇，出没稻塍間。

方　潭

飯飽雲岩粟，茶甘碧澗泉。我來無一事，危坐聽山〔一〕蟬。

校勘記

〔一〕『山』，叢書本作『鳴』。

花曆鎮二首

下蔡嬉遊地，春風萬杏繁。誰家堪繫馬？青壁竹籬門。

花曆誰名鎮？梅妝〔一〕自古傳。家家小兒女，滿額點花鈿。

校勘記

〔一〕『妝』，叢書本作『裝』。

長溪建善寺四首

繡谷堂

山谷誰能繡？華堂得〔一〕此名。春風無轍迹，紅紫自敷榮。

龍湫亭

亭中一杯水，澄泓如有容。不因求得雨，那信有神龍！

燕　庵

已涉艱危地，方能處燕安。人間不可忽，須向静中看。

白蓮堂

蕭灑獻公房，幽深古道旁。山形半環小，池面一奩方。

校勘記

〔一〕『得』，叢書本作『待』。

仙岩庄

山勢從東轉，河流自北來。地幽饒水竹，山迴少塵埃。城郭居何遠，舟船暮可回。此中棲息穩，懷抱一時開。

重九宴集天柱間〔一〕

皖國逢重九，登臨搖落天。盍簪追往事，吹帽念〔二〕前賢。入眼吴萸紫，開觴鄧菊鮮。五雲亭最好，争奈近靈仙。

校勘記

〔一〕『間』，叢書本作『閣』。

〔二〕『念』，叢書本作『想』。

和胡子文遊山寺值雨

偷閑出城府，聊以洗塵心。自得林泉趣，何妨雨霧深。野亭連竹色，古寺想潮音。幸接高人論，清風滿素襟。

憶鸂鶒

鸂鶒知何許？南園春水多。稻粱隨分有〔一〕，煙雨想無他。世上貪毛羽，湖邊足網羅。池塘棲息穩，慎勿厭風波。

校勘記

〔一〕叢書本『分有』二字互乙。

又

幸有春池闊，雙雙戲晚暉。庭閑宜對立，翅短莫高飛。寇賊已聞熄，主人行且歸。相將芰荷畔，看汝浴紅衣。

獨遊竹閣

極目盡天際，風煙杳靄間。水光清滉日，野色遠連山。白鹿今何在？高僧此獨閑。我今無伴侶，乘興一躋攀。

宿方潭

山中何所有？一味静難名。暗谷流泉響，疏林落葉聲。夜深寒月白，霜重曉鐘清。早出松間路，衣裘空翠凝。

贈釋達夫

雲房依古城，闃静〔一〕户常扃。苦行人難及，高吟鬼亦聽。望餘秋水遠，定起暮山青。世諦都無念，逢人自説經。

校勘記

〔一〕『静』，叢書本作『寂』。

和少伊同左經臣湖上作

共訪招提去，輕舟漾曉風。水光雲影裏，山色酒樽中。邊戍今休卒，吾生免轉蓬。兹遊昔〔一〕不與，猶喜一篇同。

校勘記

〔一〕『昔』，叢書本作『惜』，較妥。

小　飲

南窻閑徙倚，風露已秋深。晚色兼涼至，浮雲帶日陰。池荷欺〔一〕碧玉，籬菊暗黄金。時序將遒〔二〕盡，翻驚壯士心。

校勘記

〔一〕『欺』，叢書本作『攲』。

〔二〕『遒』，叢書本作『樽』。

茶院紫翠閣

小閣面〔一〕空闊，下臨寒水清。前山掛錦繡，日落轉分明。沙際小舟遠，雲間歸翅輕。我來看不厭，佇立獨含情。

校勘記

〔一〕『面』，叢書本作『向』。

七言

便齋

芙蓉已過菊花殘，獨有松筠耐歲寒。一榻蕭然無箇事，獨〔一〕看紅日上欄〔二〕干。

校勘記

〔一〕『獨』，叢書本作『坐』。

〔二〕『欄』，叢書本作『闌』。

登煉丹山三絶句

攀援〔一〕絶壁上高峰，下瞰塵寰杳靄中。未飲刀圭跨鸞鶴，已如身世脱樊籠。

神仙已往遺基在，丹井淒清絶點埃。歸去漏殘初睡醒，恍疑身到洞天來。

羣峰聳拔更回環，鶴駕分明縹緲〔二〕間。金鼎丹成人不見，但留名字〔三〕鎮空山。

校勘記

〔一〕『援』，叢書本作『沿』。

〔二〕『緲』，叢書本作『渺』。

〔三〕『字』，叢書本作『氏』。

德翬梅軒月下小酌

踈影横斜落酒樽，誰知寒月上梅軒？昔年山相棲真地，我亦全家寄此村。

宿棲林三首

誰知蹤跡到桐山，賴有禪僧數往還。溪路水深行未得，小窗幽閣總〔一〕躋攀。

回首江鄉路渺瀰，雨天行色倍遲遲。最憐山寺留連日，恰是清明禁火時。
征鞍終日雨霏霏，投宿棲林旋燎衣。天意似憐行客倦，放將紅日出岩扉。

校勘記

〔一〕『總』，叢書本作『縱』。

建善即事三首

繡嶺峰高插晚空，雨餘煙霧淡朦朧。瓊枝細葉知多少，最愛團欒竹一叢。
春歸枝上餘花少，轉午〔一〕濃陰落滿蹊。何事黄鸝語音好，殷勤飛傍粉牆啼。
籜龍亭下知誰種？旋見新篁破緑苔。到此不知纔九〔二〕日，抽梢今已過牆來。

校勘記

〔一〕『午』，叢書本作『夏』。
〔二〕『九』，叢書本作『幾』。

玄沙二首

軒窻高下傍岩隈，花木層層取次栽。誰道山深春色晚，等閑桃李已齊開。

飛山髣髴如天竺，環合峰巒一徑通。何日再來亭上宿，静聽猿吼〔一〕月明中？

校勘記

〔一〕『吼』，叢書本作『嘯』。

大中西庵

借得西庵不似庵，宛如蝸舍住城南。晚來一盞亮功酒，更薦棲林八寸柑。

硤石相對有項羽廟

乘閑驅馬向高原，楚漢遺基尚宛然。堪憐項羽成何事？占得淮邊屋數椽。

江村漁舍

江邊茅屋被風掀，雨打疏窗夜不眠。催唤兒童五更起，重添篾纜繫漁船。

晚　步

秋半凄然客思清，杖藜何處暢幽情？晚天風雨莓苔滑，閑傍欄〔二〕干取次行。

校勘記

〔一〕『欄』，叢書本作『闌』。

出局紀懷

國爾忘家是所先，如何交構競爭權！霜臺白簡真可〔一〕畏，一日五公俱左遷。

校勘記

〔一〕『可』，叢書本作『堪』。

蠟梅

雙成送我蠟梅花，夜靜幽香自一家。疑是素娥來〔一〕月下，淡黃衣袂紫雲車。

校勘記

〔一〕『來』，叢書本作『乘』。

宿桐城驛二首

大農遺愛在桐川，血食於今幾百年。應想歲豐秋賽日，送迎歌舞獨喧闐。

桐溪〔一〕古驛聞〔二〕來久，我到梅黄雨細時。砌下流泉無復有，空餘松柏覆簷垂。

校勘記

〔一〕『溪』，叢書本作『城』。

〔二〕『聞』，叢書本作『由』。

即　事

江煙淡淡日落後，山雨纖纖潮上初。黄鶯引雛過林杪，羣雞就食喧堦除。

澄源堂落梅如茵

落英回旋雪飛餘，誰向庭中細細鋪？借與翠娥相應舞，絶勝西蜀錦氍毹。

甘露亭〔一〕

涵碧軒前甘露亭，暑天涼夕此閑行。琅玕一畝森如玉，影入池心徹底清。

校勘記

〔一〕《甘露亭》與《安豐道中二首》二題叢書本作《安豐道中》（陂渠積水）與《甘露亭二首》（涵碧軒前）

（水斛安排）。

安豐道中二首

陂渠積水與田通，仿佛江鄉意趣同。引起三吴耕釣興，小舟來往藕花中。
水斛安排鏡面平，菰蒲初種已齊生。晚來雨過浮萍少，看見魚兒作隊行。

舒州西門送客亭

拂雲亭外竹千竿，静聽清聲戛玉寒。却憶謝公岩下路，水風涼處戰檀欒。

友人新居

門向平湖静處開，雨餘山色入簾來。連雲競秀千岩竹，隔水飄香一徑梅。觀裏紫芝元不老，柱頭玄鶴幾時回？此峰信是神仙窟，子晉吹簫〔一〕有舊臺。

校勘記

〔一〕『簫』，叢書本作『笙』。

登謝公樓分韻得心字

高峙危樓壓翠岑，登臨遥想昔賢心。人隨歲月有興廢，名逐江山無古今。殘日汀邊生晚思，斷雲簾外卷晴陰。清風凜凜今何在？芳草池塘恨獨深！

即　事

未尋南郭舊生涯，且向淮壖太守家。西圃學栽陶令菊，後園時種邵平瓜。民淳訟少看空圄，吏散庭空聽報衙。更得歲豐多樂事，宦遊誰復問年華！

寄叔静

頻年京闕暗胡塵，竊發桐廬更駭〔一〕聞。食盡犬羊還自斃，火炎螻蟻却須焚。中原已有汾陽將，二浙誰驅下瀨軍！州郡雖嚴防守計，可將知〔二〕署佐忠勤？

校勘記

〔一〕『駭』，叢書本作『驟』。

〔二〕『知』，叢書本作『忠』，『知』義較勝。

和左經臣見過

爲愛端居上郡章，里閭何幸得徜徉。買田郭外春耕早，築室湖濱野趣長。且把舊書遮病眼，了無塵事擾中腸。故人訪我留佳句，應笑年來兩鬢蒼。

荆溪有懷

自從南郭得三椽，怕趁荆溪半夜船。每望白雲驚歲月，空將清夢繞林泉。雖因追遠時來此，又見登高意慘〔一〕然。極目不知多少恨，一聲孤雁夕陽天。

校勘記

〔一〕『慘』，叢書本作『愴』。

聖　泉

聞道東山有聖泉，杖藜侵曉到山前。一泓寒玉流無盡，萬頃良田大有年。茶鼎曉煎雲脚嫩，齋廚夜引溜聲圓。我來一酌磁甌去，終日餘甘齒頰邊。

四月一日壽陽樓遇雨

黑雲滃蔚自西來，佇立危樓亦壯哉！遠壑煙生千里雨，寒潭龍起數聲雷。田疇坐看還豐歲，里巷遥欣弭旱災。慙愧外官逃吏責，歸鞍何憚踏泥回。

和馮中丞中秋夜月

捲盡浮雲見碧虚，初傳更漏滴銅壺。入秋爽氣迥然别，此處〔一〕冰輪何處無？共想姮娥依桂魄，獨憐飛鵲繞庭梧。西園飲散歸來早，不用紅紗照路隅。

校勘記

〔一〕『處』，叢書本作『地』，《古今圖書集成》四十卷作『夜』。

又和十六夜月

雲頭依舊尚團圓，未覺清光有兩般。自是人心重佳節，故將今夕不同看。望中銀〔一〕漢祇如昨，坐久園亭又更寒。莫把盈虧妄分别，一杯到手且須乾。

校勘記

〔一〕『銀』，叢書本作『雲』。

彈　事

論蔡京

臣聞『惟辟作福，惟辟作威』，臣而有作福作威，則凶於而家，害於而國矣。今負台衡之重而虧享〔一〕上之忠，挾震主之威乃貪天功以爲己有，『履霜堅冰』，其可不早計而預圖哉！

臣昨者列班面奏宰臣蔡京罪狀數十條，冒瀆宸聽〔二〕，未賜施行，尚鬱公論。京位極寵盛，尤不知止，弟子〔三〕姻婭悉居要途，朋比奸邪布滿中外，勢焰熏灼，不可嚮邇。內而庭掖小臣必其識拔以伺察陛下之動作，外而藩維兵帥必其薦引以默制陛下之肘腋。附己者榮進，離己者退黜。使天下皆知威福出於宰相之私門，而不知有朝廷之命令。況海宇綏静，初無間隙，京納叛啟仇，邀功生事，釁接兵連，天怒人怨。迹其奸回，雖擢髮不足以數。累起大獄，陷及無辜，株連旁逮，煽惑國本。幸賴聖明，不使滋蔓。

京今惡貫已〔四〕盈，奸狀具露，欲望睿斷奮發乾剛〔五〕，大正〔六〕典刑，亟加斥逐，以肅臣鄰，以福宗社。幸甚！

校勘記

〔一〕『享』，叢書本作『事』。

〔二〕『聽』，叢書本作『聰』。

〔三〕叢書本『弟子』二字互乙。

〔四〕叢書本『貫已』二字互乙。

〔五〕『剛』叢書本作『綱』。

〔六〕『正』，叢書本作『振』。

再論蔡京

臣疎遠小臣，蒙陛下簡拔，擢置風憲，義當捐軀以圖報稱。今〔一〕虺蛇當道，蔓草日滋，倘不〔二〕力剿而痛芟，寧不大違國是，有負陛下之使令乎？

臣累疏論列宰〔三〕臣蔡京權重位危，罪大惡極，雖蒙俞允，未即顯誅，以孚天人之心，以慰夷夏之望。臣〔四〕不避再三之瀆，披瀝血誠，仰干天聽。

三省事務必繇聖斷，京不候奏擬，徑行批下，擅作威福，鋒不可攖，此京之罪一也。京輔陛下紹述，首紊憲章，文昌舊省乃先帝睿畫，京惑於陰陽之説，一毁爲墟，此而可忍，孰不可忍？此京之罪二也。謀動邊釁，舉師黔南，妄言開拓疆土，悉掩以爲己功，邊陲雕耗，民不聊生，此京之罪三也。錢鈔本自流通，京乃朝行夕改，商販不行，棄妻鬻子，或致自經而斃〔五〕，民吾〔六〕赤子，何忍重困之〔七〕？此京之罪四也。國家名器，京乃盜以市恩，汲引凶姦少年〔八〕結爲死黨，此京之罪五也。興株連之獄，必羅織以成之，掩衆正而盡誅，冀〔九〕以鉗天下之異議，此京之罪六也。臚傳賜第，京乃摘其語涉諷己者編廢二十餘人，此京之罪七也。交結宫闈，私通近習，京賴此曹〔一〇〕以爲耳目，公肆誕謾，若掩日月而蔽〔一一〕之，此京之罪八也。託祝聖以營臨平之私域，假利民以決興化之讖水，此京之罪九也。孟翊獻易而京與之官，卒以奸妖而敗；張懷素爲京之密友，終以惡逆而誅，此京之罪十也。

凡此十罪，皆冒重辟。況積惡稔奸未容〔一二〕一一殫述，豈得偃然於具瞻之上哉！雖陛下體貌大臣，保全終始，未賜誅竄。其如搢紳惶惑，生民嗷嗷，陛下豈得忘宵旰之憂，而不爲社稷無窮之慮也？臣愚，欲望陛下檢會〔一三〕臣前後所奏，斷自聖心，亟加竄殛。臣螻蟻至微，倘一言有補于萬分，雖斬臣頭以謝蔡京，斬京頭以謝天下，臣死之日，猶生之年！

校勘記

〔一〕叢書本無『令』字。

〔二〕叢書本『不』下有『乘令』二字。

〔三〕叢書本『宰』下有『國』字。

〔四〕叢書本無『臣』字。
〔五〕叢書本無『而斃』二字。
〔六〕叢書本『民吾』二字互乙。
〔七〕叢書本『之』下有『而使斃』三字。
〔八〕『少年』，叢書本作『小人』。
〔九〕『盡誅，冀』，叢書本作『冀盡誅』。
〔一〇〕『曹』，叢書本作『輩』。
〔一一〕『蔽』，叢書本作『爲』。
〔一二〕叢書本無『容』字。
〔一三〕『會』，叢書本作『閱』。

論蔡密

臣近累論前給事中蔡密罪惡顯著，伏蒙聖慈開納，罷密職任，俾領宫祠。然尚〔一〕帶提舉，叨綴從班，士論喧然，未以爲允。臣職當彈糾〔二〕，宜思報補，不敢默默。

臣竊惟延閣之職本以旌寵才學文行之士，琳宫之任本以優假勤勞王家、建立事功之人。密市井賈販之徒，未嘗學問，字多不識，每上章疏，取笑縉紳，則何嘗有學？交結豪民以規厚利，干求進用形於簡牘，無異于登龍斷而鑽穴隙者，則何嘗有行？起自布衣，驟躋禁塗，從容瑣闥，僥〔三〕冒寵禄，則何嘗有勞？居論思之地，曾無小補，唯以道家吐納爲説，則何嘗有功？臣以爲延閣華資、真祠逸任皆非宻所宜處，陛下雖優容，而公議未厭，何可得也？況宻妄自尊大，上輕君父，侍立瞑目，不恭之罪莫大于此，義難寬貸。若尚留京師，臣恐招權怙勢，陰計邪謀，密侵國論，有害治體。此有識者之所深憂，陛下所宜留神詳察者也。伏望睿斷，降出前後章奏，證宻之罪，重行黜責，以協公議。

校勘記

〔一〕『尚』，叢書本作『猶』。

〔二〕叢書本『彈糾』二字互乙。

〔三〕『僥』，叢書本作『倖』。

奏議

論堂除

臣伏見元豐中内外舉官立爲選格，付之有司搜括差注，勞績居先，孤寒獲進。方是時人心悦服，升黜無辭。以天子成法守在有司，而人無幸進。

近日堂除差遣，比之舊制，下侵吏部。員闕甚多，銓曹艱於注擬，平進實多滯淹。至如縣令改官必兩經作縣，宣勞既久，檢身無過，僅得關升通判；及至到部，本等差遣，無由注授，復又作縣。有實歷通判，合關升知州，又復作通判。名爲關升，其實暗落資任。臣恐非所以慰首公之吏，憫年勞之臣也。

銓曹既艱，往往習爲奔競，干請朝貴。苟得無耻有〔一〕位者，因得鬻權私其好惡，更相請託，紊亂官常。啟幸曲之私，扇澆浮之風，莫此爲甚。蓋差遣既收之堂除，則銓曹之路必狹；銓曹之路既狹，則請謁之門必熾。

臣愚，欲望陛下特賜詳酌內外官堂除，有可罷者宜歸於吏部，而復用元豐選格，有司一以法式從事。則公正之塗闢，干請之風絶，其于聖化，誠非小補。

校勘記

〔一〕『有』，叢書本作『在』。

劄子

辭免除中書舍人

準尚書省劄子，除臣中書舍人，令乘遞[一]馬發來赴闕者。聞命震驚，罔知所措。竊以代言之職選任惟艱，不專潤色訓辭，蓋亦與聞幾政，自非宿望，曷可冒居？伏念臣稟性迂疎，誤蒙簡擢，躐居憲府，進陟諫垣。每圖報稱，終誓捐糜。職在糾彈，身不顧恤，雖羣邪之交搆，賴上聖之照臨。臣適值内艱，痛纏風木，分甘遠屏，迹寄邱樊。俄奉除書，俾司詞掖。自量固陋，將曠敗之是虞；況積愆尤，必煩言之交至。兼臣自罹憂患，無望生全，免喪方新，宿疢間作，若冒榮寵，必速顛躋。欲控愚衷，仰干聰聽。伏望聖慈特降睿旨，收還涣號，俾臣少安愚分，實出天地大造。

校勘記

〔一〕『遞』，叢書本作『驛』。

乞外任

輒瀝懇誠，上干天聽。退量僭冒，俯俟嚴誅。

伏念臣猥以非才，誤蒙獎用，擢司憲府，思罄愚忠。迨長諫垣〔一〕，益增罪戾。旋銜憂而去國，宜擯棄于明時。忽拜除書，俾領掖垣之命；曾考〔二〕勞效，更升瑣闥之嚴。念與世而多違，每自慚於無補。

蓋緣臣昨罹憂患以來，心氣衰耗，稍加思慮，輒復昏憒。方陛下循名責實，勵精庶政之時，竊恐有誤任使，亦必洊被人言。兼臣自初改官，不歷州縣，民事素不諳習。伏望俯加憐〔三〕憫，除臣一外任差遣，庶幾完〔四〕養之餘，稍更事任，誓圖糜捐〔五〕，少答恩思〔六〕。

校勘記

〔一〕『垣』，叢書本作『坡』。

〔二〕『考』，叢書本作『無』。

〔三〕『憐』，叢書本作『矜』。

〔四〕『完』，叢書本作『豢』。

〔五〕叢書本『糜捐』二字互乙。

〔六〕『思』，叢書本作『眷』。下有『干冒宸嚴，臣無任戰慄』九字。

卷二

外制

顯謨閣直學士知青州梁子野知定州

中山巨屏，控制朔陲，維時藩宣，必資夙望。具官某，智謀宏遠，風力敏强，曩膺簡求，往鎮青社，治譽之美，達於予聞。北道要藩，謀帥尤慎，選於邇列，今曰汝宜。爾其拊綏兵民，布宣詔令，體予德意，益壯遠猷！

顯謨閣待制知兖州郭照知青州

朕視天下如一家，視吾民如赤子，豈以近而忘遠哉！眷兹青社，昔號全齊，地富以衍，俗勁而强。非得惠慈之長，曷任牧養之寄。具官某，嘗以愷悌鎮魯郊，以風績達朕聽。聯職西清，尹兹東土。對揚明命，益邁遠猷！

朝奉大夫閭邱籲除宗正少卿

司宗亞卿，實掌屬籍，惟時俊彦，乃稱簡求。爾曩以才揚，更歷兹任，忠信篤厚，發聞惟休。銜恤去朝，既終禮制；俾還舊職，允協師言。爾其辨昭穆之親疎，奠世系之遠近。惇叙訓迪，咸得其宜，則予汝嘉，嗣有褒陟！

改瑕邱伯叔仲會爲寧陽伯重邱伯公西輿如爲北鄉伯

先生書册、琴瑟在前，尤戒勿越，示有尊也。夫子道爲百世師，今從祀弟子封爵之地乃斥其名，於爾安乎？爰命討論，悉加改訂，以稱朕尊仰之意！

德州團練使提舉醴泉觀駙馬都尉石端禮爲復州防禦使

朕於攀附之臣，雖不以愛昵而遂廢吾法，亦不以私嫌而不録其功。具官某，不事綺紈，深尚儒素。蚤緣推擇，祗奉禁嚴。備殫夙夜之勤，寖歷歲月之久。宜繇團結[一]，進陟兵防。往服異恩，勿忘報稱！

校勘記

〔一〕『結』疑爲『練』。

資政殿學士知大名府梁子美爲資政殿大學士知太原府

并汾巨屏，西北要衝。式圖師帥之良，宜得股肱之舊。俾膺閫寄，爰錫贊嘉〔一〕。具官某，操履端方，材猷宏博。入參九〔二〕政，屢聞獻納之忠；出殿大邦，彌著循良之效。勤勞中外，朕所眷知。兹陞秘殿之隆名，改付晉陽之重鎮。惟紀律嚴則可以護諸將，惟威惠著則可以懷遠人。益圖爾庸，以永終譽！

校勘記

〔一〕『嘉』，叢書本作『書』。

〔二〕『九』，叢書本作『畿』。

樞密都承旨曹曚提舉崇福宮

朕昭明國憲，屏出邦朋。惟伸〔一〕威罰之行，永示傾邪之戒。豈容餘黨尚咈師言！具官某，紈綺小臣，趨操猥下。頃緣勳閥〔二〕，冒列華途。有輕視君父之心，有規壞國體之意。比巨瓚之斥逐，乃平日之締交。尚稽明刑，輒興異議。肆騰稱譽之語，實懷怨懟之私。動摇輿情，鼓惑朝論。彈章交上，詭迹悉彰。雖朕欲容，公議不可。其解樞廷之屬，尚仍真館之司。內訟厥愆，服我明訓！

校勘記

〔一〕『伸』，叢書本作『恃』。

〔二〕『閥』，叢書本作『伐』。

曹調罷大理卿提舉鴻慶宮任良弼罷大理少卿知密州游百揆罷大理少卿知耀州

廷尉，天下之平也。昔我神考董正治官、議獄斷刑，悉歸大理，其任可謂重矣。苟用法而不知義，徇勢而不知法，天下安所取平哉！爾爲棘卿，不思帥屬。任良弼、游百揆改爲擢貳卿寺，不贊官聯。以患失鄙夫之心，有迎合要權之意。以縱弛爲惠，以苛刻爲明。刑獄紛張，道途怨讟〔一〕。果喧公議，薦至煩言。往奉真祠，毋忘循實〔二〕！

校勘記

〔一〕『讟』，叢書本作『懟』。

〔二〕『實』，叢書本作『省』，叢書本下有『任良弼、游百揆改爲尚假州符，是爲寬典』十六字小字注。

顯謨閣直學士知成德軍洪中孚知永興軍

迪上之德意志慮，莫切於侍從禁近之臣，故出則殿侯藩，撫民社，必能任牧養之寄以寬朕之頎〔一〕憂。咸陽會府，控制西陲，兹擇師帥，不敢輕畀。具官某，久翱翔於禁橐，多輔弼於朕躬。往鎮常山，厥有休譽。〔二〕

校勘記

〔一〕『頎』，叢書本作『顧』。

〔二〕『譽』下叢書本有『易臨全雍，是曰褒嘉。非朕敢私，爾往欽哉』十六字。

刑部郎中夏鰭除大理少卿

具官某，爲郎粉署，晉貳卿聯，非止爲爾序遷之榮也。以爾敏於從政，審於用律，屢觀已試，民以不冤，故廷尉之事擢爾副之，必能欽恤用〔一〕刑，期協中道，往贊爾長，以推廣予一人好生之德，則予汝嘉！

校勘記

〔一〕叢書本『恤用』二字互乙。

王革除大理正卿馬咸除大理少卿

朕明慎用刑，哀矜庶獄，期得哲人典司臬事。以爾革守義不回，擢長棘寺；以爾咸治煩不擾，往貳厥官。惟一乃心，惟公乃聽，庶幾天下無冤民，以稱朕好生之意！

知汝州王旉加顯謨閣待制改知成德軍

常山巨鎮，次對近班，顧非老成〔一〕，不輕畀付。具官某，材猷宏博，風力敏强。使節藩符，更踐惟舊，所臨底績，發聞彌休。輟自南昌，易帥真定，西清秘職，并示恩榮。益懋爾庸，寬予憂顧！

校勘記

〔一〕『成』，叢書本作『臣』。

朝散大夫添差監歙州鹽酒税周秩復直龍圖閣提舉洞霄宫

威罰之權以馭臣下，牽叙之典厥有故常。爾曩以器能薦膺任使，勿思毖慎，自速罪辜。兹從管庫之微，寵復文階之舊。陞延華閣，就畀琳宫。體予異恩，勿〔一〕忘報稱！

校勘記

〔一〕『勿』，叢書本作『弗』。

河北路轉運副使侯臨移陝西路

自陝以西列城數十，轉輸之計允藉通才。爾燕朝賜對，占奏可嘉，輟自朔方，總按關右。均通食貨，豐衍邦儲；考核吏能，修舉衆職。時汝之任，往惟欽哉！

京西轉運判官趙點轉一官

國家連被河患，洛口建堤尤急。爾以才揚，佐漕畿右，興此重役，績用有成。載嘉爾功，進秩一等，益思懋哉！

右司員外郎張叔夜罷職與監當

都司之任，糾正綱維。儻慢令之弗虔，豈常刑之可逭？爾曩由武弁易置文階，旋自府僚躐居宰屬。比頒詔旨，申按攸司。簿書勾稽漫不省察，官吏縱弛不復誰何。乃以虚文欺罔朕聽，逮兹覆實，奸僞了然。宜從罷斥，管榷是司。往路〔一〕省循，毋重尤悔！

校勘記

〔一〕『路』，叢書本作『務』。

户部員外郎李棁除右司員外郎

爾服職省户，能糾獘姦，故擢爾爲宰士，以綱紀中臺。往慎攸司，益懋乃績，毋使風采減于前司，則稱朕意！

中大夫提舉洞霄宫許幾責授永州團練使袁州安置

罔上朋邪，雖伸明罰；原情定罪，洊置嚴科。以爾賦性庸回，操心險愎。潛交近習，密助巨姦。每植黨以背公，率懷諼而害政。曩司邦計，輒肆紛更。隳摘山之制而歲課頓虧，建裁禄之議而廩賜悉減。以至儲峙殫乏，國用靡豐，削刻至多，怨咨〔一〕殊甚。迹其誤國，實汝之由。同時罪過，已皆竄逐，尚叨真館，未厭師言。往副州團，體予善貸！

校勘記

〔一〕『咨』，叢書本作『懟』。

兩浙轉運副使莊徽加直秘閣

朕分部置使以董轉輸，不有甄陞，曷功〔一〕能吏？以爾材質敏給，識慮精深，將漕全吴，洊更歲月。宜時〔二〕近效，庸示寵褎。聯職蘭臺，增華使節，往祗朕命，其益懋哉！

校勘記

〔一〕『功』，叢書本作『勸』。

〔二〕『時』，叢書本作『酬』。

中大夫直龍圖閣董正封爲集英殿修撰兩浙轉運使

朕分道置使以任轉輸，又俾之察視郡縣，以寄朕之耳目，其選可不重哉？爾長於吏治，事任洊更。銜恤去官，亦既終制，宜頒明命，將漕全吴。用陞書殿之華，以增使權之重。其無剥下媚上，縱吏蠹民，則稱朕意！

責授永州團練副使永州安置錢即復太中大夫徽猷閣待制知永興軍

朕以八柄馭其臣，法行自近；不以一眚掩爾善，期與維〔一〕新。矧居從槖之聯，久掛刑書之末，可無抆拭，式對寵嘉？具官某，曩以才猷洊膺藩帥，議行均糴之法，未悉當時之宜。原情已諒其匪他，牽復孰云其可後？寵還文秩，畀就州麾。聯職西清，漸復青氈之舊；分符右陜，布宣紫詔之寬。益圖爾庸，以答朕意！

校勘記

〔一〕『維』，叢書本作『爲』。

職方員外郎李謣除著作郎

眷惟著作之庭，昔號羣玉之府，非得直諒多聞之士，曷從吾道山之遊哉！爾奏對燕朝，有嘉敷納，輟自中臺，亟遷東觀。爾其毋殆，思稱厥官！

徽猷閣待制知興仁府韓粹彦知定州

中山巨屏，控制朔陲，惟爾之先常守兹土，其民畏威懷德，刻石〔一〕于今頌之。具官某，世濟厥美，克守忠勤。輟自近班，分符輔郡〔二〕；閱時未久，進易帥垣。爾其布宣教條，卧護北道。庶無愧于前人，以對揚朕之修命！

校勘記

〔一〕叢書本『石』下有『泐文』二字。

〔二〕『郡』，叢書本作『陝』。

太中大夫徽猷閣待制知永興軍錢即改興仁府

畿右名區，曾爲吾股肱郡，非甘泉舊臣不與也。具官某，夙以譽望，洊歷禁嚴。起之廢閑，分閫全雍，爰申明命，殿此輔邦。往祗厥服，如在朕之左右！

朝請大夫集英殿修撰陝西路制置解鹽使何述爲徽猷閣待制知永興軍

具官某，制置西陝鹽策，能調盈虚以足國用，通有無以惠商賈。上下不擾，公私宜之。是用寵以西清之次對，往鎮全雍之大邦。必能爲朕牧養，使賦平訟理、民安俗阜如在西陝時，則予汝嘉！

降授承議郎知衢州耿南仲爲禮部員外郎兼定王嘉王府侍講

春官，禮樂之司命。爾爲郎，非特以治器數、資考訂而已也，二王就傅，俾司勸講。蓋以禮樂入人者深，而議論導迪者易，養其沖和，日與之俱化矣。以爾兼之，朕意不有在〔一〕乎？勉思厥職，嗣有寵嘉！

校勘記

〔一〕『有在』，叢書本作『在是』。

奉議郎符寶郎陳鍔兼定王嘉王府記室

朕以二王出就外傅，思得端亮之士日與之游。以爾操履修潔，議論純明，著作蘭臺，掌符左省，靖共有守，譽處彌休。爰錫命書，俾司管記。爾其往參輔導，助成正〔二〕德。使朝夕見聞罔不有正，豈特資爾翰墨而已哉！勉修厥官，庸副朕意！

校勘記

〔一〕『正』，叢書本作『王』。

朝奉大夫直龍圖閣知亳州周穜轉一官

部使者以守臣殿最爲一路勸，爾克共乃職，歲輸先集，進秩一等〔一〕，尚益懋哉！

校勘記

〔一〕『進秩一等』，叢書本作『量進一秩』。

通奉大夫吏部侍郎姚祐降官

天官之貳，銓綜是司。儻弗迪於官常，固難逃於邦憲。具官某，頃繇推擇，揚歷要途；服在選掄，不思糾察。黠胥舞法，並緣爲姦。貨賂公行，擬授失當。亟加研究，灼見事情。宜從降秩之科，少示曠官之戒。體予善貸，思蓋前愆！

承議郎吏部員外郎蕭復降官

爾〔一〕服職銓曹，不思毖慎。黠胥舞法，並緣爲姦。賄賂公行，擬授失當。宜從鐫褫，以警曠瘝！

校勘記

〔一〕叢書本『爾』下有『復』字。

將仕郎編修國朝會典所檢閲文字方邵〔一〕改承奉郎除秘書省校書郎

蓬邱圖書之府，名美秩清，非修潔博習之士不踐迹于其間。爾秀而文，奏對敷允，寵易華秩，典校藝文，士之知遇可謂榮矣！其毋隳所守，毋替所聞，益懋遠猷，以稱朕意！

校勘記

〔一〕『邵』，叢書本作『劭』。

知永興軍李責授團練副使安置

誤國欺君，臣之大惡；原情定罪，邦有常刑。爾賦駔會之資，挾穿窬之志。交通近習，黨附巨姦。屢致私書，屬託子姓。彈章交上，公論弗容。曾未正于典刑，輒妄陳于符瑞。爰加考驗，悉出厚誣。爲臣若斯，忠義安在？斥副州團之寄，永爲姦宄之懲！

張仲英等降官

爾等並膺委寄，協贊藩條。不思秉義以事君，輒復朋姦而罔上。妄陳符瑞，爾實與謀，鞫治具乎，可無懲戒！褫官二等，示我寬恩！

承議郎提舉京畿學事葉源改兩浙學事

朕分遣使軺〔一〕，典司學事，選用之慎，必惟其人。爾元豐名儒，趨操純正，屢將使旨，蔚有休稱，宜自京畿往臨浙部。爾其叨〔二〕獎士類，布宣詔條，使成材衆多，上副樂育，則予以懌，汝亦有辭！

校勘記

〔一〕『使軺』，叢書本作『詔使』。

〔二〕『叨』，叢書本作『勸』。

降〔一〕授朝請郎新陜西轉運副使侯臨加直秘閣

寓直芸閣，允謂清華，資以勤〔二〕能，未嘗輕授。爾頃繇推擇，服在使軺，克懋猷爲，所至可紀。比緣易地，入覲燕朝，聯職道山，增華臨遣。益圖顯效，以報寵榮！

校勘記

〔一〕『降』，叢書本作『除』。
〔二〕『勤』，叢書本作『勸』。

著作佐郎馮熙載爲膳部員外郎

自著作東觀列職春官，可謂一時清選也。以爾行藝著聞，敷對忠亮，俾以司膳，豈曰遞遷？蓋將歷觀爾之所能，以就爾之遠業。服我明訓，其益懋哉！

中〔一〕大夫都水使者吳价轉官

爵賞之設，敦勸庶工，惟時勞能，宜被褒陟。以爾材資宏美，風力敏强。曩膺簡求，典司水政，河堤之役績用有成。羣吏奏功，汝實提振，肆攽渙渥，增秩一階。往其欽哉〔二〕，服我休命！

校勘記

〔一〕叢書本『中』上有『大』字。
〔二〕叢書本『哉』下無『服我休命』四字。

都水使者吴爲徽猷閣待制河北路都轉運使

治財猶治水也，行其所無事而已矣。爾與〔一〕司水政，厥有俊功。朔方飛挽命爾總之，超陞次對之聯，以寵皇華之使。爾其洞究源流，儲衍兵食，國裕而民亦裕，田里絶滯冤之歎者，是豈非以治水之道治財乎！

校勘記

〔一〕『與』，叢書本作『典』。

都水監丞葛仲良爲都水使者

都水掌河渠水衡之政令，設使者以董治之，非宿於其業、習知其源流者不在兹選。爾智材疏敏，夙夜瘁勤，不負於丞，具有嘉績。是用命爾以長厥官，往率其屬，益獻厥成，則稱朕意！

太中大夫致仕蘇轍追復端明殿學士贈宣奉大夫

朕紹述先猷，聿懷故老。凡刑章之挂誤，悉牽復以優容。矧獲令終，可忘褒典！具官某，夙稟直諒，逮事四朝；晚歷險艱，獨秉一節。處訏謨之地，非堯舜不陳；居退食之私，以孔孟自樂。宜永終譽，式介壽祺。歘爾訃聞，良深震悼。超進文階之峻，寵還名殿之榮。尚其幽靈，膺此顯命！

殿中監高伸殿中丞王遜〔一〕轉官

朕祇述先猷，肇新殿省。眷惟供奉之式，比加編定之功〔二〕。宜有恩榮，以示旌功〔三〕。具官某等，曩因簡知，服職御府，六尚成書，條理可考。載疇爾庸，寵進文秩，爾其懋哉！

校勘記

〔一〕『遜』，叢書本作『迢』。
〔二〕『功』，叢書本作『文』。
〔三〕『功』，叢書本作『勸』。

朝請郎祠部員外郎石景術提點京西北路刑獄宣德郎提點京畿刑獄張閱〔一〕爲河北路轉運副使

朕惟神考以民社之〔二〕寄責之守令，以守令之臧否責之部使者，一時得人熙豐，號爲盛治。肆朕紹述，尤慎選掄。以爾景術吏治詳敏〔三〕，故擢以河朔轉輸之寄。各揚乃職，督視一道，上無蠹民之吏，下無冤枉之民，庶幾同符熙豐，以彰朕用人之明！

校勘記

〔一〕『閲』，叢書本作『閲』。
〔二〕『之』下叢書本有『司』字，據叢書本補入。
〔三〕孫衣言校：『「敏」下疑脱兩句：「故授以畿右按刑之司；以爾閎知謀蕭給。」』

尚書庫部員外郎葉砌爲鴻臚寺少卿

九卿之亞，職任爲優。惟時鴻臚掌予賓客，疇咨俊乂，咸曰汝宜。往惟欽哉，毋替朕命！

顯謨閣待制提舉醴泉觀何述同爲顯謨閣直學士

西清秘閣，謨訓所藏。寓直其中，秩隆地近，惟時偉望，克副簡求。具官某，學問修崇，性資粹美，揚於邇列，朕所眷知。書省編摩，述勤備著；祠宮涵養，譽聞彌休。矧條令之更新，繫〔一〕相臣之兼領。有嘉勞績，增峻寵名。非特爲爾父子之榮，將以示吾君臣之美。往祗茂渥，益勵遠圖！

校勘記

〔一〕『繫』，叢書本作『緊』。

兵部尚書張閣爲翰林學士

北門學士，地近職親。不專潤色于訓詞，實備顧問于左右。選擇惟慎，古今所同。我得其人，載頒休命。具官某，性資端亮，學術高明。文華足以代予言，謀議足以斷國論。蚤由詞禁，出殿大邦，簡在予衷，召長武部。閲時未久，譽望益隆。爰稽考于師言，宜寵還于〔一〕舊物。若夫達制作之體要，副燕閒之諮詢。惟汝之能，宜稱朕意！

校勘記

〔一〕『于』，叢書本作『夫』。

翰林學士俞㮚爲兵部尚書

國家承平，中外綏靖，雖不貴佳兵，豈以久安忘武事哉！夏官之長，實統五兵。爲萬里之折衝，資文昌之長算。非體國老成曷以任此？具官某，剛而不撓，静而有謀。執法霜臺，僅能閲月；摛文翰苑，多所弼諧。用陞喉舌之司，悉〔一〕總武部之重。勉修厥職，爲國遠猷！

校勘記

〔一〕『悉』，叢書本作『懋』。

顯謨閣直學士中奉大夫李孝壽〔一〕復正議大夫

朕于甘泉法從之臣，極始終禮遇之厚。雖以微文鐫秩，豈拘于牽叙常法哉！具官某，天資粹明〔二〕，吏治嚴整。尹正畿甸，風績著聞。引疾祠宫，姑遂退佚。式頒明命，晉復官聯。惟爾之休，欽承無怠！

校勘記

〔一〕叢書本『孝壽』二字互乙。

〔二〕『明』，叢書本作『敏』。

張謂除尚書户部侍郎

邦計之重領于〔一〕民曹，必擇貳以佐其長，使參稽登耗，贊舉籌策，庶乎上用裕而下不乏。以爾揚歷中外，明習〔二〕源流，擢爾爲郎。兹爲慎選，爾其懋哉！

校勘記

〔一〕叢書本「于」下有「用」字。

〔二〕「習」，叢書本作「悉」。

朝奉郎范之才爲倉部員外郎

尚書六曹聯職合治，地官之屬尤在得人。爾夙以才稱，咸〔一〕謂通敏，比因奏對，灼見器能。爰錫命書，列於司庾。往慎厥官，贊理邦計！

校勘記

〔一〕「咸」，叢書本作「見」。

王澧〔一〕閤門宣贊舍人

列職宸閣，允謂清華，資以勤〔二〕能，未嘗輕授。爾奉使屬部，沉審〔三〕有謀，克獲凶渠，安靖邊徼，宜稍顯賞，以旌爾功。進陟新階，典司宣贊，爲爾之寵，往其欽哉！

校勘記

〔一〕「澧」，叢書本作「澧」。

〔二〕『勤』，叢書本作『勸』。
〔三〕『審』，叢書本作『密』。

高堯舉張天材

朕欲從政之士知法令之若江河，申嚴律學，選建官聯。爾等咸膺推擇，往〔一〕踐厥官，或〔二〕參訓導之聯，或司糾正之任。各祗乃事，以觀爾能！

校勘記

〔一〕『往』，叢書本作『俾』。
〔二〕『或』，叢書本作『盛』。

惠柔民

朕建辟廱以處歲貢之士，增員闕以專訓導之職。爾業明行著，咸曰汝宜。其守所學、尊所聞，以稱朕樂育之意！

勾仲甫除荆湖北路提點刑獄

荆湖之北控制諸蠻，物夥事繁，獄市易擾，肆求望碩〔一〕，往按祥〔二〕刑。爾曩以才揚，嘗歷方面，罷斥滋久，能務省循。朕不汝棄，就畀使軺。益圖厥修，副予欽恤！

校勘記

〔一〕『碩』，叢書本作『實』。

〔二〕『祥』，叢書本作『詳』。

宗室仲遷贈開府儀同三司

眷惟邦國之華，允藉本支之茂。惕聞永逝，敢後〔一〕彝章！具官某，迪德粹温，秉心端恪。悦詩書而務習，處富貴而不驕。洊膺惇叙之仁，寖陟清華之列〔二〕。奉朝惟謹，率履無違。著好禮之美稱，得爲善之最樂。云胡不淑，罹此閔凶？宜隆褒恤之恩，以極哀榮之寵。啟封大國，視秩冢司；尚其如存，服我明命！

校勘記

〔一〕『後』，叢書本作『復』。

〔二〕『列』，叢書本作『美』。

宗室叔混贈開府儀同三司

祖宗之世，並建親賢以固磐石之基，以茂本根之勢。故生則不閔勞以事而富禄之，殁則軫恤其後而褒崇之，始終之義備矣。具官某，秉樂善之資，服仁厚之化。屬籍最長，遷于庶寮之聯；高朗〔一〕令終，享此太平之福。寵開榮國，峻視宰司；泉路有知，歆承無斁！

校勘記

〔一〕『朗』，叢書本作『明』。

胡奕修復職

朕待遇臣工，務從寬假。獲與甄陞之典，曾何存殁之殊！具官某，曩以時才，洊更事任，將漕六路，宣勞實多。惜其淪亡，嘗加褒贈。中緣褫奪，亦既累年，原情念勞，宜從〔一〕矜貸。其家籲訴達於朕聞，特還内閣之華，仍賜後昆之慶。尚其不昧，歆此寵榮！

校勘記

〔一〕『從』，叢書本作『欲』。

横行皇城使皇城副使等换官

朕遹駿先猷，肇修武選。是正官稱之美，以爲在服之榮。具官某[一]等，夙以才揚，久祗予采，乃眷横班之峻，或作『崇階之寵』。允爲右列之華。宜從新書，用頒明命。尚慎爾止，毋或勿欽！

校勘記

〔一〕底本『官』下無『某』字，據叢書本補入。

中奉大夫直龍圖閣知杭州龐寅孫轉官

朕公考績之法以馭羣吏，雖在疏逖，不廢褒崇。矧吾邇臣，厥有彝典。具官某，才猷明敏，識慮精詳。曩以才揚，踐更中外。比領西清之職，出綰錢塘之符。風績著聞，譽望休顯。有司會課，應令當遷。俾增峻于文階，其往祗于寵渥！

姚宏轉防御使再任

邊郡守帥簡自朕心，矧著勞績，疆場帖然，其可數易而撼動我邊民哉！爾久分符竹，隱〔一〕若長城。宜繇團結之聯，躋於禦侮之列。仍綰舊紱，益既乃心！

校勘記

〔一〕『隱』，叢書本作『穩』，較善。

張竦轉官

夫爲郡太守而能譏察姦萌使不得作，可謂才矣。爾守淮安，降羌搆謀，陰圖竄逸，以智俘獲，卒服其辜。朕何愛一官不以爲汝賞哉？肆頒寵命，往其欽承！

路某轉官

新造之邑，爾能勞〔一〕來，拊循其民，俾安厥官〔二〕。時乃之功，可忘褒勸？進秩一等，懋哉！

校勘記

〔一〕『勞』，叢書本作『柔』。

〔二〕『官』，叢書本作『土』。

王華〔一〕降官

爾綰郡章，不思牧養，乃倚法以任情，黷貨以豐己。朕不能慎擇於始，彼千里之民何辜焉？試加核實，具有冤狀。聊從鐫秩，管榷是司。尚其循省，以蓋前愆！

校勘記

〔一〕「華」，叢書本作「莘」。

王子猷胡景修降官

民吾〔一〕赤子，而畿縣尤所重。爾玩法縱囚，長姦害民，朕何賴焉？姑削一官，是爲寬典！

校勘記

〔一〕叢書本「民吾」二字互乙。

張閱〔一〕賈君文〔二〕降官

部使者以糾察吏治爲職，况按刑之司在畿甸之邇乎！爾等咸以時才擢將使指，屬邑玩法，連逸重囚。爾于平時曾不按察，逮其已然，乃始究治，失刑縱惡，誰之過歟？姑從降秩，以警曠瘝！

校勘記

〔一〕『閔』，叢書本作『閔』。

〔二〕叢書本『君文』二字互乙。

侯涣開封府士曹參軍

都邑翼翼，四方是則，治稱浩穰，其可以常才冒試乎！以爾資識敏明，應機必決，曩膺推擇，服職佐僚。爰錫命書，俾遷厥次。往贊而長，益懋爾修！

劉法散官安置

朕恢崇學校，丕變寰區，故雖遐陬，教法惟一。儻懷阻壞，難綰典刑。具官某，頃以常才濫居〔一〕師席，弗思體國，遵奉詔條。而乃託公逞私，規害學政，陵轢士類，輕侮憲章。無享上之誠，有怙終之實。師紳若此，朕何望焉？其褫兩使之榮資，仍解河湟之重寄。屏之遠服，聊示竄投。體我寬恩，毋忘自訟！

校勘記

〔一〕『居』，叢書本作『厠』。

將校降官

傷人抵罪，里巷自好者不爲也。爾身領將麾，乃弗知戒，任情悁忿，自貽厥愆。褫秩一階，往其循省！

燕國静恭思〔一〕懿淑慎夫人薛氏改封越國并加莊穆二字

朕詳求淑德，參侍宸闈。顧非宫壼之英，曷稱號名之美？某氏，稟資端静，迪德粹温。柔嘉夙著于令猷，恪謹動循于禮則。自膺異數，益懋閎休。志意修而不渝，寵禄至而愈慎。宜頒涣渥，進陟大邦。惟『莊』則肅而有儀，惟『穆』則和而靡懈。併兹顯號，式廣徽稱。往服寵光，永綏多福！

校勘記

〔一〕『思』，叢書本作『惠』。

某氏衛國夫人

朕詳求淑德，參侍宸闈。惟時禁掖之良，爰錫褒遷之命。某氏，稟資端静，飭己惠和。恪勤克敏于事爲，恭順動循于禮則。自疏封于名郡，已藹著于英聲。朕所眷知，宜有甄陟。進加大國之寵，以新象服之榮。益懋令儀，用對休渥！

孟惟彦降官

爾負三世之傳，虧十全之效。是怠吾事，宜削二階！

楊昌父贈節度使

朕親祠泰壇，薦饗上帝。既荷休于穹昊，遂均賚于庶邦。惟予禦侮之臣，厥有追榮之典。具官某，故父某夙推恭順，克保遐荒。籍輿地以自歸，率遵文教；襲衣冠而效職，永捍藩維。篤紹世勞，實有賢子。曩被飾終之寵，洊陞留務之榮。屬釐事之告成，廣慶恩而遠浹。增崇位敘，進領節旄。尚其如存，服此顯命！

母某氏贈郡夫人

祇見上帝，均慶羣工，維時渻章，厥有彝典。具官某母某氏〔一〕，稟資端懿，迪德惠和。嬪於令門，克有賢子。忠勤夙著，品秩增崇。宜疏大郡之封，進陟小君之號。尚其幽壤，歆此寵光！

校勘記

〔一〕底本『某』下無『母某』二字，據叢書本補入。

妻某氏封郡君

釐事告成，庶邦共慶，惟時恩典，厥有彝章。具官某妻某氏，柔嘉有儀，淑慎爾止，率循内則。克相厥夫，服職忠勤，致位通顯。宜膺涣渥，進陟郡封。尚其欽承，服我休命！

張夏封寧江侯

生能有功于人，殁而可祭于社者，其斯人歟！爾在先朝將漕浙部，江濤爲患，創建石堤，回遏怒瀾，逾七十載。民賴其利，朕所嘉歎。爰錫賛書，寵之侯爵。尚其歆懌，永庇此方！

長源侯

山川之神能以休澤庇覆其民者，朕咸秩而祀之，况漢水之神其可後乎？惟神實紀南國，廟食一方，有禱輒從，民不告病。宜新爵號，以寵神休。尚其居歆，永庇兹土！

卷　三

表

賀皇太子冠禮

涓擇休辰，備成嘉禮；慶傳中禁，喜浹寰區。中賀。竊以《易》之卦，震爲長男；《禮》之經，冠爲重事。前代所慎，曠古莫行。惟睿聖之作興，緝舊章而備舉。肇稱盛典，允屬熙朝。恭惟皇帝陛下乾健日新，離明洞照。惟時冢嗣，乃國元良。孝友肅恭，嶷然畢〔一〕稟。容儀辭令，卓爾夙成。兹順考于經常，遂肅加于弁冕。筮日之吉，正纚于朝。措國本若泰山，繫人心于少海。天人共慶，夷夏交欣〔二〕。服備三加，方顯成人之禮；日開五色，遽呈休應之祥。凡在觀瞻，孰不呼舞？

臣叨膺外寄，竊睹盛儀。萬壽稱觴，阻綴鵷鸞之列；一心享上，誓殫葵藿之誠！

校勘記

〔一〕『畢』，叢書本作『異』。

〔二〕『欣』，叢書本作『歡』。

謝除中書舍人

嚴召亟頒，循牆莫避；隆恩曲逮，撫己奚勝？中謝。

竊以周以內史贊善，實欽〔一〕王命；漢以郎官掌誥，亦重王言。沿襲雖殊，慎擇則一。於皇聖世，妙簡詞臣，居侍從清切之班，以論典〔二〕文字爲職。考諸前代，尤重厥官。方駿德之日躋，仰睿謀之天縱。訓誥温厚則同風三代，文章爾雅則軼美兩京。儻非潤色之才，曷副清華之選？

伏念臣稟資固陋，逢運〔三〕休明。雖少習于藝文，詎堪世用；唯粗安於節守，敢爲身謀！旋蒙眷獎之殊，以至超逾之速。待罪憲府，承乏諫垣。惟抵忤之徒多，蔑事功之可録。比緣禍〔四〕罰，分屏邱園；忽拜恩除，超陞綸閣。備〔五〕左右游談之助，繇聖神特達之知。載揆空虛，彌增震懼。

茲蓋伏遇皇帝陛下法天廣大，如日照臨。樂得賢以持盈守成，廣籲俊以立政造士。將翹翹之是刈，故斷斷而弗遺。致是妄庸，猥叨選任。臣敢不覃思舊學，進繹前聞。少殫鉛槧之勤，庶冀涓埃之補。欲及親之鍾釜，既往何追？堅許國之忠誠，自今其始！

校勘記

〔一〕「善實欽」，叢書本作「書首重」。
〔二〕「典」，叢書本作「思」。
〔三〕「逢運」，叢書本作「運際」。
〔四〕「禍」，叢書本作「嚴」。
〔五〕「備」，叢書本作「乏」。

謝除給事中

伏奉制命，除臣依前官試給事中，仍賜對衣金帶者。承乏綸闈，方虞曠職；陞華瑣闥，遽沐明恩。荷寵數之優隆，撫微躬而震懼。中謝。

竊以寵司中禁，列屬東臺；不專閱牘〔一〕之司，實與論思之責。儻非宿望，曷副詳延？伏念臣學術迂疏，智能淺薄；奮身寒苦，遭世休明。誤膺特達之知，寖躐清華之選。涓埃未效，憂患洊臻。分遠屏于窮鄉，苟安歲月；俄疏榮于從橐，參掌訓詞。顧潤色之非工，在黜幽而難逭。敢圖矜貸，特俾甄陞。佩恩典之有加，被身章而增煥。退循僥倖，彌積凌兢。

茲蓋伏遇皇帝陛下紹述先猷，廣開言路。欲羣才之並用，雖一介以弗遺；致茲妄庸，亦叨委任。臣敢不勉其未至，增所不能。知無不爲，益勵事君之節；死而後已，誓殫報國之忠！

校勘記

〔一〕『牘』，叢書本作『讀』。

謝除待制知壽州

曩封自列，方虞冒昧之誅；綸制俯頒，遽賜允俞之命。既將〔一〕從橐，仍畀州麾；拜寵優隆，撫躬震懼。中謝。

伏念臣才資甚下，問學不優。徒抱區區之忠，蔑聞赫赫之譽。遇〔二〕逢華旦，親被聖知。擢由庠序之中，置之臺諫之列。志清朝著，罪若邱山。旋經憂患之餘，洊冒禁嚴之選。天地之大恩未報，終誓捐縻；犬馬之微疢〔三〕遽侵，慮難勉强。實懼曠瘝之責，莫逃竄殛之誅。輒瀝懇誠，上干天聽；敢圖鴻造，俯亮愚衷。濫陞延閣之華，更付名城之寄。

茲蓋伏遇皇帝陛下德侔乾覆，道與日新。察臣屢被使令〔四〕，每加簡記；憐臣粗安分守，特賜矜從。是致孱微，亦叨委任。臣敢不恪遵睿訓，茂迪前修？砥節首公，益勵靖共之操；承流宣化，庶殫夙夜之勤。儻一得之可收，雖九殞而奚恤！

校勘記

〔一〕『將』，叢書本作『聯』。

〔二〕『遇』，叢書本作『偶』。

〔三〕『疚』，叢書本作『疾』。

〔四〕『令』，叢書本作『命』。

壽州謝到任

持〔一〕荷瑣闥，慚無論俊〔二〕之風；剖竹淮堧，誤玷蕃宣之寄。拜恩優幸，撫己凌兢。中謝。伏念臣學術迂疏，智能褰淺。徒遭休明之運，誤沐聖神之知。擢自孤生，置之要路。徒多睚眥，無補毫分。方盡瘁以效官，遽銜哀以去國。僅終禮制，洊拜恩除〔三〕。參邇臣鵷鷺之行，供内省文書之職〔四〕。仰荷乾坤之施，不勝犬馬之心。薄效未臻，宿痾間作。懼寖隳于素守，難苟逭於大訶。冒昧陳誠，懇祈補外；敢圖鴻造，俯亮愚衷。既升延閣之華，更畀名城之重；亟趨〔五〕封部，首見吏民；祗服寵榮，惟深感涕。

兹蓋伏遇皇帝陛下舜明洞照，堯天并容。憫臣素乏技能，偶塵法從；察臣未更事任，姑試便藩。臣敢不深體眷懷，力行舊學。虔奉丁寧之訓，益宣寬大之恩。夢想雲天，徒結戀軒之念；勤勞夙夜，敢忘報國之忠〔六〕！

校勘記

〔一〕『持』，叢書本作『特』。
〔二〕『俊』，叢書本作『駿』。
〔三〕『恩除』，叢書本作『殊恩』。
〔四〕『職』，叢書本作『責』。
〔五〕『趨』，叢書本作『超』。
〔六〕『忠』，叢書本作『心』。

謝提舉亳州明道宮

頑冥抵罪，合即誅夷；仁聖矜容，止從罷黜。戴恩隆厚，撫己戰兢。中謝。伏念臣學識迂疏，智能蹇淺；徒有自强之志，實無可用之才。遭際休辰，躐登膴仕；憲臺諫省，詞掖瑣闈。事功微毫髮之榮〔一〕，罪戾有邱山之重。比緣宿疢，偷假便州。閉閤卧痾，未容自效；瘝官慢令，已致人言。原情當置于嚴科，竊食尚容于真館。永惟僥冒，彌切怔忪。

茲蓋伏遇皇帝陛下乾度并包，離明廣〔二〕照。俯念羈單之士，嘗參近侍之聯。故雖罪辜，亦未捐棄。臣敢不銘肌荷德，刻骨思愆。掃軌窮閻，竊幸里閭之佚；遊心魏闕，敢忘畎畝〔三〕之忠！儻溝壑之未填，願捐糜〔四〕而上報。

校勘記

〔一〕「榮」，叢書本作「容」。

〔二〕「廣」，叢書本作「洞」。

〔三〕「畎畝」，叢書本作「犬馬」。

〔四〕「縻」，叢書本作「筋」。

謝磨勘轉朝散郎

一麾假守，已分黜幽；三載稽勞，乃蒙增秩。拜恩知幸，撫己增慚。中謝。伏念臣學不知方，才非適用。徒遭休明之運，誤蒙神聖之知。擢自冗僚，置之言路；訖無云補，積愧空餐。比緣抱疢之餘，竊覬承流之效。事任未聞于黽勉，頑冥已抵于譴訶。方深竄殛之憂，敢冀褒嘉之及？載循忝冒，彌切驚惶。

兹蓋伏遇皇帝陛下盛德海涵，至仁天育。予奪本馭臣之柄，黜陟乃考績之公。故雖至微，亦不偏廢。臣敢不仰承眷注，祗畏明威。真館投閑，庶獲夷瘳〔一〕之福；餘生未泯，誓圖報塞之方！

校勘記

〔一〕「瘳」，叢書本作「由」。

知婺州謝到任

震〔一〕闈肇建，大蒇盛儀；解澤旁流，溥霑羣品。孰謂疵謬之迹，亦蒙曠蕩之恩。内揆庸虚，惟深感涕。中謝。

伏念臣稟資至陋，被學不優；蚤誤聖知，濫叨法從；訖無云補，積有過愆。未〔二〕報天地之恩，已沾犬馬之疾。露章請外，畢力效官。顧勉强以圖終，果〔三〕顛躋而自取。江湖悠遠，常〔四〕懷戀闕之心；畎畝優閑，益篤愛君之義。敢意未填于〔五〕溝壑，尚慮滋玷于蕃宣。初見吏民，具頒條教。

兹蓋伏遇皇帝陛下文謨武烈，舜孝禹功。豫立國本以重無疆之休，廣施睿恩以隆莫大之慶。致兹罪釁，復與使令。臣敢不深體眷懷，益圖來效。銘肌刻骨，誓殫欲報之忠；奉法愛民，更勵自公之節。庶幾萬一，上答毫分！

校勘記

〔一〕『震』，原缺，據叢書本補。

〔二〕『未』，叢書本作『求』。

〔三〕『果』，叢書本作『舉』。

〔四〕『常』，叢書本作『空』。
〔五〕『于』，叢書本作『乎』。

謝提舉建州武夷山冲佑觀

列郡承流，懼難仰稱〔一〕；祠宫竊禄，特荷矜從〔二〕。佩恩眷之優隆，撫危窮而戰慄。中謝。伏念臣稟資至陋，被學不優；蚤遇休辰，濫塵法從。不由左右之助，盡出神聖之知。歲月寖更，事勞無補。昨驟違于宸陛，爰再領于州麾。居官無以喻〔三〕人，守己但期寡過。邇者解符婺女，易地邢臺。念私門之多艱，禍延諸父；唯祖母之垂老，病且累年。不勝烏鳥之情，遂有祝鳌之請。囊封薦貢，天聽曲回。俾遂里居，獲盡疲癃之養；豈唯家食，又叨廩禄之豐。賜厚不貲，恩深難報。

兹蓋伏遇皇帝陛下則堯之大，用舜之中。俯憐孤蹇之踪，嘗備使令之列。故雖久外，亦不遐遺。臣敢不深體睿慈，仰承大惠。誓永堅乎〔四〕節守，以上報於君親。當孝治之朝，敢怠晨昏之奉？祝聖人之壽，願憑香火之緣！

校勘記

〔一〕『稱』，叢書本作『報』。

〔二〕『從』，叢書本作『憐』。
〔三〕『喻』，叢書本作『逾』。
〔四〕『乎』，叢書本作『於』。

謝服闋除官

準告以臣丁祖母憂，服闋，除臣依前官職，封賜如故者。禮制甫終，僅存殘息；絲綸驟降，亟復舊官。厚德難名，孤衷易感。中謝。

伏念臣稟生艱蹇，逢運休明。迫祖母之垂年，丐宮祠而就養。諸父早世，伯兄繼亡；既罹閔凶，遂即承重；憂傷備至，羸劣奚勝。歲月其徂，祥禫俄及。載念棲遲之久，重仍疢疾之餘。去國十年，望軒墀而結戀；有園三徑，賴松菊之猶存。敢懷馳闕之心，第畢首邱之志。孰謂隆恩之誤及，復叨故秩以增榮。仰荷記〔一〕憐，彌深戰慄。

兹蓋伏遇皇帝陛下天地合德，日月并明；禮尤厚於邇僚，仁不遺於踦屨〔二〕；故雖昧〔三〕遜，亦被寵光。曠洪造之難酬，曷圖報稱；顧餘生之未泯，永誓捐糜！

校勘記

〔一〕『記』，叢書本作『矜』。
〔二〕『屨』，叢書本作『侶』。

〔三〕「眛」，叢書本作「疏」。

再謝〔一〕知壽春府

窮閻掃軌，僅終禮制之嚴；藩服分符，遽奉絲綸之寵。荷恩優渥，撫己戰兢。中謝。

伏念臣學術空疏，智能短淺；偶逢華旦，誤被聖知。初由耳目之司，旋歷禁嚴之選；訖無云補，徒積過愆。緣私門兄弟之雕零，丁祖母年齡之遲暮。丐祠郡紱，力請宮祠。曾禄養之未淹，俄禍災之洊及。方承重制，忽已外除。蕞爾餘生，懼填溝壑；纚然温詔，亟復官聯。繼疏宸扆之榮，再畀淮城之寄。念嘗曠職，豈敢冒居？引私義以陳誠，冀天心之從欲。循牆莫避，涣汗難收。

茲蓋伏遇皇帝陛下盛德兼容，大明洞照。察臣昨緣微累，不以瑕疵；憐臣嘗綴近班，特加覆護。故雖罪戾，亦備使令。敢不仰體睿懷，益堅素守。永念兵民之重，日思撫馭之方。三折肱而爲醫，已懲既往；九殞身而論報，尚冀方〔二〕來！

校勘記

〔一〕「再謝」，叢書本作「謝再」，義較勝。

〔二〕「方」，叢書本作「將」。

中謝。

謝磨勘轉朝奉大夫

營職罔功，方懼黜幽之命；涣恩增秩，仍叨進爵之榮。拜賜優隆，撫躬戰慄。中謝。竊以九年黜陟，有虞明考績之方；三載賞誅，《周官》詳計吏之治。惟我聖代，若昔大猷。具存會課之文，深得用人之法。伏念臣迂疏末學，樸樕散材。自遭際于昌辰，偶濫塵于膴仕。徒淹歲月，無補毫分〔一〕；尸禄則多，計功蔑有。比〔二〕驟頒于恩綍，俄超進于文階；内省僥逾，惟深震懼。兹蓋伏遇皇帝陛下衡聽萬事，器使羣工。予奪本馭臣之權，爵禄爲厲世之具。故雖孤外，亦不遐遺。臣敢不仰戴殊私，益勤在〔三〕己。夙夜匪懈，每懷享上之忠；死生以之，庶罄爲臣之節！

校勘記

〔一〕叢書本「毫分」二字互乙。

〔二〕「比」，叢書本作「忽」。

〔三〕「在」，叢書本作「小」。

謝降官

營職不虔，自干典憲，議刑從恕，姑削文階。罪大責輕，感深涕隕。中謝。伏念臣稟資巽懦，逢運休明。雖屢被于使令，初蔑聞于勞效。比由里閈擢總州麾，已試無堪，固當辭免。臨事不力，自速譴訶。方勵精求治之朝，公考績用人之法。既明殿最，宜正典刑。雖未置於嚴科，庶或責於後效。仰推〔一〕寬大，俯積震驚。

茲蓋伏遇皇帝陛下發由中之斷，排被譖之多。察臣克勤民隱，心其〔二〕靡他，念臣服在官聯，理或可貸。姑從降秩，以警曠官。敢不夙夜省循，淵冰戒懼〔三〕。庶盡〔四〕尺寸之效，仰報邱山之恩！

校勘記

〔一〕『推』，叢書本作『惟』。

〔二〕『其』，叢書本作『實』。

〔三〕『懼』，叢書本作『慎』。

〔四〕『盡』，叢書本作『收』。

謝再降官

失職之愆屢聞於聰聽，降官之罰洊逮於微躬。戚實自貽，咎將〔一〕誰執？中謝。伏念臣器資至陋，風力不强。叨誤聖知，嘗服在邇僚之末；出吏郡寄，再臨於淮甸之區。不惟勞效之蔑聞，抑亦罪戾之多有。眷言畿内實宿重兵，廩給之資轉輸是賴。豈謂催科之甚拙，致滋常賦之乏供。自速曠瘝，莫逃竄殛。仰賴皇明之燭隱，正〔二〕從寬典以議刑。賜厚不資，恩深難報。

兹蓋伏遇皇帝陛下廓天地之量，推日月之明。念臣所部災傷，力或弗〔三〕逮；憐臣稟生艱蹇，理有可矜。未置嚴科，姑從輕比。臣敢不銘肌戴德，刻骨省愆？知無不爲，敢辭勞於事任。死而後已，當永誓於捐縻！

校勘記

〔一〕『將』，叢書本作『惟』。
〔二〕『正』，叢書本作『止』。
〔三〕『或弗』，叢書本作『有不』。

知舒州謝到任

解壽春之組，曾未浹旬；綰德慶之符，已臨近境。見吏民而問俗，諭條詔以宣恩。仰佩寵榮，惟增戰慄。中謝。

伏念臣稟資罔〔一〕陋，逢運休明；蚤誤聖知，濫塵法從。供内省文書之職，無補毫分〔二〕；參邇臣鵷鷺之聯，自慚蹇拙。昨一辭于天陛，凡〔三〕再總于麾州〔四〕。計勞無蟬翼之微，尸禄有鵜梁〔五〕之愧。中更憂患，已分羈窮。願安田里之居，遂畢桑榆之景。敢圖睿獎，洊及庸愚？淮、蔡承流，時偶遭于儉歲；濳、舒易地，身遂庇于樂邦。釋繫〔六〕重而稍寬，顧憂危而獲免。静言僥冒，彌切震驚。

茲蓋伏遇皇帝陛下德平施于萬方，仁不遺于一物。擇人而任，愛民如傷。謂臣久備使令，必知撫綏；察臣餘生孤尚〔七〕，曲賜獎知。就委明綸，俾移善郡。臣敢不劬勞任職〔八〕，夙夜奉公？首務勸農，期格〔九〕豐登之歲；庶幾底績，共臻晏粲之風。一德可酬，九殞奚恤！

校勘記

〔一〕『罔』，叢書本作『固』。

〔二〕叢書本『毫分』二字互乙。

〔三〕『凡』，叢書本作『幾』。
〔四〕『麾州』，叢書本作『州麾』。
〔五〕『鵜梁』，叢書本作『蝗稟』。
〔六〕『繫』，叢書本作『繁』。
〔七〕『尚』，叢書本作『迥』。
〔八〕『職』，叢書本作『事』。
〔九〕『格』，叢書本作『裕』。

啟

謝釋褐

黌舍養賢，叨塵上選；明庭賜第，得預丙科。獲寵若驚，撫躬增愧。竊以自三代教養之法廢，而兩漢薦舉之制興。時雖射策以決科，士蓋專門而受業。尊崇傳術，擯斥異端。沉酣六藝之文，網羅百家之説。于時則有晁、董、公孫之輩，歆、向、揚雄之流。率皆肆筆〔一〕而成書，亦或傳經而供事。僅尋遺緒，莫究大全。豈如盛治之朝，大闡聖經之學。斥蟲篆而屏聲律，先根底而後辭華。博選師儒，招徠俊乂。立三舍以示勸獎，訓五經以開蔽蒙。法度復新，風流大變。學者去積年之弊，儒生欣千載之逢。以談經者思游、夏之淵源，以從政者慕由、求之果藝。才率可用，孰有面牆之譏？名無苟傳，且異畫餅之誚。故凡科目之得士，宜皆俊偉之異人。

如某者，才無他長，少而自信。學以〔二〕窮理，人或愛其顓勤；文不適時，世多笑其迂闊。徒以升斗之養，出從衿佩之遊。來學累年，辭親百舍。將期文史之足用，敢意〔三〕功名之可圖？偶獲薦名，再叨升舍；己方自愧，人指爲能。蓋太羹以貴本不遺，而昌歜以偏嗜見取。物非有異，時適使然。再緣姻故之嫌，俄從別頭而試。悵失友朋之助，駭驚英俊之多。一一吹竽，宜〔四〕不容于濫進；人人抱璞，夫孰得而争先？何過聽之無從，忽殊等之下及。逮公車之召試，瞻黼座以對揚。務陳蹇諤之樸忠，肯效媕阿之曲學？已分甘于擯斥，乃誤辱於甄收。幸雖自天，恩實有地。

兹蓋伏遇某人學優聖域，道覺天民。推樂育之心以成人材，廣包荒之量以誘後進。暫分虎節，來鎮海邦；作新泮宫，大集儒士。至如庸妄之迹，尤荷品題之深。師席載敷，獲預摳衣之列；賢書上獻，更蒙勸駕之勤。凡兹毫髮之榮，舉出生成之賜。某敢不敬修士檢，祗服官箴。增益其所不能，日聞其所未至。上酬鈞造，少答己知。

校勘記

〔一〕『肆筆』，叢書本作『肄業』。

〔二〕「以」，叢書本作「乏」。
〔三〕「意」，叢書本作「冀」。
〔四〕「宜」，叢書本作「自」。

謝薦舉

伏蒙某官奏〔一〕舉，堪充陞擢内外學官任使者。效官賤局，曾蔑異聞；薦士公朝，誤叨名舉。退揆妄庸〔二〕之跡，不緣左右之容。顧念甚慚，願言何報？竊以去就之義實儒者之難能，刺〔三〕舉之公蓋古人之深慎〔四〕。自開請託之路，遂成奔競之風。下焉者唯利是圖，故尚馳騖而賤名節；上焉者觀時所向，故先勢要而後人材。既取捨之趨乖，則公正之途塞。道衰久矣，孰使起之？向非挺然自拔于流俗之中，何以〔五〕卓爾遠到于賢者之地？

如某者，草茅弱植，江海孤生；志不逮人，學方〔六〕爲己。徒以偏親之致養，未甘問舍求田；偶〔七〕緣斗粟以服勤，切〔八〕比抱關擊柝。念繼〔九〕英游之舊躅，慚非脱穎之長才。經術既以闊疏，更因奔走而頓廢。吏事又非諳習，惟虞譴責之難逃。未嘗敢祈人之知，姑以安所得之分。豈期特達之舉，驟及庸常之流？

兹蓋服遇某人德無不容，仁以爲任。曲收寒素，覬懲貪競之源；褒進懦庸，因激廉退之士。顧非所稱，奚取于斯？某敢不益勵操修，愈敦名檢。守君子難進之節，鑒鄙夫患得之心！雖米鹽盜賊之間，固不辭〔一〇〕于盡力。而塵埃棰楚之地，豈無幸于脱身？庶少免于過愆，以上報于知遇！

校勘記

〔一〕『奏』，叢書本作『薦』。
〔二〕叢書本『妄庸』二字互乙。
〔三〕『刺』，叢書本作『制』。
〔四〕『慎』，叢書本作『懼』。
〔五〕『以』，叢書本作『能』。
〔六〕『方』，叢書本作『力』。
〔七〕『偶』，叢書本作『偏』。
〔八〕『切』，叢書本作『竊』。
〔九〕『繼』，叢書本作『兹』。
〔一〇〕『辭』，叢書本作『難』。

謝薦舉

效職尉曹，蔑聞善狀；論材學省，繆辱褒辭。被寵若驚，循涯知愧。

竊以國家自崇庠序之教，尤重師儒之官。首善辟雍，化流泮水。繫風俗之厚薄，爲人才之盛衰。苟得其人，所補甚大：内則倚近輔以選擢，外則委監司以簡求。自〔一〕非學博而經明，志修而行潔，則何以上膺薦拔，仰副詳延？

如某者，江海孤生，草茅弱植。學迂闊而無用，性顓愚而不移。鼓篋橋門，濫預諸生之後；彯纓仕路，敢辭薄宦之卑！徒以志氣困于米鹽，日月〔二〕廢于犇走。舊學將失，故步已非。拄頰悵然，空想山林之至樂；折腰儻爾，敢期英俊之並遊！夫何僥倖之多，竊辱高明之舉。

此蓋伏遇某人栽培善類，推轂寒塗。務長育于人材，不遺忘于微賤。曲憐晚學，已屢試于有司；特借重言，俾獲遊于鄉校。某謹當益堅其操，勉副所知。寒谷能生，實假吹噓之力；頑金可貴，敢忘陶冶之恩！

校勘記

〔一〕「自」，叢書本作「是」。

〔二〕「月」，叢書本作「用」。

上中丞

伏審恭承明命，入總中臺，縉紳聳觀，寰宇交慶，伏惟慰抃。

竊以風憲之職，紀綱所憑，非至公不足以彈壓百僚，非至正不足以糾察羣慝。惟鯁直端方之士，居準繩耳目之司。聞望既隆，中外自服。

恭惟某人受天間氣，爲世正人。智識合乎蓍龜，純誠貫乎金石；經綸有儒者之效，質直多古人之風。不吐剛而茹柔，好面折而庭諍。頃居言路，實〔一〕撓貴權；比登從班，藹有聲譽。果被至神之眷，進陞獨坐之榮。方今道協正中，時屬開泰。第虞黨與之迭進，或憂邪正之雜居。盡言以退小人，竭力以進君子。舉世所望，非公而誰？

自温詔之外頒，已羣心之悚聽。行見上〔二〕威之隆盛，刑賞信而忠佞分。佇觀國體之丕平，法度明而政事舉。爲生民甚盛之福，求〔三〕宗社無窮之基。某限守詔條，阻趨門廡，踴躍之至，倍百等倫。

校勘記

〔一〕『實』，叢書本作『頗』。

〔二〕『上』，叢書本作『主』。

〔三〕『求』，叢書本作『永』。

賀温守蘇起再任

伏審光膺涣渥，載總藩條；帝命惟新，海邦何幸！

恭惟某人風度凝遠，宇量閎深〔一〕。擢秀名家，素著材猷之美；飄纓膴仕，夙馳譽望之隆。自榮領于漕權〔二〕，已簡知于宸扆。傾東南之寇虐，軫宵旰之顧〔三〕憂。爰擇循良，以綏雕瘵。克副岩廊之選，孰逾賢牧之才？鈴閣雍容，下觀而化；民〔四〕財豐衍，歲〔五〕再有秋。四郊絶愁歎之聲，千里騰襦褲之詠。朞年報政，棠陰才成；部使論材，鶚書交上。趣召將聞于黄霸，借留俄許于寇恂。方承〔六〕命之遠傳，翕羣情而胥抃。

某州麾承乏，歲籥俄遷。夢繞松楸，望白雲之時起；興濃蓴膾，幸西風之已生。行覿履絇，喜摇〔七〕心旆。

校勘記

〔一〕『宇量閎深』，叢書本作『氣量宏深』。
〔二〕『漕權』，叢書本作『榷漕』。
〔三〕『顧』，叢書本作『殷』。
〔四〕『民』，叢書本作『歲』。
〔五〕『歲』，叢書本作『民』。
〔六〕『承』，叢書本作『成』。
〔七〕『摇』，叢書本作『溢』。

卷四

策問

一

韓愈讀孟軻書然後知孔子之道尊，聖人之道易行也。今七篇俱存，學者服膺而讀之。孔子之道何如其尊乎？聖人之道何如其易行乎？學者同是堯舜，同尊孔孟，雖五尺之童知之也。宰我曰：『夫子賢于堯舜遠矣。』堯舜，聖之盛者也，孔子果賢乎？或曰：『門人之私言也。』以爲私言，孟子何取焉？孟子曰：『伯夷、伊尹、柳下惠皆古聖人也。』乃所願則學孔子。孔子與三子者班乎？孟子獨學孔子何也？

學者，學爲聖賢者也。不知所以爲聖賢而學也，寧不謬用其心乎？願聞其說。

二

聖賢難知久矣，自非聖人，不能深考而詳辨之。

子貢方人子，曰：『夫我則不暇孔子，非不能也，蓋難之也。』昔孔子稱堯之文章，舜之無爲，禹之無間，然皆不言其聖；太伯之德，文王之文，周公之才，伯夷、叔齊、柳下惠之賢咸有稱述而各不同。孟子稱『伯夷、叔齊、柳下惠皆古聖人也』，稱孔子則信宰予之言，以爲『賢于堯舜』，稱禹、稷、顔回則曰『同道』。孔孟所稱其有異同否？西漢揚雄議論不詭于聖人，而〔一〕漢之將相咸述品藻；東漢班固博極羣書，至論古今人，則别爲九等。二子去取，與孔孟異乎否也？

諸君學古久矣，試考聖人之所以推稱，二子之所以優劣者如何〔二〕？

校勘記

〔一〕『而』，叢書本作『于』，義較善。

〔二〕叢書本『如何』二字互乙。

三

天下未嘗無材也，作而成之，材不可勝用〔一〕矣。周之盛時，求賢用士處之以宜，文武政事之材出焉。《詩》曰：『濟濟多士，文王以寧。』此其效也。天縱上聖，聰明日躋，勵精圖治，求賢如不及。比詔大臣博訪人才，因〔二〕事審用。處文學之士于儒館，置幹敏之士于寺監，求心計之才于漕臺，養智勇之人于將帥，可謂得養士用人之道矣。

然承平日久，四方之士雲蒸而雨至。榮路既廣，競進者衆，賢否未明，真僞難別，論辨之必有其方也。或沉于下僚，或隱于遐遠，無以汲引之，卒困于無聞，薦延之必有其道也。人材不同，遇事乃見。概求其全，則賢或有遺；拘以常格，則用或不盡，獎勵之必有其術〔三〕。廊廟議之〔四〕熟矣，諸君平居討論〔五〕亦及此乎？願聞其說。

校勘記

〔一〕『用』，叢書本作『數』。

〔二〕『因』，叢書本作『應』。

〔三〕叢書本『術』下有『也』字。

〔四〕叢書本『議之』二字互乙。

〔五〕『平居討論』，叢書本作『平日討論者』。

四

綱紀法度，所以維持防範，不可一日廢也。主上大智，深明厥理，旋乾轉坤，闔闢萬化；緝熙既已大備，告播罔不是乎。猶以爲未也，親灑宸翰，申戒有〔一〕官，持循兢兢，形于詔令，豈不以今日先務有在是乎！乃者協賞罰，明法令，嚴分守，因官以察治，因事以訓飭，異論者息，貪鄙者化，侵紊銜革〔二〕者不得作，可謂得持守之道矣。于斯時也，是宜丕應徯志，同寅協恭，率職趨事，以躋極治。然而侵〔三〕令玩法，狃于故習以干有司者尚時有之，其故何哉？今欲内外小大之臣，四方萬里之遠，皆能體上之德，恪遵成憲，謹守常彝。毋紛更是圖，毋苟玩是習。不待勸沮，咸迪有功。法令憲章永永無獘，其尚何術以臻此歟！

諸君被教養、懷經術、習治體久矣，願詳陳之，將以其説獻焉。

校勘記

〔一〕『有』，叢書本作『百』。

〔二〕『銜革』，叢書本作『銜華』。

〔三〕『侵』，叢書本作『慢』。

記

望思亭記

某生十有九年，先人奄棄。諸孤業守緒餘，能自樹立，雖不辱其身〔一〕，每念不及一日之養，未嘗不追痛殞絶也。

及濫吹于朝，偏親垂白，既懼且喜。方以出入言路，奉職唯謹，而又不及朝夕之養。亟欲請外以伸烏鳥之情，天降酷罰，夫人即世。某銜哀茹荼，扶杖護送歸〔二〕以終窀事，實荆溪余奥山之原，去先人之兆一里而近，從先志也。夫合葬雖後世所尚，然謂之古則不可，故後世有不合葬者，世或未之罪也。先人葬方潭山丙地，山〔三〕小而狹，舊不爲壙，今將窀而合之，或撓動其神靈，毁傷其林木，于小子安乎？

余奥距方潭山矗矗相望也，廬居于山之下，作亭于巔，名之曰『望思』。左乎高祖之所葬也，右乎先兄之所葬也。登斯亭也，若祖，若父，顧盼之間靡不畢見。既而望〔四〕而悲，悲而思，愀然省厥躬其不忝前人乎？則廬居之間不待訓諭告戒與夫座右之銘矣。矧予憂患之久，重以頑暗，若不惕厲，何以奉承大訓？《經》曰：『無念爾祖，聿修厥德。』又曰：『夙興夜寐，無忝所生。』嗚呼，小子可不念哉，可不念哉！

亭去夫人墓五十二步，建于既葬之年，五月二十三日記。

校勘記

〔一〕『身』，叢書本作『先』。

〔二〕『扶杖護送歸』，叢書本作『扶護遠歸』。

〔三〕『山』，叢書本作『地』。

〔四〕叢書本『望』下有『望』字。

書方潭移溪事

余遊方潭，昔日力不繼，每至輒去。戊戌冬至後三日宿寺中，步自橋而北，觀新築堤岸與浴堂後基址，累石捍溪，堅緻逾十數丈，用工不數十人。慨然歎曰：『圓净師以修造作〔一〕佛事，人所不及。鑿引水渠〔二〕，田疇加闢，回溪易流，基址增廣。他日方潭僧益衆，屋宇益廣，供膳〔三〕益給，誰之力歟？先長史締創于前，圓净師復培緝〔四〕于後，實無窮之利，後人可不知所自乎！』故書以遺其徒，使刊諸石。

政和戊戌十二月初六日。

校勘記

〔一〕叢書本無『作』字。

〔二〕『鑿引水渠』，叢書本作『引水作渠』。

〔三〕『膳』，叢書本作『贍』。

〔四〕『緝』，叢書本作『葺』。

墓　銘

從弟元素墓銘

元素，予叔父第二子也。宣和癸卯以鄉薦赴試禮部，甲辰三月不幸卒于京師。建炎改元十二月庚申葬于其縣仙桂鄉方潭院之西，從兄徽猷閣待制某臨送山原，爲之銘曰：

吾兄元承，有弟元素。安禮其名，宣義其父。兄官河東，元素實從。左右是依，問學從容。羣書博觀，繼以編纂。口誦心記，浹洽貫穿。覃思既精，吐爲華英〔一〕。爰列薦書，士友以傾。宣和辛丑，睦寇嘯聚。浸淫鄉邦，官吏恐懼。劉公士英，糾合義兵。除器峙糧，分部扞城。元素忠勇，長揖守帥。贊以方略，佐其大計。羣盜果至，城堅叵當。林松伯高，記之甚詳。元素倜儻，篤于風義。赴人急難，不顧其己。惟鮑商霖，病于京師。詗候闃然，獨往視之。歸得寒疾〔二〕，遂不可治。嗚呼哀哉！鄉喪善士，家失令子。人之云亡，邦國殄瘁。我在壽陽，聞訃震驚。使加數年，學就業成。升于王朝，爲國俊英。今也已矣，言之涕零。荆溪方潭，山水奇秀。爾父伯叔，環葬前後。元素從之，實志之舊。建炎改元，歲在丁未。維丑之月，窀穸是事。早婚于吴，中道不偶。以仲氏子，昭孫爲後。享年幾何？三十有七〔三〕。白首偏親，追念曷畢！仲氏孝友，厚送其終。拊親〔四〕幼孤，實與己同。我作銘詩，以閟其藏。於乎萬年，泉室有光。

校勘記

〔一〕叢書本『華英』二字互乙。

〔二〕『疾』，叢書本作『病』。

〔三〕『七』，叢書本作『一』。

〔四〕『親』，叢書本作『視』。

頌

頌堯

在昔明聖，曰堯舜氏。黄屋非心，唯天我視。堯有天下，不私其己。舉以授舜，猶棄敝屣。天下四海，不頌其美！舜以禪禹，禹以命子。傳夏之曆，八百其祀。天下四海，不訾其鄙！堯、禹異趣，其歸一揆。道德之公，精神之至。維時淳厚〔一〕，異議不起。後世囂薄，紛紜披靡。簞食豆羹，與者見色，得者私喜，而況舉國推以予人，天下不駭〔二〕者寡。國不明智，士不養氣。上下一律，惟己自利。大道之公，淪没垂〔三〕地。嗚呼，巍巍大哉！唐虞氏之風，實聖賢之高軌。

校勘記

〔一〕『厚』，叢書本作『深』。
〔二〕叢書本『駭』下有『訾議』二字。
〔三〕『垂』，叢書本作『天』。

銘

誠齋銘

先妣傾喪，築室墓下，榜曰『誠齋』，作《誠齋銘》。

彼荒者廬，予昔所茇。僅蔽風雨，苟完歲月。唯誠則存，不誠無物。勉哉厥修，没齒勿〔一〕輟。

校勘記

〔一〕『勿』，叢書本作『不』。

二齋銘

予罷官東陽，築室城南，作耘齋、溉堂以爲燕居之所，因作二銘以自警。

耘齋

地不在廣，方寸實同。惟情爲田，耕穫乃功。昔爲校官〔一〕，耘人之苗。今也退休，自耘其疇。田耘伊何？芟夷蘊崇。稂莠不生，嘉穀乃豐。固我靈根，存我夜氣。太和保合，蒸爲美瑞。不然戕賊，荆棘之地。非天爾殊，爾則自棄。銘于〔二〕座隅，庶免蹈之〔三〕。弗克念兹，小人之歸。

漑堂

凡物之生，雨露是資。彼生者天，人則相之。曰歲大旱，一漑何益？漑而不輟，豈不爲力！後枯之理，夙夜斯得。伊予早衰，外嗇中乾。豈無靈液，自涸其源。至〔四〕人葆真，吐納爲最。譬如植物，雨則茂遂。亦曰天醴，飲其醇和。暢乎四肢，惟〔五〕顔之酡。我銘斯堂，訂予〔六〕之迷。欲成厥功，戒之在虧。

校勘記

〔一〕『昔爲校官』，叢書本作『昔者效官』。

〔二〕『于』，叢書本作『之』。

〔三〕『庶免蹈之』，叢書本作『免蹈之戾』。
〔四〕『至』，叢書本作『哲』。
〔五〕『惟』，叢書本作『靡』。
〔六〕『予』，叢書本作『于』。

偈

山中四偈

予盧居山中期年，鄰之父老遺以花卉藥果，雜植亭之左右以備采掇服食，幸不滅性，作《山中四偈》。

花　蹊

彼芳者華，乘時敷榮。革〔一〕其焦枯，爰變丹青。畹蘭之秀，嶺梅之英。雜植旁羅，别狀異名。孰使然哉〔二〕？自色自形。理可以燭，學可以明。桃李不言，蹊徑自成。

竹　徑

緑竹猗猗〔三〕，如璧如玉。如衛武公，在彼淇澳。其勁〔四〕挺挺，其高矗矗。剛〔五〕不可折，榮不可辱。虛不可實，直不可曲。夏不受暑，冬不變緑。蕭蕭其陰，清爽絶俗。今雖未多，來者可續。鞭萌繁滋〔六〕，渭川在目。

藥　圃

彼藥多品，州土各異。甘苦既殊，莖葉或類。桐君所編，神農所記。謾〔七〕不可考，真僞孰是？維此遐邑，地偏多厲。服食所資，自遠而至。厥壤攸出，封殖宜悶。英華紛敷，根實茂遂。採擷必親，杵臼爰備。攻疾蠲痾，惟勤服餌。欲見奇功，驗所嘗試。

蔬　畦

彼嘉者蔬，于山之下。棊布可觀，區分如畫。引溜灌溉，不捨晝夜。擢本後先，更王迭霸。紫芥耐冬，白菘〔八〕宜夏。其甘逾瓠，其美勝蔗。予方蔬食，每掇盈把。烹肥擊鮮，夫我不暇。抱甕灌畦，率先園者。

校勘記

〔一〕『革』，叢書本作『草』。

〔二〕『哉』，叢書本作『者』。

〔三〕『猗猗』，叢書本作『漪漪』。
〔四〕『勁』，叢書本作『力』。
〔五〕『剛』，叢書本作『高』。
〔六〕『鞭萌繁滋』，叢書本作『舒鞭萌滋』。
〔七〕『謾』，叢書本作『漫』。
〔八〕『菘』，叢書本作『松』。

祝文

登州告先聖

朝廷方興崇學校，郡縣内外，奉王之制，罔敢不肅。維兹殿宇，閲歲之〔一〕久，塗塈頽落，廟貌不嚴，不足以妥〔二〕神之靈。今〔三〕涓日之良，易桷與瓦，徹而新之，以稱明天子〔四〕所以欽祀〔五〕之意。惟王其鑒！

校勘記

〔一〕『之』，叢書本作『既』。
〔二〕『妥』，叢書本作『安』。

〔三〕叢書本無『今』字。
〔四〕叢書本『子』下有『令』字。
〔五〕『祀』，叢書本作『祝』。

壽州謁先聖

某以諸生擢由學校，今被命于朝，來守兹土。學道愛人，敢忘吾先〔一〕聖之訓？涖事之始，不敢不告。

校勘記

〔一〕叢書本無『先』字。

諸　廟

維神以休烈廟食兹土，雨暘時若，民受其賜蓋亦久矣。某被命出守，爰初視事，賴神之休，自今其始。惟神監之，敢忘昭告！

天齊廟

維神以靈惠垂庇一方，民所瞻仰其亦久矣。某被命守土，爰初視事，賴神之庥，自今其始。

惟神鑒之，敢忘昭告！

社稷

維神以休烈垂祐下民，生殖之功，萬世永賴。某被命守土，涖事之始，率諸〔一〕常事，敢不祗謁！

校勘記

〔一〕『諸』，叢書本作『兹』。

祈晴

耕〔一〕耨既修，方冀來年〔二〕之瑞；霖淫繼作，不無水潦之憂。輒控微誠，仰祈明貺。伏願上靈降鑒，休證來臻。消陰沴而應時，赫陽光〔三〕而普照。豐年可望，庶類均歡。

校勘記

〔一〕『耕』，叢書本作『厥』。

〔二〕『年』，叢書本作『牟』。

〔三〕『赫陽光』，叢書本作『布赫陽』。

淮源王

某被命出守，爰初視事。問民疾苦，皆以爲瀕淮之民恃麥以生，去歲麥幾成而水害之，今麥欲秀而雨不已。吏民惶懼，不知所爲，其何以供税賦、奉神明之祀乎？惟神實庇一方，民所依賴。刺史失職，當被譴責。彼民何辜，神獨不憫焉？躬率羣僚，奔走祠下，惟神鑒之！

祭　文

祭范忠宣公

嗚呼公乎！惟公烈考，慶曆名臣，歿十餘年，公名復振。治平之初，召爲御史。惟帝曰吁，文正有子。爰及熙寧，進公諫垣。公曰用我，知無不言。先天下憂，後天下樂。公惟似之，不叛其學。二聖臨御，圖任老成。公歸西極，四方枚寧。帝曰汝賢，引登輔弼。公不苟安，逾歲而出。公之出處，爲時升降〔一〕，去國五年，帝復用公。公初在朝，非堯不陳。于蕃于宣，一于愛君。紹聖初政，出居宛邱。抗章極言，朋黨是憂。惟時謗誣，仇怨畢斥。諸公南行，恩典廢格。公曰不可，貽國後患，宜因赦原，聽其自便。公言一出，人爲公危。公則泰然，言非我私。今上嗣位，明燭萬國。惟公皤然，起自謫籍。上趣入覲，曰留相予。公以疾辭，其來徐徐。公休于家，問勞洊至。冀公少康，以佐天子。

天不憖遺，公訃遽聞。縉紳咨嗟，故老涕䨏〔二〕。嗚呼公乎！仁祖及今，五聖百年，惟公世家，以忠義傳。父子兄弟，一門俱賢。危言正論，讀者〔三〕潸然。臨殁之章，一何切焉！

某戇愚不敏，舊辱公知，提攜振拔，俾聞于時。今公云亡，欲報曷追？西望輀車，紼紖莫持。寓辭千里，侑此一卮！

校勘記

〔一〕『升降』，叢書本作『汙隆』。

〔二〕『䨏』，叢書本作『零』。

〔三〕『者』，叢書本作『書』。

祭黄右丞

惟公懿學美材，蔚于時望；嘉言讜論，簡在三朝。裕陵超置于憲司，哲廟擢登于政府。歷時既久，經德不回。肆真人之作興，越多士而進用。未逾歲月，乃以疾聞，力請宫祠，旋歸故里。章所上〔一〕者六七，詔趣召者再三。雅意本朝，老而彌篤；乃心王室，殁且不忘。

夫何驅馳才及于近郊，而奄忽俄臻于大故？僚寀興云亡之歎，淵衷軫不憖之悲。

某久辱誤知，適當言路；趨風方邇，去德猶新。豈知歲月之間，遂作九原之隔？聊陳薄奠，詎盡誠悲！

校勘記

〔一〕『所上』，叢書本作『祈去』。

祭丁包蒙

惟靈稟天資之異常，企〔一〕前修而爲志。潔操履之無玷，坦襟懷而樂易。自郡計之五上，信行能之已試。視科第以俯拾，偶澤宮之未利。方援此以有請，遽〔二〕被誣而下吏。念横逆之來集，誠古今之異事。嗟造物之頓挫，實伊人之私意。罄多士以懷怨，豈予親之獨議。

自去歲之東下，欲投觚而操耜。期閉户以自樂，俄執經之如市。悵講席之未暖，歎沉痾之驟至。攬遺墨以尚濕，驚名旌之已植〔三〕。嗚呼哀哉！

昔先子之捐館，惟一女之醇懿，擇良配以付託，實伊予之兄弟。念久之而未獲，既得公而極慰。匪富貴以皇恤，期偕老以卒歲。何中路之蹉跌，忽如川而先逝？

兹孤幼以滿堂，藐餘生之誰寄！將修短之前定，非人謀之能致。嗟彼蒼之謂何？痛斯人之殄瘁。閟聲容之杳然，願再瞻而莫遂。陳薄奠以叙哀，神來舉兮斯觶！

校勘記

〔一〕『企』，叢書本作『念』。

〔二〕『遽』，叢書本作『逮』。

〔三〕『植』，叢書本作『值』。

祭亡兄左史

惟我與兄，總角相從。後來出處，未嘗不同。鼓篋帝京，跨嶺涉江。留滯齏鹽，燈夜雨窗〔一〕。間關百試，志莫肯降。獲聯優最，奏對宸楓。載念西游，擔簦于洛。依歸夫子，覃思力學。格物致知，會方守約。惟兄蚤達，立有所卓。視彼衆人，允〔二〕矣先覺。不鄙疏庸，提誨磨琢。濫吹同升，得官于朝。西掖瑣闈，揣分實叨。兄由烏府，記言螭坳。人謂子〔三〕榮，予憂方膠。蓋予二人，憒邪疾饕。羣陰以目，其能一朝！予丐補外，領郡壽春。兄守鄱陽，抗章力陳。再易于宣，篤勤爲民。天災流行，夜寐不伸。救潦旁午，活此州人。兄俄奄逝，嫂亦殞身。夭禍盈門，天何不仁！萬口盡傷〔四〕，當路以聞。淵衷軫悼，褒典疏恩。嗚呼哀哉！

追念疇昔，恍如一日。或升或沈，靡曾棄失。今乃獨先，顧影孰匹？雙旌翩翩，飄風瑟瑟。予繫州組，追送不克。天實臨之，監此悃愊。薄奠道周，老淚泉激！

校勘記

〔一〕『窗』，叢書本作『床』。

〔二〕『允』，叢書本作『久』。

〔三〕『子』，叢書本作『予』。

〔四〕『傷』，叢書本作『痛』。

祭張宗博

惟兄沈識偉器，見于夙成。蚤擅辭華〔一〕，領袖後生。旋宰劇邑，治煩有聲。受佐大府，揭來帝京。親賢宗藩，公談〔二〕是程。優游静退，利徑靡争。有識咨嗟，躁進革情。謂公見知，臺省飛纓。云胡不淑？禍患相攖〔三〕。綿延累載，竟殞厥靈。嗚呼哀哉！

如何〔四〕不肖，舊辱公知。館我甥室，時方布衣。提攜剪拂，繆列〔五〕金閨。非公之賜，何以至斯？昔公罹艱，遠歸海涯。我亦去國，假守淮西。相〔六〕望天末，江湖渺瀰。孰謂數月，公訃遽來！聞問驚怛，肝膽沸糜。罷斥來歸，公喪在堂。入門望帷，涕泗已滂。嗚呼哀哉！

謂才必達，公乃困阨。謂仁者壽，公壽不多。悠悠蒼天，曰如之何！公有令子，克紹厥緒。公今云亡，豈復兹慮。惟我鈍頑，凜凜危懼。厚德不報，尚期末路。敢以菲薄，恭薦情素。冀公不昧，歆此奠俎！

校勘記

〔一〕『辭華』，叢書本作『詞場』。

〔二〕『談』，叢書本作『族』。

〔三〕『攖』，叢書本作『繩』。

〔四〕『如何』，叢書本作『某也』。

〔五〕『列』，叢書本作『到』。

〔六〕『相』，叢書本作『想』。

祭張宗博夫人

夫人生長于永嘉，而卒葬陶山，蓋從其先舅姑之兆域，亦其平日志意之所安者也。禮：婦人不及事舅姑謂之『不幸』，今也生則逮事，死焉從之，嗚呼，夫人可以無憾！

靈輿啟行，徑趨殯所，日月不遠，以待大葬。道路觀瞻，罔不嗟歎，矧乎至親，悲痛何極！聊陳薄奠，詎盡哀誠。

代祖母祭八叔

惟我長史，兄弟三人。叔氏之後，唯汝獨存。汝於諸房，既長且賢。顧我獨〔一〕存，情均至親。歲時問勞，有味其言。豈無他人？莫如汝勤。

嗚呼吾宗！緊汝克敦，唇齒相依，枝葉附根。吾老已衰，爾才六旬。冀汝康寧，以庇弟昆。如何不淑，乃棄而先？

吾孫罹憂，自京而旋。汝犯霜雪，迓于江壖。得疾而歸，謂宜少痊。曾不浹旬，遽隔九泉。命也天只，莫知其原！寓哀以辭，薦此芳尊！

校勘記

〔一〕『獨』，叢書本作『猶』。

祭十七嫂方氏

嗚呼！先兄之亡，十有九年。惟我令嫂，送往事存。鞠育二〔二〕子，逭〔三〕其諸孫。至于有成，實艱且勤。

念昔宦〔三〕學，兄當我門。道路裹糧，悉出厚恩。嫂實相之，絕口不言。我婦來歸，教誨周旋。雖曰娣姒，如弟妹焉。究觀施爲，豈不曰賢！云胡南來，避地秦川。不幸得疾，藥石弗痊。神識奄忽，遂歸九泉。嗚呼哀哉！

生死修短，厥數在天。雖云異鄉，如鄰邑然。魂魄流行，往還〔四〕不難。旋館于兹，神其少安。音容永違〔五〕，日改月遷。一奠靈帷，摧胸裂肝！

校勘記

〔一〕『二』，叢書本作『三』。

〔二〕『迨』，叢書本作『逮』。

〔三〕『宦』，叢書本作『官』。

〔四〕『還』，叢書本作『歸』。

〔五〕『違』，叢書本作『遠』。

祭十八嫂朱氏

嗚呼！爲士去其鄉而遊學四方，非得兄弟經其家，豈無養親之憂？有〔一〕兄弟者又必得夫人〔二〕之賢，助其内治，然後兄弟得盡其愛。某愚不肖，初離鄉井，兼有此二者。今也不幸，學未得伸其志，而夫人棄去以失吾賢兄之助，其爲傷痛〔三〕，抑可知已〔四〕！敬陳薄奠，伏惟尚饗！

校勘記

〔一〕『有』，叢書本作『爲』。

〔二〕『夫人』，叢書本作『相夫子』。

〔三〕叢書本『傷痛』二字互乙。

〔四〕『已』，叢書本作『也』。

正議贈朝議大夫燎黄

某愚不肖，年未及冠，遭罹孤苦，賴先人積善之慶不殞其躬。竊食于朝，天子哀其禄不及養，每遇大禮疏恩仕籍，輒下告第之制，加褒贈之寵，所以推恩廣惠以爲臣子之勸也。政和丙申冬祀圜壇則有朝請郎之命，政和丁酉大饗合宫時則有朝散大夫之命，至政和戊戌誕受〔一〕九寶則有朝議大夫之命。凡三歲于兹，疊被寵渥，朝廷之意〔二〕厚矣。惟靈上體至意，受此顯命以庇我後人。某亦敢不夙夜自竭，圖報萬一，以永我先人休德！

校勘記

〔一〕『受』，叢書本作『膺』。

〔二〕『意』，叢書本作『恩』。

謁先祖長史墓

賴皇祖之大庇，竊禄京師，迨今七年。比遭酷罰，扶護還舍。未即殞滅，敢忘展省？惟靈其享之！

謁先考正議墓

賴祖考庥庇，竊禄京師，違遠松楸，迨今七年。天禍我家，先妣傾喪，日月不居，奄經〔一〕卒哭，號天叩地，哀痛罔極！苟延殘息，扶護歸葬，未即死滅，不敢不祗見墓下。嗚呼哀哉！

校勘記

〔一〕『經』，叢書本作『今』。

謁十四叔墓

某自幼時蒙叔父教誨，爰以誤恩，竊官于朝，德厚賜深，未知報稱。違去五載，叔父不幸捐館，某貪戀榮寵，不克謁告以歸。今以禍罰還家，叔父之葬已更歲。籲其爲悲痛，尚復何言！薄奠薦誠，有淚如雨。嗚呼哀哉！

謁十七兄墓

自昔兄長〔一〕既克大葬，某逾月即爲蓬萊之行，違去松楸，經及七載。竊官于朝，濫綴班列，兄賜實多。久欲歸省墳園，志願未遂。今天降禍，先妣喪亡，日月不居，奄經時序，號天叩地，哀痛何極〔二〕！苟延殘生以畢大事，未即死滅，不敢不展謁墓下。嗚呼哀哉！

校勘記

〔一〕『長』，叢書本作『喪』。
〔二〕『極』，叢書本作『已』。

卷五

經義

以肺石達窮民

天下之禍本于下情之不通，而王政之施常患幽隱之不達。古之所謂至治者無他焉，爲人上者惻怛之誠及于無告，而無告之民皆得洞見肺腑而無疑。夫使四海之内皆無隱衷而無有不告者，亦可以見先王仁政之周也。故曰：以肺石達窮民。

蓋一人之身，思慮隱于無形[一]而肺腑無[二]得見于外者也。思慮鬱于内，則其情不得通；肺腑洞于外，則其情無不達。窮民，天下之無告者也，可謂下情之難達者矣。今也立之肺石以求[三]其辭，先王豈以是肺石干譽于百姓也[四]？其意有在矣。

昔堯之有天下也，不虐無告，不廢困窮，夫困窮無告之民，堯皆勿[五]虐而弗廢之，故舜之紹述也，是以發政而不窮其民焉。然舜亦豈俾斯民之不窮哉！要使窮者各得其所，是乃所以不窮之也。文王號一代發政施仁之令[六]主，而文王亦不能使夫鰥者之有婦，寡者之有夫，孤者之有父，獨者之有子也。仁政發〔七〕而四者皆優游以卒歲，此文王〔八〕所以無愧于堯舜也。方成王之有天下，周公爲之左，召公爲之右，所以佑翼〔九〕其君者，思欲無歉于堯舜，無忝于乃祖，則肺石之設豈可一日廢哉！

蓋嘗謂有天下者，猶之一身一家也。癢痾疾痛之切其身者〔一〇〕，愛其身者必求所以救之、療之；一人向隅而不懌，愛其家者必求所以悦之、懌之；仁人之于天下，視民之無告者必求所以撫之、綏之。且常人之情，厄窮則呼天，疾痛則呼父母。君之于民，覆之如天，愛之如父母，使無辜者則必聞而訴之者必見恤，四海之内無隱不達，則聖人仁民之心于此〔一一〕固已盡矣。

雖然，仁義不施，則韶濩之樂不足以格天，忠信不立，則鄉射之禮不足以措刑，政事不修，則雖有肺石不能致海内之無窮民。政事者，其本也；肺石者，其末也。不揣其本〔一二〕而齊其末，則心雖〔一三〕日勞而實不應有天下者；執其本以修之，則無窮民之〔一四〕弗達也。雖然，本既立矣，而末亦烏可廢哉！

校勘記

〔一〕「形」，叢書本作「窮」。

〔二〕「無」，叢書本作「不」。

〔三〕「求」，叢書本作「來」。

〔四〕叢書本『也』下有『要』字。

〔五〕『勿』，叢書本作『弗』。

〔六〕『令』，叢書本作『聖』。

〔七〕『發』，叢書本作『施』。

〔八〕叢書本『王』下有『之』字。

〔九〕『翼』，叢書本作『啟』。

〔一〇〕叢書本無『者』字。

〔一一〕叢書本『此』下有『見矣』二字，孫衣言認爲『見矣』是衍字。

〔一二〕叢書本『本』下有『以修之，則無窮之民弗達也，雖然』十三字。

〔一三〕叢書本無『雖』字。

〔一四〕『無窮民之』，叢書本作『無窮之民無』。

以其餘爲羨

經略之內，孰非王土？食土之毛，孰非王民？六尺以上，其賤者皆可籍而任；數口之家，其壯者皆可致而使。然先王雖有廣土，其制比伍則內不過六鄉；雖有衆民〔一〕，其起徒役則家不過一人。故家有羨卒，人有餘力。

蓋師旅者，先王所以平禍亂不可去也；力政者，先王所以治城郭宮室不可弛也。然驅民以死地莫大于師旅，使民以窮〔二〕苦莫甚于力政，民之所不欲在斯二者，又何可家起二人以重困之乎！何則？人情莫不欲安佚也，而上勞之如此，則亦必節其力而不敢盡焉。

夫民之生，自幼至老，大節有三：幼之時，血氣未定；老之時，血氣即〔三〕衰；乃若旅力方剛而氣幹未衰者，少壯之時而已。是故一家之中，其可任者寡，其不可任者多，老幼者常〔四〕七之四，而少壯者當〔五〕居五之二。此上地七人、中地六人、下地五人之家而〔六〕以或家一人、或家二人、或二家五人爲可任者也。

冒矢石擊刺攻伐于行伍之中，而事父母養老疾于家者，其事不闕也，有其餘以爲羡故也。荷畚挶〔七〕度築削于鼛鼓之間，而稼穡植藝戴茅蒲被襏襫于田野者，其職不廢也，有其餘以爲羡故也。夫然〔八〕，故從事于師旅者蹈死〔九〕斷首而不辭，摧〔一〇〕鋒争先而不避也；從事于力政者子來〔一一〕而不待率鼓之而不能勝也。

昔者公劉居豳，土地未闢，人民未阜，而羡卒有闕也。故其《詩》曰『其軍三單』，是非有異乎？周之治官〔一二〕也，時焉而已。及宣王命方叔率南征之師而有其車三千之多，是非空六鄉之地而起之也，諸侯以師會焉故也。而老儒以爲羡卒盡起〔一三〕，是烏識先王『以其餘爲羡』之法？

校勘記

〔一〕『衆民』，叢書本作『餘衆』。

〔二〕『窮』，叢書本作『勞』。

〔三〕『即』，叢書本作『既』。

〔四〕叢書本『常』下有『居』字。

〔五〕『當』，叢書本作『常』。

〔六〕『而』，叢書本作『所』。

〔七〕『挏』，叢書本作『插』。

〔八〕叢書本『然』下有『後』字。

〔九〕『師旅者蹈死』，叢書本作『力役者出死』。

〔一〇〕『摧』，義較勝，叢書本作『推』。

〔一一〕『來』，叢書本作『弟』。

〔一二〕『周之治官』，叢書本作『周官之治』。

〔一三〕叢書本『起』下有『焉』字。

可謂明也已矣可謂遠也已矣

天下君子少而小人多，賢者寡而愚者衆。夫惟多少衆寡之勢若不相敵，此賢人君子所以多至于危殆也。且以小人之心固嘗忌君子矣，君子者介然自守，不與小人合，小人又加怨焉。挾忌怨之心則無時而不謗，小人者必爲詭辭飾説自欺其心以入于人。然則苟非至明深智了然昭徹，其賢人君子不爲致疑者幾希甚矣。

小人爲難察也，君子立人之朝，小人未嘗不欲擠而去之〔一〕。君子蓋寡過也，無可誣之行，雖善毀者不得入；無可乘之釁，雖善讒者不見信。故小人者必伺其有疑似之隙而投之：君子有引賢授能者，則進朋黨之説矣；有造功興事者，則進擅權之説矣；有理財厚民者，則進聚斂之説矣。小人之欲用也，無顯顯之德，患位之不保；無赫赫之功，患禄之不固。以踈遠之迹，一旦得其君也，甘心巧語，柔顏佞色，伊嫽阿諛〔二〕，趨附機會。未嘗有絲髮之善，而矯飾百端以中主欲，幸而詭説一開，則寵任盤固，不移如山矣。有人于此焉，其端涯不測，苟以是心至者，皆絶人于微，使不得逞，若然，可不謂之明且遠乎？子張問明，孔子告之以『浸潤之譖、膚受之愬不行焉，可謂明也已矣，可謂遠也已矣』。豈非是乎？莫非明也。

舜之舉四岳、十二牧、十六相，則任之而不疑；至四凶之誅，則使之不得售其姦，舜之明豈不遠哉！成王之任周公、召公、毛伯、芮伯，左右前後未嘗有間，至管叔、蔡叔則不以親而私，成王之明豈不遠哉！仲尼之爲司寇也未幾，以少正卯至隱之惡，七日而手足異處于兩觀之下，仲尼之明豈不遠哉！此三君子者，豈世之所謂辨白黑、數一二、睹輿薪而謂之明者乎？《書》曰『視遠惟明』，此之謂歟！

校勘記

〔一〕叢書本無『之』字。

〔二〕『伊媕阿諛』，叢書本作『委蛇媕婀』。

子温而厲

柔失己，剛失人，一偏之患也。知柔之爲患而矯之以剛，則失人之患復至矣；知剛之爲患而易之以柔，則失己之患復至矣；惟二者之偏勝而中和之道卒不可得，此君子之道所以鮮有聞於天下也。

然則接物以柔而不失其所以爲剛之道，非聖人疇克然哉？蓋温猶水之温也，有可親之義焉；厲猶山澤之禁也，有不可犯之義焉。夫可親之與不可犯，疑于不侔矣，而聖人一之者，本于道也。道之爲道，交物而不失于物，故以道遊世者，雖天地且不能違之，而況于人乎？是故暖然似〔一〕春者，其與物接也；凜然似〔二〕秋者，其不可犯以非禮也。與物接者，聖人〔三〕所以爲人，而不可犯以非禮者，聖人所以不失己也。陽貨之見〔四〕、夾谷之會、公山之召，以衆人觀〔五〕之，可以不屑矣，而薰〔六〕然之慈方且與之揖遜而不辭，此聖人接物之仁也。然其卒也，遇途之言不能屈以非事〔七〕，歷階之説不可犯以非禮，而堅白之實乃不可得而磷緇焉。是豈有山澤之禁、兵甲之守使人可親而不可犯者哉！正容以悟之，而人之意固已消矣。

子夏曰：『君子有三變，望之儼然，即之也温，聽其言也厲。』蓋所以形容其德者也。若夫柳下惠之和也，觀其不易介于三公，亦可謂不失守矣，然援而止之而止。至于裸裎其側而不悔者，雖曰人不我浼，然而不恭亦甚矣。故其弊也，人忽乎己而招侮召辱，或未免於冶容之誨焉。故孟子以孔子爲盛德之至，而以柳下惠爲不恭，真知言哉！

校勘記

〔一〕『似』，叢書本作『如』。
〔二〕『似』，叢書本作『如』。
〔三〕叢書本『人』下有『之』字。
〔四〕『陽貨之見』，叢書本作『陽虎之仕』。
〔五〕『觀』，叢書本作『睹』。
〔六〕『薰』，叢書本作『熏』。
〔七〕『事』，叢書本作『仕』。

請問其目

道無問，問無應。古之人有目擊而道存者，不必語而默會，此上智忘言之士也。若夫善學者則不然，問不切則理不明，理不明則無以釋疑而辨惑。故學者必貴乎〔一〕問，問者必貴乎切，切問者，以其要而叩焉者也。

昔者顔子學于夫子，平居燕閑所以觀聖人視聽言動、睟然之容與夫泠然之音，其著心入目得之于言意之表者，固非一日也。然『克己復禮』之説尚且不自以爲曉〔二〕達而請問其目，于此見顔子之善學而知切問之爲大也，豈諸子之倫〔三〕哉！嗚呼，學道者，將以探聖人户室而造其閫奥者也。目〔四〕如門焉，問則得其入，不問則不得其入。然而善學者亦由其門而求之而已，此顔子問爲仁之端而以目言之也。

嘗觀聖人之門學者多矣，然善問者鮮焉。非不問也，不得其門而問之也。顔子之下，善問者莫如子貢。或人以衛君爲問，而子貢以伯夷、叔齊問于孔子。子曰伯夷、叔齊『古之賢人也』，『求仁而得仁，又何怨』。子貢知夫子之賢伯夷、叔齊，遽知其不爲衛君者，知其是此而信〔五〕其非彼無疑也。夫欲知衛君之事，而以伯夷、叔齊問之，能以其類推之也。

子路問：『魯大夫練而床〔六〕，禮乎？』夫子不答，子路疑之，三問而三不應〔七〕。子貢入而問曰：『練而床〔八〕，禮乎？』曰：『非禮也。』子貢出，謂子路曰：『汝問非也。禮：居其邑，不非其大夫。』若子貢者，亦可謂能問者矣，然未若顔子之能切問也。

夫爲仁非一端，故顔子以目爲問，子曰：『非禮勿視，非禮勿聽，非禮勿言，非禮勿動。』視、聽、言、動，學者所由以入道也，能制于外者則能養其中，能養其中，仁之道立矣，宜乎聖人告之以此。

校勘記

〔一〕『乎』，叢書本作『于』。
〔二〕『曉』，叢書本作『晚』。
〔三〕『倫』，義較勝，叢書本作『論』。
〔四〕『目』，叢書本作『有』。
〔五〕『信』，叢書本作『保』。
〔六〕『床』，叢書本作『杖』。
〔七〕『應』，叢書本作『答』。
〔八〕『床』，叢書本作『杖』。

陳善閉邪謂之敬

君子之事君，盡心焉耳矣。言而不心則近諛，貌而不心則近佞，諛且佞，君子不爲也。故盡吾心之所可欲者以事君，則凡所謂善者無不陳也；盡吾心之所欲去者以事君，則凡所謂邪者無不閉也。陳善閉邪，此人臣之所自盡者，得不謂之敬乎？

竊嘗謂人之立乎本朝者，豈皆出于愛君之誠也哉？貪夫爵，慕夫禄，其未得之也則諛言柔色以入之，其既得之也則又諛言柔色以守之。不爲是者，或以財利説其富國，或以勇力説其强兵；不爲是者，則爲盤樂奢泰説其樂逸。是三者，君以爲忠，臣以爲賊者也。彼其心豈不知好利足以虐民，好兵足以害國，而盤樂奢泰之不足以保其社稷也？特其心不出于愛君之誠，是以若此，然爾其〔一〕不敬莫大于是。

嗟乎！孟子之時，兹弊甚矣，天下之士亦孰知有愛君之道哉！蓋其獻言于君者，不過曰我能爲君闢土地、充府庫而已；又曰我善爲戰、我善爲陣而已。當時之君不知其非，且從而尊之，曰：『此良臣也。』而孟子者乃明其説之不可，獨區區以仁義爲説。彼好勇也，我以文武言之；彼好貨也，我以公劉言之；彼好色也，我以太王言之。是皆所以引其君以當道而格其心之非，則其敬君爲何如哉！彼景子〔二〕方且以不朝王爲言，是烏知孟子之所以敬其君者不在于聲音笑貌之間，而在于中心之誠。故曰：齊人莫如我敬王也。

校勘記

〔一〕『爾其』，叢書本作『而』。

〔二〕叢書本『子』下有『者』字。

居之安

學不至于自得者未足與言不惑，智不至于不惑者未足與言不變。惑者不明，變者不守。

若然者，其于道也而能一朝居乎？

孟子曰『居之安』，凡欲其自得之也，蓋所貴乎得者非貴乎得于人也，自得而已矣。苟惟得人之得而不自得其得，則其所得亦將因人而變矣。

昔者門人拱而尚右，此信于孔子之行而行之者也；『喪欲速貧，死欲速朽』，此信于孔子之言而言之者也。及本之聖人之意，未有不轉彼而爲此矣。若是者，亦可謂『居之安』乎？孟子曰：『聖人復起，不易吾言矣。』其『居之安』莫大于此。

守先王之道

道在一介則一介重，道在天下則天下重。方周之衰，先王之道不行于天下而獨在于孟子。夫軻也，雖一介之士，而道實在焉，則當時推重無過於孟子矣，天下其敢不異禮而待之乎？

嗚呼，道之不行也久矣，道不行則天下無善治；道之不明也久矣，道不明則千載無真儒。無善治，是先王之道不及于斯民矣；無真儒，是先王之道又不傳於學者矣。當孟子時，堯舜、文武之道不幸而不行於天下，幸而有孟子者得先王之道而傳之。夫先王之道，上足以帝王其君，下足以帝王其民，雖三公之尊未足以爲貴也，九鼎之養未足以爲富也。王公大人〔二〕分庭抗禮，區區傳食何足以爲泰乎！彭更以諸侯待孟子爲泰，是以待先王之道爲泰也。如彭更者，非特不知尊孟子，且不知尊先王；非特不知尊先王，身爲儒者，忍發此言，是不知所以自尊也。曾子曰：『尊其所聞，則高明矣。』其言如此，器局可知，卑陋〔二〕狹隘，何足以稱于大人君子之門！

嗚呼，更也亦知世有所謂舜者自畎畝而爲相〔三〕乎？世有所謂傅説者自版築而爲相乎？何其淺見寡聞也？孟子之言真有以大其志，爲彭更者將下大禹之拜乎？抑將學皋陶之師乎？回之服膺、師之書紳乎？宜知所以自處。

校勘記

〔一〕叢書本『人』下有『之』字。
〔二〕『陋』，叢書本作『淺』。
〔三〕『相』，叢書本作『帝』。

附　録

行　狀

公諱安上，字元禮，姓劉氏。系出彭城，世爲永嘉人。曾祖延貴、祖瑩、父去非以公貴，累贈正議大夫。公少端重有成人風，祖、父特所鍾愛，曰：『異時必大吾門。』與從兄舍人安節同研席，相友愛，尤專勤嗜學，講誦〔一〕忘寢食。既長，俱以文行稱。公逾冠首鄉薦，復聯名游太學，並爲上舍生。迭預魁選，聲稱籍甚，號『二劉』，一時賢士慕向〔二〕，争與之交。赴省闈，列〔三〕試第二人，登紹聖四年進士第丙科。

解褐，調杭州錢塘尉。公操守清峙，輝映湖山，人謂『真仙尉』。謹身律下，每被檄所部，雖庖〔四〕必自辦以行，秋毫不以市于民，所憩唯亭傳、僧藍〔五〕，否則茇舍露坐，食息自如，見者咨美之。受代留圭租縣廩，爲後人冒請。暨還過之，雖久客窶甚，勿問也。公以名流陸沉下僚，怡然無忤色。究心職事，有捕獲功，未嘗自列，曰：『幸人之死而已取賞，吾弗忍爲。』雖同列以是被遷，不以屑〔六〕意。卒用薦者陞處州縉雲縣令，除登州州學教授。時〔七〕舍法初行，精〔八〕擇師儒，國學尤極其選，遂遷博士。學行德器尤爲後進〔九〕尊仰，差考試貢士。舉院故事，考官各進策問取旨〔一〇〕，上皇咨〔一一〕重公文，親筆選用。以車駕幸學，恩授〔一二〕儒林郎，復〔一三〕改宣德郎。大觀九〔一四〕年除提舉兩浙〔一五〕學事。陛辭進對，風度詳雅，論事合旨。既退，上皇顧近弼稱其『藴藉有大臣體』，屬〔一六〕中丞余深薦之，留爲監察御史。朝廷有所推鞫，多以屬公。公持法尤審，而〔一七〕根于誠恕，吏不忍欺。讞議明允，多所平反，囚悦服無恨意。十一月遷殿中侍御史，常曰：『偷安患失，尤非言官所宜。』故居處薪芻服用之物取供〔一八〕朝夕。十二月磨勘轉奉議郎，明年用〔一九〕八寶恩轉承議郎，三月遷侍御史，賜五品服。公沉厚謹密，凡風聞事皆反覆詢究，或譴親人參驗得實，乃始論列，舉無不當。一日奏事，上皇目送之曰：『劉某言事，可謂詳審矣。』屬時相擅政，竊弄威福，凶焰滔天，意所趨向，海内風靡，黨與蟠結，根據朝廷，無敢攖其鋒者。公獨挺然不肯附阿〔二〇〕，極言其罪。抗章不報，乃與石公弼率同列廷論之，詞旨剴切，時論偉之。在言路三年，凡所彈射皆污穢不法、敗政亂俗之尤者，其不畏强禦如此。平居恂恂若不能言，至辨論〔二一〕人主前，安詳不撓，無所畏避，以故眷注愈渥。三年八月遷諫議大夫，逾月，丁太碩人憂。公性純孝，未冠正議公即世，掩泣腐袂，奉事太碩人色養尤篤。自筮仕以至禁從榮侍板〔二二〕輿，夙興温清，奉甘脆〔二三〕，供笑樂，始終如一日。至是毁瘠幾滅性，卜葬盡禮，極哀榮之奉。廬于墓側，手蒔松、檟，蔬食，終喪，徘徊不忍去。始公生于里之西洲，及先〔二四〕人既亡，宦游往來經行其處，必凝望泣下，人以爲有終身之慕〔二五〕。政和〔二六〕冬服闋，以中書舍人召。先是，兄舍人由察官登對，玉音宣問公安否及寓止何地。既朝見入對，上皇面諭以曩日詢訪及簡記識擢之意。二年，用元圭恩轉朝奉郎。逾年，除給事中，其所獻納論駁有補時政者甚多。俄請外甚力，九月，除徽猷閣待制，知壽州。四年，以上舍試所差官撰號差互罷，提舉亳州明道宫，復以磨勘轉朝散郎，封文安縣開國男，食邑三百户。五年，除知婺州。七年，磨勘轉朝請郎，進封開國子，加食邑二百户。時六尚書降造花羅數額頗衆，督程甚嚴，公以『抑配多民困』論乞蠲減，弗克，則奏以非土貢，願不爲例。又部使者往往專事花石以市恩寵，州縣希旨幸賞，或遣使臣檄州計置，督以支錢應副舟乘〔二七〕事。公初不與之辨，但按法移文，回報往復，閲時淹久，使臣苦之，逡巡引去，自是無來者。遂免無名之費、調發之擾，民陰受〔二八〕賜焉。尤不喜笞辱人，少年或坐公法〔二九〕，察知良家子，資可教，則命其父夏楚于庭，責使就傅，其務教化、厚風俗蓋有古循吏風。治婺〔三〇〕凡三年，鎮撫惠養，百姓德之。里人過其境，詢及遺愛，則人人以手加額，至今稱頌。八年，移知邢州。時祖母徐氏無恙，年餘〔三一〕九十，奉之甚謹。初遇恩，妻張氏當封，以祖母未命，避遜不敢當，奏乞回授〔三二〕。上皇嘉其意，優詔從之，封仁壽縣太君。念諸父蚤世，而徐氏年彌高，邢去親庭益遠，遂丐宮祠侍養。宣和元年六月得請提舉建州武夷山冲佑觀，九月，丁太孺人徐氏憂，公以介孫承重送終，恩禮有加，鄉閭榮之。三年服闋，除知壽春府，累表辭免不克。四年，磨勘轉朝奉大夫，進封開國伯，加食邑二百户。壽，公舊治，民懷恩勿忘，及此〔三三〕再至，老稚欣迎，扶攜遠迓者屬路。府于淮西〔三四〕大藩，屯兵餘萬，密邇京師，每歲上供十二萬石應制副畿縣，軍糧且〔三五〕稱是。雖遇凶歉，租賦放免殆盡，而税額不少減。前此，官吏復加概量及羡餘以幸苟免，民重困，流移者衆。公至，歎曰：『奈何剥下以逃責邪？』凡諸司額外泛派一切不應，專以撫綏寬恤〔三六〕爲事。漕臣俞〔三七〕賙，奏乞較〔三八〕一路上供及支移之數課殿最、行賞罰以風屬郡。是歲，壽春官吏遂以數劣被劾降官，復以春發軍糧虧欠再被削秩以去，終不自辯也。六年，除知舒州。逾年，請宮祠，從之，提舉南京鴻慶宮。靖康元年覃恩〔三九〕轉朝請郎，加食邑二百户。尋復朝奉大夫、朝散大夫，以疾丐〔四〇〕致仕，轉朝請大夫。建炎二年正月終于正寢，享年六十。詔贈通議大夫，命有司量助喪事。卜以十一月壬寅葬于永嘉縣建牙鄉玉清觀後山。

公識度粹凝，宗工鉅儒，見者莫不許以遠器。自爲尉，以學官薦者十餘人，守帥豐公稷皆譽推獎禮。讌集則分韻賦詩，講論文義，延留彌日，不以僚屬待也。大觀初，令侍從各薦所知，右丞徐公處仁以公應詔，其爲當路知遇如此。素堅正静退，未嘗苟進取。部使者或欲縻公致門下，寄聲知舊諷使致謁，公薄其爲人，終不詣之。尤不喜竿牘，爲教官登州，或勸貽書時貴，丐東南便親者，公謝勿顧〔四一〕也。暨閑居里閈，當軸皆其知舊，或請致賀，答曰：『吾平時不通書，今遽賀之，得無疑我有求邪〔四二〕？』時俗持禄養交率顧望迎合以規進取，公深鄙之。爲御史，多所彈劾，務存大體、振綱紀，不爲訐直取名。凡論列章疏，退輒削稿，雖家人子弟無得見之，故其奏議人少知者。嘗語人曰：『在言路久，仇怨殆滿目矣。然吾職風憲，獨安所避？顧在我本無心耳！』出典三郡，凡所設施，不務表暴，示以好惡，而人自化。御下寬簡不苛，吏卒服役之餘咸許自便，然嚴重叵測，莫敢慢也。或乃爲投合以求當公意，終不可入，殆所謂易事難悦者。動準繩檢，進止有常度，而遇事裁決，咸中理解。所居有惠政，在婺市田以給浮橋費，民便之，刻石紀德。其守壽春，屬比郡歲饑，流民繈屬，公爲區處舍止，什器資養畢具，至者如歸。屢丐常平賑濟，弗許，則倒廩散之，曰：『民困且死，奈何坐視不恤？儻獲罪，吾坐〔四三〕之！』其有病者，以私財爲致醫藥，爲糜以食之；不幸死，則給棺櫝，卜爽塏收葬之：民賴以全活不勝計，恩及境外矣。蓋其志在爲民，凡所興爲，必欲〔四四〕利及久，而所濟廣者蓋如此。與人言如恐傷之，待僚屬未嘗失色，然内剛正不可〔四五〕犯，尤嫉贓吏。壽春屬令有貪墨聞者，既廉問審實，一夕追逮證佐，盡得姦贓。令窘，急賂當途，致書營救，公不答，卒使引疾解印綬去，諸邑爲之竦動。始公先達爲侍從，前少宰吴公敏、故右丞許公景衡未顯，公識其遠到，舉以自代，三〔四六〕公繼登冢〔四七〕輔，時論隱然服公知人。胸中恢廓而謙恭，執禮一于純誠，不爲纖芥矯飾。遇人無貴賤小大〔四八〕，至胥徒臧獲語必拱手自名。雖宴處私室，家人不見惰容，和裕有體，至于臨事則斷不回〔四九〕。于嗜好淡然，略無珍玩，財物視猶糞土。雖身處富貴，自奉簡薄，殆有布衣所難者。慈孝友悌蓋其天性，宗族内外四百口服公之化。閨門雍睦無間言，温良謙遜，有萬石君家風。位侍從二十年，所得恩澤以先弟侄。季弟安仁以太碩人所鍾愛遇之尤厚，憐其場屋困躓〔五〇〕，首以大禮恩奏補。其後早卒，諸孤幼稚，撫養加意不異己子。暨〔五一〕長，爲畢婚嫁。躬與日者往來山谷間，卜地營葬。訖事，喜甚，曰：『吾今而後無復他念矣。』暨〔五二〕屬疾，無甚苦，謂家人曰：『吾其止此乎？』臨終之夕，猶誦《漢書》，且命區處爲翌日親朋燕游之會。既就枕，覺風眩，起坐命藥，繼至而亡。其好學達禮、高明令終、生死之際不惑也如此。嗚呼！

母宋氏，累贈太碩人。娶張氏，朝奉大夫、親賢宅博士時敏之女，封碩人。生子男二人：長曰讜，承務郎，前蔡州監税，克有家學；次誥。女一人，歸修職郎林待問。孫男三人，尚幼。

公早與兄舍人從當世先生長者游，深得《中庸》《大學》指歸，故能以其所學發爲事業〔五三〕。

致身侍從，當巨姦朋邪傾亂朝政，持一介孤忠力排抵之，僅以獲免。後雖歷位禁闥，俄值斯人復進用事，勢焰赫然，度不能抗，因懇丐外補。自是十有六年，終老於外。雖仇怨銜之刻骨，欲搜抉疵釁冀以中傷而卒不能。避回宮祠，優游卒歲，處之泰然，亦無慍色。卷懷韜晦，不肯爲赫赫名，真若畏人知者。故其進退始終大節，而逆推夫所以用心，殆未易以窺其際也。蓋其韞蓄浩浩湯湯〔五四〕，用之誠有未盡，彼暴露衒鬻者，抑公之所細〔五五〕也耶？

公爲文典重有法，尤工五言。晚更平淡，渾然天成，無斧斤迹。有詩五百篇，制誥、雜文三十卷，藏于家。卜居南郭，治第築圃，盡湖山勝概。益喜賓客，至則觴詠延款無斁。暇日杜門觀書，味道養性，或攜杖課園丁畦蔬蒔果以自娱嬉。當其心閑意適，雖田夫野老亦欲與之對；非所喜，則位貌崇貴〔五六〕扣閽弗見也。故識者論公平生出處以方唐太傅白公，至其夷曠淡泊無聲色之娱，文詞〔五七〕雅正不爲纖豔浮華之語，則又未可以優劣論也。

公于嘉言爲父執行，世中表姻舊，且同里，知公爲詳。然公潛德隱行所不能窺者蓋多，姑實録所聞，少備採擇之萬一。承議郎新通判舒州薛嘉言狀〔五八〕。

校勘記

〔一〕『誦』，叢書本作『習』。

〔二〕『慕向』，叢書本互乙。

〔三〕「列」，叢書本作「别」。
〔四〕叢書本「庖」下有「廚」字。
〔五〕「藍」，叢書本作「寺」。
〔六〕「屑」，叢書本作「介」。
〔七〕叢書本「時」下有「三」字。
〔八〕叢書本無「精」字。
〔九〕叢書本「進」下有「所」字。
〔一〇〕「旨」，叢書本作「進止」。
〔一一〕「咨」，叢書本作「雅」。
〔一二〕「授」，叢書本作「循」。
〔一三〕「復」，叢書本作「後」。
〔一四〕「九」，叢書本作「元」。
〔一五〕「兩浙」，叢書本作「浙西」。
〔一六〕「屬」，叢書本作「既而」。
〔一七〕叢書本「而」下有「更」字。
〔一八〕「供」，叢書本作「具」。
〔一九〕「用」，叢書本作「因」。
〔二〇〕「阿附」，叢書本互乙。

〔二一〕『論辨』，叢書本互乙。
〔二二〕『板』，叢書本作『版』。
〔二三〕『脆』，叢書本作『毳』。
〔二四〕『先』，叢書本作『夫』。
〔二五〕『慕』，叢書本作『憂慕焉』。
〔二六〕叢書本『和』下有『元年』。
〔二七〕『乘』，叢書本作『車』。
〔二八〕叢書本『受』下有『其』字。
〔二九〕『公法』叢書本互乙，斷句當作『少年或坐法，公察……』。
〔三〇〕叢書本『婺』下有『州』字。
〔三一〕『餘』，叢書本作『逾』。
〔三二〕叢書本『授』下有『徐』字。
〔三三〕『及此』，叢書本作『比』。
〔三四〕叢書本『西』下有『爲』字。
〔三五〕『制副畿縣軍糧且』，叢書本作『付畿内軍糧賦亦』。
〔三六〕『恤』，叢書本作『緩』。
〔三七〕『俞』，叢書本作『預調專』。
〔三八〕叢書本『較』下有『定』字。

〔三九〕叢書本「恩」下有「再」字。
〔四〇〕「丐」，叢書本作作「乞」。
〔四一〕「勿願」，叢書本作「不顧」。
〔四二〕叢書本「邪」下有「於」字。
〔四三〕「坐」，叢書本作作「當」。
〔四四〕叢書本「欲」下有「其」字。
〔四五〕「内剛正不可」，叢書本作「剛正不可以」。
〔四六〕「三」，叢書本作「二」。
〔四七〕「冢」，叢書本作「宰」。
〔四八〕「貴賤小大」，叢書本作「遺小大貴賤」。
〔四九〕「不回」，叢書本作「之以義」。
〔五〇〕「場屋困躓」，叢書本作「困躓場屋」。
〔五一〕「暨」，叢書本作「既」。
〔五二〕同上。
〔五三〕「事業」，叢書本作「政事」。
〔五四〕「湯湯」，叢書本作「淵淵」。
〔五五〕「細」，叢書本作「哂」。
〔五六〕「則位貌崇貴」，叢書本作「雖位顯爵尊」。

〔五七〕「文詞」，叢書本作「詩文」。

〔五八〕叢書本後有小字「按：《本傳》《行狀》『有詩五百篇，制誥、雜文三十卷』，中更兵燬，釐其存者爲五卷」。

補遺

天柱峰

天柱峰頭星斗紅，月明秋殿玉玲瓏。仙人夜半來吹笛，騎著吴江小赤龍。

——録自《全宋詩》卷一三二六

萬曆温州府志本傳

劉安上字元禮，永嘉人。與從兄安節同師程氏，鄉里推其學行，號『二劉』。登紹聖第，大觀初提舉兩浙學事，陛辭，進對稱旨，徽宗稱其『藴藉有大臣體』，即日除監察御史。廷有推鞫，多以屬安上，遷侍御史。嘗奏事退，上目送之曰：『劉安上論事，可謂詳審矣。』屬蔡京擅政，黨與蟠結，無敢攖其鋒。安上抗疏，極數其罪數十，又與中丞石弼等廷劾之，京遂罷相。歷官右諫議大夫、中書舍人、給事中，後乞外補，終朝請大夫文安縣開國男。

安上有至性，居親喪，幾至委頓。在御史，不爲訐直沽名，論事退，即削稿，於先達之薦之者亦未嘗致私謝。有詩集、制誥、雜文三十卷。

——録自萬曆《温州府志》卷十一《人物》一

雍正浙江通志本傳

萬曆《温州府志》：安上字元禮，鄉里號『二劉』。登紹聖第，徽宗稱其『藴藉有大臣體』，除監察御史。歷官右諫議大夫、中書舍人、給事中，終朝請大夫、文安縣開國男。

《方輿攬勝》：安節，紹聖間與弟安上從程氏學，俱以學行見推鄉里。

——録自雍正《浙江通志》卷一七七《人物五・儒林下》

宋元學案本傳給事小劉先生安上

劉安上字元禮，左史安節從弟也。見知於范忠宣公，與兄同受業伊川之門，里人稱爲『大、小劉先生』以别之。成紹聖進士，累遷至提舉兩浙學事。陛對稱旨，徽宗稱其『藴藉有大臣體』，由監察御史再遷至侍御史。上嘗目送之曰：『安上奏事，可謂詳審。』先生面奏蔡京罪狀數十，退，復以疏言之，而京自若。乃再疏論之曰：『臣累疏論列蔡京罪惡，雖蒙俞允，未即顯誅。臣不敢避再三之瀆，仰干天聽。三省事務必由聖斷，京不候奏擬，徑行批下，其罪一也。文昌舊省乃先帝睿畫，京惑于陰陽之説，一毁爲墟，其罪二也。謀動邊釁，舉師黔南，民不聊生，其罪三也。錢鈔朝令夕改，商販不行，棄妻鬻子，或至自經，其罪四也。汲引凶奸，結爲死黨，其罪五也。株連羅織，冀鉗異議，其罪六也。臚傳賜第，擿其語涉諷己者編廢二十餘人，其罪七也。交結宫闈，私通近習，其罪八也。託祝聖以營臨平之私域，假利民以決興化之讖水，其罪九也。孟翊、張懷素皆其所引，姦妖惡逆，其罪十也。其餘積惡，未容殫述。臣愚，欲望陛下斬京頭以謝天下，斬臣頭以謝京。』時大觀二年也。于是中丞石公弼、諫議大夫張克公復與先生廷劾之，京始罷相。三年，遷右諫議大夫，又劾給事中蔡嶷『以道家吐納之説妄自尊大，侍班瞑目，上輕君父』，時論偉之。

尋除中書舍人。逾年，除給事中。尋以徽猷閣待制歷知壽州、婺州、邢州，皆有聲。已而陞壽州爲府，復以先生守之。又知舒州，奉祠。建炎二年卒。先生在言路，嘗曰：『吾仇怨滿天下矣。然吾職所在，吾無心也。』故其章奏多不存者。所著有《劉給事集》三十卷，今止五卷，非足本。雲濠案：薛嘉言所作先生《行狀》稱『有詩五百首，雜文三十卷』，然焦竑《國史經籍志》載其集實止五卷。蓋兵燬之餘，後人掇拾而成也。

祖望謹案：先生之風節峻矣！顧晁景迂作《客語》，謂道鄉之貶，舟子爹之，先生取舟子決之，此必傳聞之妄也。先生兄弟同學同志，方道鄉之貶，左史送之，而先生乃辱之，得無類司馬牛之兄弟乎？且道鄉初貶，在先生未爲御史之前，其時先生一官錢塘，再官縉雲，三官登州，皆非道鄉貶謫之路所經。若其再貶，則先生爲御史矣，于歲月亦皆不相合。況先生冒不測之禍以糾蔡京，而肯辱道鄉以媚之乎？晦翁又誤移此事屬之左史，則以送道鄉之人而反決其舟子，又事之所必無者也。

小劉先生語

天下未嘗無才也，作而成之，才不可勝用矣！

能制於外者，則能養其中。

拱而尚右，此信孔子之行而行之者也。『喪欲速貧，死欲速朽』，此信孔子之言而言之者也。非自得也。

今長吏多以捕獲功自列。幸人之死，而己取賞，吾弗忍爲！

——録自《宋元學案》卷三二《周許諸儒學案》

宋史翼本傳

劉安上字元禮，安節從弟也。見知於范純仁，與兄同受業伊川之門，里人稱爲『大、小劉』以別之。成紹聖四年進士，調杭州錢唐尉，累遷至提舉兩浙學事。陛對稱旨，徽宗稱其『藴藉有大臣體』，由監察御史再遷至侍御史。上嘗目送之曰：『安上奏事，可謂詳審。』

時蔡京竊弄威權，兇焰滔天，安上極論其罪，抗章不報，乃再疏論之曰：『臣累疏論列蔡京罪惡，雖蒙俞允，未即顯誅。臣不敢避再三之瀆，仰干天聽。三省事務必由聖斷，京不候奏擬，徑行批下，其罪一也。文昌舊省乃先帝睿畫，京惑于陰陽之説，一毀爲墟，其罪二也。謀動邊釁，舉師黔南，民不聊生，其罪三也。錢鈔朝令夕改，商販不行，棄妻鬻子，或至自經，其罪四也。汲引凶奸，結爲死黨，其罪五也。株連羅織，冀鉗異議，其罪六也。臚傳賜第，摘其語涉諷己者編廢二十餘人，其罪七也。交結宮闈，私通近習，其罪八也。託祝聖以營臨平之私域，假利民以決興化之讖水，其罪九也。孟翊、張懷素皆其所引，姦妖惡逆，其罪十也。其餘積惡，未容殫述。臣愚，欲望陛下斬京頭以謝天下，斬臣頭以謝京。』時大觀二年也。復與中丞石公弼、諫議大夫張克公廷論之，京始罷相。在言路三年，凡所彈射，皆不法之尤者。三年，遷右諫議大夫。又劾給事中蔡宻『以道家吐納之説妄自尊大，侍班瞑目，上輕君父』，時論偉之。

政和初，除中書舍人。逾年，除給事中，尋以徽猷閣待制知壽州、婺州、邢州，有古循吏風。宣和三年，除知壽春府。凡額外泛抛一概不應，以撫綏寬緩爲事，遂以春發軍糧虧欠削秩去。六年，知舒州，奉祠。建炎二年卒，年六十。嘗語人曰：『吾在言路，仇怨滿天下矣。然吾職風憲，吾無心耳。』凡論列章疏，退輒削稿，故人鮮知者。所著有制誥、雜文三十卷，今存五卷。

《劉給事集》、薛嘉言《劉公行狀》。

——録自《宋史翼》卷七《列傳》第七

光緒永嘉縣志本傳

劉安上字元禮，荊溪人，徙居南郭。父去非，贈正議大夫。安上少端重，與從兄安節同硯席，相友愛，尤專勤嗜學，講習忘寢食。既長，俱以文行稱。同游太學，並爲上舍生，迭預魁選，聲稱藉甚，號『二劉』。一時賢士向慕，爭與之交。

登紹聖四年進士丙科。調錢塘尉，操履清峙，輝映湖山，人稱『真仙尉』。謹身律下，每被檄所部，雖庖廚必自辦，秋毫不以市於民。所憩惟亭傳僧寺，否則茇舍露坐，食息自如，見者咨美之。以名流陸沉下僚，怡然無忤色。究心職事，有捕獲功，未嘗自列，曰：『幸人之死而己取賞，吾弗忍爲。』卒用薦者陞縉雲縣令，除登州教授，遷太學博士。大觀元年除提舉浙西學事，陛辭，進對稱旨，徽宗稱其『蘊藉有大臣體』。既而中丞余深薦之，留爲監察御史。朝廷有所推鞫，多以屬安上。持法尤審，根於誠恕，吏不忍欺。讞議明允，多所平反，囚悦服無恨意。十一月，遷殿中侍御史。明年，遷侍御史。沉厚謹密，凡風聞事皆反復詢究，或遣親人參驗得實，乃始論列，舉無不當。一日，奏事退，上目送之，曰：『劉安上言事，可謂詳審矣。』

屬時相蔡京擅政，竊弄威福，黨與蟠結，根據朝廷，無敢攖其鋒者。安上獨挺然不肯阿附，極言其罪。抗章不報，乃與石公弼率同列廷論之，詞旨剴切，時論偉之。在言路三年，凡所彈射，皆污穢不法、敗政亂俗之尤者。平居恂恂，若不能言；至辯論人主前，無所畏避，以故眷注愈渥。

三年八月，遷諫議大夫，丁母憂去。政和元年冬服闋，以中書舍人召。逾年，除給事中。其所獻納論駁，有補時政者甚多。俄請外甚力，九月，除徽猷閣待制，知壽州。四年，罷，提舉亳州明道宫，復以磨勘轉朝散郎，封文安縣開國男，食邑三百户。五年，除知婺州。七年，磨勘轉朝請郎，進封開國子，加食邑二百户。時六尚書降造花羅額數頗衆，督程甚嚴，安上以『抑配多民困』乞蠲減，弗克，則奏以非土貢，願不爲例。又部使者往往專事花石以市恩寵，州縣希旨幸賞，或遣使臣檄州計置，督以支錢應副舟車事。安上不與之辨，但按法移文回報，往復閲時淹久，使臣苦之，逡巡引去。自是無來者，遂免無名之費、調發之擾，民陰受賜焉。尤不喜笞辱人，少年或坐法，察知良家子，則命其父夏楚於庭，責使就傅，其務教化、厚風俗有古循吏風。治婺州三年，鎮撫惠養，百姓德之。移知邢州，祖母徐氏年逾九十，丐宫祠侍養。宣和元年六月，得請提舉建州武夷山冲佑觀。九月，丁祖母憂。三年服闋，除知壽春府。四年，轉朝奉大夫，進封開國伯，加食邑二百户。壽，舊治也，民懷恩弗忘。比再至，老稚歡迎，扶攜遠迓者屬路。府於淮西爲大藩，屯兵萬餘，密邇京邑，每歲上供十二萬石應付畿内軍糧，賦亦稱是，雖遇凶歉，租賦放免殆盡，而税額不少減，民重困，流移者衆。安上歎曰：『奈何剥下以逃責耶？』凡諸司額外誅求，一切不應，專以撫綏寬緩爲事。是歲，壽春官吏遂以上供支移數劣被劾，復以春發軍糧虧欠被削秩以去，終不自辨也。六年，除知舒州。逾年，請祠，提舉南京鴻慶宫。靖康元年覃恩再轉朝請郎，加食邑二百户。尋復朝奉大夫、朝散大夫，以疾乞致仕，轉朝請大夫。建炎二年正月卒，年六十，詔贈通議大夫。

安上天性孝友，居喪幾至滅性。在御史不爲訐直沽名，論事退，即削稿。豐稷、徐處仁薦之，未嘗私謝。出典三郡，所至有惠政。其在婺市田以給浮橋費，民便之。尤嫉贓吏，守壽春，屬令有貪墨聞者，既廉問審實，一夕追逮證佐，盡得奸贓狀。令窘，急賂當途致書營救，不答，卒使引疾去，諸邑爲之竦動。少與兄安節從伊川程子遊，深得《中庸》《大學》指歸，故能以其所學發爲政事。爲文典重有法，尤工五言，有詩五百篇，制誥、雜文三十卷，今所存者僅五卷耳。子三：誠，爲安節後；讜，宣義郎，知大宗正丞林季仲銘其墓；誥。右承務郎監平江府糧料院薛嘉言撰行狀。《竹軒雜著》、乾隆《温州府志》。案：二劉《志》《狀》俱云『從當世先生長者遊』，不明言程子者，以當時學禁方嚴，故孫言以避禍也。後人論世知人，自當改從其實。湯《志》一仍原文，失之矣。

——録自光緒《永嘉縣志》卷十三《人物·儒林》

直齋書録解題

（宋）陳振孫

《劉給事集》五卷，給事中劉安上元禮撰。紹聖四年登第，歷臺諫、掖垣、瑣闥，以次對歷三郡而終。集中有《彈蔡京疏》。

——録自《直齋書録解題·十八·别集下》，《文獻通考》卷二三八同。

二劉集跋

（清）朱彝尊

曩從劉考功公㦷借鈔《二劉長史合集》，元禮止得半部而已。康熙壬午，福州林孝廉吉人以鈔本見寄，乃得全。竹垞老人識。

——録自《永嘉叢書·劉給諫文集》

劉給事集提要

（清）紀昀等

《劉給事集》五卷，浙江鮑士恭家藏本，宋劉安上撰。安上字元禮，永嘉人。紹聖四年進士丙科，由錢塘尉歷擢殿中侍御史，疏劾蔡京，不報，復與石公弼等廷論之。坐是沉浮外郡者十六年，晚知舒州乞祠，得提舉鴻慶宫。靖康元年致仕，建炎二年卒於家。

據薛嘉言作安上《行狀》稱其「有詩五百首，制誥、雜文三十卷」，篇秩頗富，然焦竑《國史經籍志》載《劉安上集》實止五卷，與此本相合，蓋兵燬之餘，後人掇拾而成，非其原本矣。《宋史·藝文志》作四卷，則當由刊本訛，以「五」爲「四」耳。自明以來流傳甚鮮，朱彝尊自潁州劉體仁家借鈔，僅得其半，後得福建林佶鈔本，始足成之。其詩醖釀未深，而格意在中、晚唐間，頗見風致；文筆亦修潔自好，無粗獷拉雜之習。蓋不惟風節足重，即文章亦不在元祐諸人後矣。

——録自《四庫全書總目》卷一五五集部别集類

劉給諫文集題記

（清）孫衣言

此丁大中丞藏本，予假得之以校所藏《給諫集》新、舊抄本。中丞本蓋與予新本同出一家，其訛脱及臆改處大略相似，皆不如舊本之善而亦有可互相補益者，且間有新、舊本皆誤而獨中丞本得之者，以此知寫本書非多得數本無繇是正也。予既取以校所藏兩本，復爲中丞本校一過，大約以舊本爲主，而文義兩通者則并存之，庶使昔賢遺書多一善本。予聞中丞藏書甚富，宋元以來傳抄秘籍幾近二百餘種，如能仿毛子晉、鮑以文故事，合而刻之爲一鉅叢書，則豈徒藝林之幸，將使前人文字在若存若没之間赫然復著於後世，即中丞亦當與之同垂不朽矣。同治庚午四月瑞安孫衣言校畢并記。

——録自《京師珍藏》第十六期楊健文，原載二〇〇一年北師大學報（社）專刊

温州經籍志

（清）孫詒讓

劉氏安上《劉給諫文集》五卷，存。

按：《本傳》《行狀》『有詩五百篇，制誥、雜文三十卷』，中更兵毁，鳌其存者爲五卷。無名氏卷末題字。

案：劉知州安上，左史安節從弟，伊川程子門人。萬曆《温州府志·理學傳》、雍正《浙江通志》、乾隆《永嘉縣志·儒林傳》并有傳。《劉給事集》，《書録解題》《文獻通考》及《四庫提要》所載并同，然余家藏盧氏抱經堂鈔本及所見順德丁氏、嘉興陸氏諸鈔本并作《劉給諫集》。給事、給諫義同，或陳、馬諸目偶誤書與？薛嘉言《行狀》謂『有詩五百篇，制誥、雜文三十

卷』，此謂先生卒時家藏稿本，《宋元學案》謂『《劉給事集》三十卷』即本此。然薛氏《行狀》無《劉給事集》之稱，宋時所傳《給事集》亦别無三十卷之本，《學案》所云，未免小誤。今集本僅詩六十五篇，文一百四十篇，蓋所存者止十之一二。然如彈蔡京諸疏，讜論忠言猶見梗概，其他詩文亦各體具備，不若《左史集》之半屬經義也。又卷二載《蘇轍追復端明殿學士贈宣奉大夫制》有云：『處訏謨之地，非堯舜不陳；居退食之私，以孔孟自樂。』其推美甚至，亦無洛蜀門户之見，與賈、易諸人紛争詬詆者區以别矣。

——録自《温州經籍志》卷十九

刊二劉文集跋

（清）孫詒讓

《二劉文集》余家舊有文瀾閣傳抄本，脱誤竄改殆不可讀。丁卯秋，試於杭州，購得盧抱經所藏舊抄本《給諫集》，家大人又從祥符周季貺司馬所録得吴枚安校訂本《左史集》，命詒讓以家本對勘，刊補頗夥。會武昌開書局刊布經史，永康胡月樵丈實總其事，因屬爲重刻，以廣其傳……同治十二年七月後學瑞安孫詒讓記。

——録自《京師珍藏》第十六期楊健文，原載二〇〇一年北師大學報（社）專刊